El amo

Santiago Díaz

El amo

NEGRA
ALFAGUARA

Papel certificado por el Forest Stewardship Council®

MIXTO
Papel
FSC® C117695

Penguin
Random House
Grupo Editorial

Primera edición: marzo de 2026
Cuarta reimpresión: mayo de 2026

© 2026, Santiago Díaz Cortés
Esta edición se ha publicado gracias al acuerdo
con Hanska Literary&Film Agency, Barcelona, España
© 2026, Penguin Random House Grupo Editorial, S. A. U.
Travessera de Gràcia, 47-49. 08021 Barcelona

© Diseño: Penguin Random House Grupo Editorial, inspirado en un diseño original de Enric Satué

Printed in Spain – Impreso en España

ISBN: 978-84-204-7928-6
Depósito legal: B-1091-2026

Compuesto en MT Color & Diseño, S. L.
Impreso en Gómez Aparicio, S. L.,
Casarrubuelos (Madrid)

AL79286

Pocos ven lo que somos, pero todos ven lo que aparentamos.

Nicolás Maquiavelo

I

1

La chica sentada bajo la marquesina viste acorde con el intenso frío del invierno madrileño: botas militares, pantalones vaqueros, un grueso plumas, bufanda y un gorro de lana de color crema adornado con una borla; un atuendo muy parecido al del resto de los estudiantes que esperan en la parada de autobús para acudir a clase a primera hora de la mañana. Entre el gorro y la bufanda apenas se ve una franja de piel pálida alrededor de los ojos entornados, de un llamativo color azul. Lo único que la diferencia de los demás es que ella no saca el abono transportes cuando ve acercarse el 132 ni se apresura a subirse en busca de calor y un asiento libre junto a la ventanilla.

El autobús se marcha dejando tras de sí una nube de humo negro y la joven continúa sentada en el extremo del banco, con las manos en los bolsillos y la cabeza apoyada en el cristal, tras el que un cartel anuncia el lanzamiento de la nueva novela de una conocidísima escritora gallega.

Otros viajeros sustituyen a los anteriores, pero la chica tampoco se sube en el siguiente autobús, ni en el siguiente, ni en el otro. Permanece rígida, con la mirada perdida en el infinito. El único movimiento que se aprecia en ella es el que provoca la suave brisa en un mechón de pelo rubio, que escapa rebelde del gorro de lana.

Más avanzada la mañana, cuando ya no hay tanto trasiego de estudiantes, de personal de servicio y de oficinistas, y se ha suavizado ligeramente la temperatura, la ropa de abrigo de la joven parece excesiva. Pero no es hasta las once y media cuando una señora que coge todos los días el transporte público para ir al mercado se sienta a su lado y, tras dar los buenos días y no recibir respuesta, se fija en ella. Le extraña que, a pleno sol, siga yendo tan abrigada.

—¿No tienes calor, hija?

La chica continúa sin responder. La señora la mira a los ojos y siente que algo no va bien.

—¿Te pasa algo, muchacha?

Alarmada por su falta de reacción, la zarandea con suavidad y el cuerpo de la joven se vence hacia un lado, sin vida. En cuanto la bufanda se descoloca y deja parte de la cara al descubierto, la mujer grita pidiendo una ayuda que ya se antoja completamente inútil.

2

El Cadillac Eldorado del 89 se detiene con un frenazo junto a la barrera policial levantada en torno a la marquesina de autobús, donde trabajan el equipo del forense y varios miembros de la Policía Científica, frustrados por la contaminación que la escena del crimen ha sufrido a lo largo de la mañana. El subinspector Jotadé Cortés se baja del coche y llega desabrochándose la cazadora de cuero hasta la oficial Verónica Arganza, que escruta uno a uno al medio centenar de curiosos que se agolpan en los alrededores, esperando que se cumpla la máxima y entre ellos se encuentre el asesino.

—Cuando he salido de casa, un frío de pelotas, y ahora calor —dice Cortés—. Al final el cambio climático ese nos manda a todos pa' Triana.

—Ya era hora.

—No me hables, que me he tirado toda la mañana en la clínica.

—¿Y?

—Que no es ella, Vero —responde con gravedad—, que soy yo, que por lo visto tengo los espermatozoides desganaos.

Verónica ahoga una risa.

—No te rías, prima, que yo creo que es de tanto empollar para la mierda de la oposición a inspector. La Lola no me deja ponerle una mano encima hasta que me aprenda la lección y, claro, llego al sobre consumido.

—Tú no te agobies. Cuando tenga que ser, será.

—Lo jodido es que, con lo pichabrava que nos ha salido el Joel, nos va a dar un nieto antes que nosotros a él un hermano, al tiempo... —Trata de centrarse—. En fin... ¿Y el Melero?

—El pobre ayer se rompió el ligamento cruzado jugando al fútbol. Tiene lo menos para seis meses de baja.

—Qué putada. Aunque, bien pensado, eso es lo que necesitaría yo.

—Ten cuidado con lo que deseas, Jotadé...

El subinspector Cortés se toca la frente con el índice y el meñique de ambas manos, intentando alejar la mala suerte, y mira hacia la marquesina.

—¿Qué ha pasado aquí?

—Una señora ha encontrado el cadáver de una chica de unos dieciséis años —responde Verónica.

—Mierda... ¿Se sabe ya cómo ha muerto?

—Moreno está hablando con el forense, pero, por las marcas que tenía en el cuello, parece un estrangulamiento.

—Pues, si la acaban de encontrar, cuando la estrangularon, esto debía de estar a tope de peña. Alguien ha tenido que ver algo.

El inspector Iván Moreno llega a tiempo de escucharlo.

—Nadie ha visto nada porque la chica lleva muerta más de veinticuatro horas, es evidente que no la mataron aquí. Alguien lo hizo ayer en otro sitio y anoche la dejó ahí plantada.

—El muy cabrón quería que la descubriéramos con el mayor número de espectadores posible —señala Jotadé.

—¿Por qué? —pregunta Verónica—. Lo normal es que alguien que hace esto quiera esconder el cadáver.

—A no ser que seas un narcisista muy seguro de que no te van a pillar —replica Moreno—. Si no muestra su obra, es como si nunca hubiera sucedido.

—Y, además, contaba con que la escena estaría contaminada a base de bien, con la de gente que habrá pasado por aquí sin darse cuenta de nada. Cámaras ni una, supongo.

Moreno niega con la cabeza.

—Eligió bien el lugar.

—¿A ti no te ha funcionado el *quinto* sentido ese que tienes para localizar al asesino entre los mirones, Vero? —pregunta Jotadé.

Los tres se vuelven hacia los curiosos, a los que se ha sumado el inspector Pedro Osborne. Mira la escena en silencio junto a su joven ayudante, el agente Fernando Garrido, que, a pesar de llevar licenciado solo unos meses, ya se ha convertido en su mano derecha.

—¿Qué hace aquí el Bertín?

Osborne, ataviado con una bufanda pese al aumento de la temperatura, no pierde detalle de lo que sucede alrededor de la marquesina. El *rigor mortis* mantiene el cuerpo de la chica en la misma posición en la que lo hallaron y lo colocan así en la camilla. El inspector está tan obnubilado que no repara en que Moreno, Verónica y Jotadé se han acercado hasta ellos.

—Osborne... —Iván lo saluda con cordialidad—. Si no me equivoco, este caso nos toca a nosotros.

—Lo sé... —se esfuerza por apartar la mirada de la chica—, pero resulta que una conocida mía vive en este barrio y me ha llamado para avisarme del lío que se había montado. Andaba la pobre atacada de los nervios.

—¡Qué cabronazo! —exclama Jotadé—. El muy malafollá se ha quedado con un trofeo.

Todos siguen su mirada y ven que, al trasladar a la víctima a la camilla, se le ha caído un guante y le falta la mano.

—Hay que ser miserable... —dice Verónica—. No sé por qué, pero algo me dice que esta investigación nos va a complicar la vida.

—Si necesitáis algo, solo tenéis que pedírmelo —se ofrece Osborne.

—¿Qué tal si, en uno de esos desayunos de tres horas que tienes con el comisario, le pides que me asigne más gente? —responde Moreno—. Me he quedado sin Melero, que el muy cafre se ha roto la rodilla jugando al fútbol.

—Si les parece bien —interviene el agente Garrido al ver su oportunidad—, yo podría colaborar con ustedes en mis ratos libres.

—¿Ya te quieres librar del Bertín, pimpollo? —pregunta Jotadé con retranca para enseguida volverse hacia Osborne—. Sin acritud, ¿eh?

—No te preocupes, Jotadé —se resigna él—. Garrido es más como vosotros que como yo. Si a Moreno le parece bien, podéis disponer de él. Aún le falta mucho por aprender, pero es un buen policía.

—Por mí, cojonudo —acepta Moreno mientras examina al joven agente—. En cuanto el comisario dé el visto bueno, te pasas por mi despacho.

—Gracias, señor —contesta Garrido contento.

Moreno, Verónica y Jotadé se despiden y se marchan.

—Espero que no le haya molestado, jefe. —El joven se gira hacia Osborne una vez que se quedan solos.

Este le quita importancia con la mano mientras vuelve a centrar toda su atención en la adolescente, a la que por fin suben al vehículo forense. La sábana que la cubre se mueve ligeramente y queda a la vista su cara, inocente, tranquila, como si solo estuviera dormida. El inspector Osborne esboza una sonrisa y piensa que su querida Carla está más guapa que nunca...

3

Carla removía con desgana la crema de calabaza mientras el inspector Osborne la observaba con gesto neutro junto a la puerta del sótano en el que la tenía encerrada desde hacía ya más de cuatro años. El avanzado estado de gestación de la joven la impedía sentirse cómoda en ninguna postura y terminó tirando la cuchara sobre la mesa, desesperada.

—¡Estoy harta!

—Cómetela, Carla. Ahora más que nunca, necesitas alimentarte bien.

—¡Lo que necesito es salir de este puto zulo, joder! ¡¿No te das cuenta de que aquí no puedo criar a un bebé?!

Él la miró con dureza. En cualquier otro momento, la habría castigado sin compasión por su salida de tono, pero comprendía que el desequilibrio hormonal hablaba por ella y no pudo sino admirar su fortaleza por aguantar tanto tiempo en una mazmorra de quince metros cuadrados excavada en la piedra y donde la humedad formaba churretones en las paredes. De todos modos, tampoco tenía intención de dejar que esa adolescente criase a su hijo. Ella tuvo un mal pálpito al percibir la tibieza de su mirada.

—¿Qué va a pasar con el bebé cuando nazca?

—Termina de comer, Carla —respondió con frialdad.

En un ataque de rabia, la chica cogió el cuenco y se lo lanzó. Osborne se tuvo que apartar para que no le abriese la cabeza y el plato se hizo añicos contra la pared.

—No voy a consentir que te comportes como una verdulera.

—¿Y qué vas a hacerme? —lo retó ella—. ¿Separarme de mi familia para encerrarme en un lugar asqueroso y violarme siempre que te dé la gana?

—¿Quieres perder los privilegios que te has ganado los últimos años? Recuerda cuánto te costó conseguirlos.

La chica se fijó en la media docena de libros manoseados que había en una balda sobre el escritorio y, sobre todo, en el pequeño transistor, su único contacto con el exterior. Si se lo quitaba, sus días se convertirían en un infierno aún peor que el que ya vivía, así que bajó la mirada, vencida. Osborne sonrió complacido.

—Recoge esto.

El inspector salió de la celda y la vigiló a través del ventanuco de la puerta. Cuando vio que obedecía y empezaba a recoger con esfuerzo los restos del plato, corrió los cerrojos y se marchó.

Carla se sentó en el catre y observó en su mano uno de los trozos de loza. Pasó el dedo por el filo y se cortó. Miró hipnotizada la gota de sangre y, súbitamente, se llevó el improvisado cuchillo al cuello, en una especie de trance. Estaba a punto de cortarse la yugular y acabar con el sufrimiento para siempre, cuando sintió una patada de su bebé, como si hubiera sido consciente de lo que estaba a punto de hacer su madre y quisiera evitarlo. Volvió en sí y, tras acariciarse la barriga con un punto de remordimiento, cogió el transistor y se tumbó con él sobre la cama, hecha un ovillo.

Allí dentro no se sintonizaban demasiadas emisoras, pero sí las suficientes para que pudiese estar al tanto de lo que pasaba en el mundo y de la música que bailaban las chicas de su edad que no habían corrido la misma suerte que ella. Al principio le horrorizaban el trap y el reguetón, pero al poco tiempo se pasaba las horas muertas esperando que pusieran un nuevo éxito de Karol G y soñando con poder asistir algún día a uno de sus conciertos.

En el informativo hablaron sobre la ola de frío que azotaba España de norte a sur y de que las estaciones de esquí estaban a pleno rendimiento. Eso desbloqueó el recuerdo de los fines de año que pasaba con su familia en la estación de Baqueira Beret y una lágrima rodó por su mejilla hasta fundirse con la almohada. También recordó que fue tras regresar de uno de aquellos viajes, recién acabada la pandemia, cuando su vida cambió para siempre...

—No te entretengas, Carla —le dijo su madre la tarde del 5 de enero, la que debía ser la más feliz del año y se terminó transformando en una pesadilla—. Si no estás aquí en media hora, nos vamos sin ti, estás advertida.

Carla, de doce años, había quedado en visitar a su mejor amiga antes de ir a la cabalgata de Reyes. A Sonia le habían diagnosticado leucemia y, aunque ya estaba inmersa en un lento proceso de recuperación, no había mejorado lo suficiente como para salir aquella tarde. Mientras caminaba hacia la casa de su amiga —a apenas dos calles, en una urbanización de chalés donde la seguridad se daba por hecha, con vigilantes que hacían su ronda cada media hora—, iba pensando que Sonia era la niña más desafortunada del mundo. Solo unas horas después, se habría cambiado por ella sin dudarlo un instante.

—Perdona..., ¿puedes ayudarme?

El hombre estaba junto a una furgoneta de color azul con la puerta corredera abierta. No era una niña especialmente desconfiada, pero sabía que no debía acercarse a ningún desconocido; era algo que le repetían una y otra vez sus padres y sus profesores. Sin embargo, este tenía pinta de buena persona y le devolvió una cálida sonrisa.

—¿No sabrás de dónde sale la cabalgata? He quedado allí con mis hijos dentro de media hora y estoy más perdido que un pulpo en un garaje.

—Es un poco más allá —respondió Carla, divertida por una expresión que le había escuchado infinidad de veces a su padre y a sus tíos—. Este año empieza en el parque y termina en el centro comercial.

—No tengo ni idea de dónde queda ese parque.

Carla dudó. Para señalarle el camino, debía acercarse demasiado a su furgoneta. El hombre percibió sus temores y sonrió.

—Haces bien no fiándote, hija, pero no tienes de qué preocuparte. Soy policía, mira.

En cuanto le enseñó su reluciente placa, Carla aparcó sus recelos y recorrió los dos pasos que la condenarían para siempre. El inspector Pedro Osborne la metió en la furgoneta sin ninguna delicadeza, todavía contrariado por haber tenido que cambiar sus planes a última hora; en realidad, su objetivo era una chica algo mayor que vivía en la misma calle, pero la había venido a buscar el novio que se había echado. Cuando estaba a punto de marcharse, descubrió a Carla acercándose sola. Pensó que aún era demasiado joven, pero se convenció al comprender que, gracias a eso, le daría menos problemas.

4

Los últimos meses le han servido a Lucía Navarro para confirmar que su labor como psicóloga en el Centro de Internamiento de Menores Princesa Leonor le produce aún más satisfacciones que su etapa como policía. Echa de menos poder salir —solo lo hizo de manera clandestina un par de veces, mientras investigaba la vida de una interna—, pero agradece residir allí y no en la cárcel de Alcalá Meco, donde cumplía una condena de dieciocho años por doble homicidio. Jotadé tuvo mucho que ver con su traslado y nunca se lo agradecerá lo suficiente.

—Mira que eres rara... —Jotadé la observa con curiosidad mientras se lía un cigarrillo en el banco de piedra del bosquecito de pinos del centro de menores—. ¿Ni siquiera un pensamiento calenturiento de vez en cuando?

—Ni siquiera. —Lucía se encoge de hombros—. Recuerda que los pensamientos calenturientos son los que me han traído hasta aquí.

—Una cosa es venirte arriba jugando con pistolitas y otra que no te apetezca echar un polvo de vez en cuando. Eso es tan imperioso como el comer.

—Te aseguro que se puede vivir sin sexo perfectamente, Jotadé. Y, cuanto más mayor te haces, menos te apetece.

—Pues a mí me da que con ochenta tacos se me va a seguir poniendo como el cerrojo de un penal cada vez que vea a la Lola.

Lucía se ríe. Él termina de liarse el cigarrillo y saca un Zippo para encendérselo, pero ella se lo quita de los labios con un rápido movimiento.

—¿Qué haces?

—¿No sabes que el tabaco es una de las principales causas de infertilidad? Lo que no puedes hacer es quejarte de que tienes los espermatozoides vagos y después atufarlos con el humo de un cigarro. Delante de mí, no vuelves a fumar.

—Menuda sargenta...

—Solo miro por tu bien y por el de Lola, y el tabaco no os trae nada bueno a ninguno de los dos. —Rompe el cigarrillo—. ¿Qué tal por la comisaría?

—Sigue habiendo demasiados desalmados a los que perseguir —responde Jotadé mientras se guarda el encendedor, resignado—. Y nosotros cada vez somos menos, porque además el malasombra del Melero se ha roto la rodilla. He quedado ahora con los demás para ir a verlo al hospital.

—Pobre... Dale un beso de mi parte, ¿vale?

—Hecho. ¿Y tú qué? ¿Te sigue molando esto?

—Me encanta ayudar a estos chicos, aunque las historias que arrastran son terribles. Y también tiene su parte mala, no te creas. Ahora me toca estudio con los mayores, que es como ir a la guerra.

—Que sea leve. Si necesitas algo, ya sabes dónde estoy.

—Me sabe mal que, con todo el lío que tienes, vengas a verme cada semana. Si te saltas alguna visita, lo entenderé.

—¿Ya te has cansado de mí?

—Lo digo por ti, Jotadé. Sabes que me encanta verte.

—Entonces vuelvo la semana que viene.

Lucía le sonríe, profundamente agradecida.

—A ver si me traes buenas noticias de Lola...

Él asiente, más presionado de lo que quiere hacer ver, y ambos se abrazan a modo de despedida. Lucía se dirige al edificio y, antes de entrar, se fija en un chico de dieciséis años que hay sentado en la parte trasera del gimnasio. Está solo y no hace nada más que mirar al frente, inexpresivo. Al seguir su mirada, ve que observa a los más pequeños mientras hacen gimnasia, y la recorre un profundo escalofrío. Cuando lo trasladaron al centro, Lucía sintió por Alejandro Nuero un inexplicable rechazo.

Lo primero que hizo al día siguiente fue leer su expediente, pero en él solo constaban media docena de expulsiones de su instituto, alguna acusación por trapichear con marihuana y varias detenciones por destrucción de mobiliario urbano —nada comparado con lo que habían hecho algunos de los chavales allí internados—; aun así, tenía la intuición de que ese chico escondía algo muy turbio. Desde entonces se ha limitado a observarlo sin intervenir, aunque cree que va siendo hora de cambiar eso.

—¿Qué haces aquí, Lucía? ¿No tienes estudio con los de cuarto?

Marisa Uceda, la directora del Princesa Leonor, es la única allí dentro que conoce su pasado como policía y los hechos que la llevaron a la cárcel (otro de los educadores también lo descubrió, pero pidió el traslado después de intentar sacarle partido infructuosamente). Con Marisa tiene una relación de conveniencia; a una le viene bien cumplir allí su condena y a la otra no tener que pagar a una psicóloga extra con el ridículo presupuesto que recibe del Ministerio.

—Sí, ahora entro... Oye, Marisa —vuelve a mirar al chico—, me gustaría ocuparme de la terapia de Alejandro Nuero.

—Germán es su tutor, pero, por lo que me dice, hablar con él es como darse de cabezazos contra un muro. Ese chico se ha cerrado en banda.

—Quizá por eso mismo le venga bien cambiar de terapeuta.

Marisa la mira con curiosidad.

—¿Qué has visto en él, Lucía?

—Nada, ¿por qué? —responde ella con cara de inocente.

—Porque te conozco desde hace meses y sé que no das puntada sin hilo. Si quieres que te traslade su expediente, necesito un motivo.

—De verdad que no lo sé, Marisa. Llevo semanas observándolo y, aunque no se ha metido en ningún lío serio, hay algo en él que hace que no me lo crea. Es como si estuviera constantemente esforzándose por ocultar algo. Y yo quiero intentar descifrarlo antes de que se largue de aquí.

La directora duda, pero termina cediendo.

—Tú verás... Deja que hable yo con Germán, que ya sabes cómo se pone con estos cambios.

—Gracias.

—Ahora, a la sala de estudio antes de que quemen el edificio.

Las dos entran en el centro. Alejandro Nuero deja de mirar a los pequeños y se vuelve hacia la puerta que han atravesado Lucía y Marisa, como si, a pesar de la distancia, hubiera escuchado cada palabra.

5

—Vaya avería que te has hecho, calamidad...

El agente Lucas Melero mira con cara de cordero degollado a Jotadé, a Verónica y a Iván Moreno desde la cama del hospital, tras verse sometido a una operación para reconstruir el ligamento cruzado de la rodilla derecha.

—Pero ¿cómo metiste la pierna para que te la destrocen así, Melero? —le pregunta el inspector Moreno.

—Fue una jugada tonta, jefe. Me despisté un segundo mirando a la grada para saludar a Margarita y vino un carnicero del otro equipo y se me llevó por delante.

—¿A qué Margarita? —pregunta Jotadé con cautela.

—A la amiga de tu hermana, Jotadé —responde la oficial Arganza con cara de cachondeo para enseguida volverse hacia Melero—. Ya va siendo hora de que le confieses que estás liado con ella, Melero.

—«Liarse» es una palabra muy zafia para describir lo que hay entre nosotros. Yo la quiero y la respeto.

—Tú no sabes dónde te metes, chaval —dice Jotadé condescendiente—. Para empezar, una gitana no es mujer de trato fácil, y menos Margarita, que tiene más peligro que un cepo enterrado.

—Tiene carácter, eso es así —concede.

—Y sus hermanos más aún, que son la hostia de cerrados y no creo que acepten a un payo como cuñado.

—Y menos policía —añade Moreno.

—A veces las apariencias engañan, jefe. Estuve comiendo con ellos el domingo pasado y no pusieron ninguna pega. —Mira a Jotadé—. Por cierto, su madre dice que a ver si te prodigas más.

—O sea, ¿que vas en serio? —pregunta perplejo.

—Toma, claro. A mí Margarita me gusta desde que la conocí en este mismo hospital, cuando tú estabas ingresado después del tiroteo con los Garza, lo que pasa es que tardé cuatro meses en conseguir que me diera una cita. A todo esto, el otro día me dijeron que sois medio familia. A ver si puedes convencerlos de que la dejen salir a cenar a solas conmigo. Es que las veces que hemos quedado ha venido con toda la tropa y el sueldo de agente no da para invitarlos a todos.

—A mí no me metas en líos, Melero. Además, somos familia, pero lejana.

—Venga, hombre, ¿qué te cuesta? ¿No te haría ilusión que nos convirtiésemos en medio primos?

Verónica e Iván ahogan una risa ante la cara de póquer de Jotadé.

—Que un beso de parte de Lucía... —dice evitando responder a Melero.

—¿Cómo está? —pregunta Moreno, echándole un capote.

—Al final le gusta aquello.

—A ver si me paso un día de estos a verla.

—Estaría bien... Bueno, yo me largo, que la Lola me ha pedido que hoy no llegue a deshoras. A cuidarse, Melero.

Desde que se reconcilió con Lola, llegar a casa se había convertido para Jotadé en el mejor momento del día, pero ahora sabe que él es el culpable de que no consigan darle un hermano a Joel y se siente avergonzado. Al abrir la puerta, la ve poniendo la mesa para cenar. Lleva el mismo vestido de noche que estrenó para la boda de una compañera del súper. Está preciosa.

—Hola, cariño. —Lola lo saluda sonriente.

—¿He olvidado tu cumpleaños? —pregunta acongojado.

—Te mataría.

—¿Entonces?

Lola se acerca para besarlo. Se cuelga de su cuello y él percibe el aroma del perfume que solo se echa en las grandes ocasiones.

—¿Qué pasa, gitana?

—¿Tan raro te parece que quiera cenar a solas contigo?

—Un poco. ¿Y Joel?

—Lo he mandado a casa de tus padres.

—O sea, que hoy toca jarana.

—Ya veremos… —dice sonriéndole con picardía—. Ahora ve a ducharte y después abres una de las botellas de vino que nos mandó el comisario las Navidades pasadas.

Jotadé obedece sin tenerlas todas consigo, se arregla tanto como ella y descorcha el vino mientras la observa ir y venir de la cocina cargada con comida suficiente como para alimentar a un regimiento. Por primera vez en su vida, se siente inseguro frente a Lola. Cuando le tiende la copa, ella lo percibe.

—Sé lo que estás pensando, Jotadé. Y ya te lo puedes quitar de la cabeza.

—Hoy se me ha ocurrido que igual es por la transfusión que me hicieron. Me metieron mazo de sangre paya y lo mismo eso ha afectado a mi empuje.

Lola se ríe.

—Lo digo en serio, Lola.

—Reconozco que me haría ilusión tener otro hijo, pero es más importante estar bien contigo y con Joel.

—A mí eso no me basta. Quiero que seas feliz.

—Ya lo soy.

—Más todavía.

—Si tiene que venir, vendrá. Y si no… me conformo con que lo sigamos intentando por lo menos dos veces por semana.

—Si es que estás más rica que el mazapán de Toledo…

Jotadé la besa. Ella enseguida se separa, frenando sus avances.

—Quieto parao, que me he tirado toda la tarde cocinando para que ahora se eche a perder por tus ansias. Ya habrá tiempo.

Mientras cenan y degustan el vino, se ponen al día sobre sus respectivos trabajos. Aunque le ha insistido en que ya no necesita pegarse esas palizas en el súper, Lola quiere seguir manteniendo su independencia y él lo respeta. Con el segundo plato —unas codornices escabechadas que Jotadé chupe-

27

rretea hasta convertir en un montoncito de huesos limpios como una patena— hablan de la oposición para inspector, de la que todavía no han salido las convocatorias, y de la chica que han encontrado muerta en la parada de autobús, que está en boca de todos.

—Pobre niña —dice Lola estremecida—. No me quiero ni imaginar lo que habrá tenido que pasar.

Jotadé se limita a asentir. Aún no sabe qué significado tiene que a la víctima le faltase una mano, pero algo le dice que no se trata simplemente de un recuerdo que haya querido conservar su asesino.

—Se acabó hablar de cosas feas —zanja Lola—. ¿Quieres algo de postre?

—Yo el postre ya sabes dónde me lo tomaba —responde con complicidad.

—Y después quitas tú el chocolate de las sábanas, ¿no?

—No va a quedar ni la muestra.

Se acerca a ella y la levanta en volandas.

—Espera a que recoja la mesa —protesta Lola.

—Ya la recojo yo luego, que no sé si será por el vino caro, pero noto rebujito ahí abajo. Hoy te hago trillizos.

Lola se ríe mientras Jotadé la lleva en brazos hacia el interior.

6

Durante los primeros meses de secuestro, Carla volvió a sufrir la enuresis nocturna que había superado con vergüenza y mucho esfuerzo a los ocho años. Cada mañana se levantaba con la cama mojada y recibía severos castigos por parte del inspector Osborne, pero hacía ya tres años que no tenía ningún percance. Por eso se extrañó cuando, al amanecer, la despertó una fría humedad en la cara interna de los muslos. Se asustó pensando que era sangre. Se levantó a toda prisa y encendió la luz. Desconcertada ante aquel líquido viscoso, se desgañitó pidiendo ayuda, aunque ya sabía que nadie iba a escucharla: su secuestrador se había encargado de insonorizar bien el lugar.

De pronto le sobrevino un intenso dolor en el vientre y se dobló sobre la cama. El malestar se atenuó de repente y pensó que ya había pasado todo, pero a los pocos minutos regresó aún con más fuerza. Las contracciones se repitieron durante casi dos horas, hasta que los periodos de alivio intermitente desaparecieron del todo. Al mirar hacia abajo, vio sangre y una mata de pelo oscuro y mojado. Le costó darse cuenta de que era la cabeza de su hijo, que enseguida asomó por completo, pero se quedó atascado por los hombros. De tanto como empujó intentando expulsar a la criatura, Carla se quedó sin fuerzas y perdió el conocimiento.

Cuando el inspector Osborne entró en la celda con la bandeja del desayuno, la cara del bebé ya había adquirido un preocupante color morado y la sangre de la madre empapaba el colchón.

—Maldita sea...

No le importaba la vida de ella, pero sabía que, sin su ayuda, su hijo no sobreviviría.

—Carla, despierta... —Le dio unas bofetadas—. ¡Tienes que despertar!

Ella abrió los ojos pesadamente.

—¿Qué me está pasando?

—Se ha adelantado el parto. Ahora debes ser fuerte y seguir empujando.

—No puedo más... —respondió vencida.

—¡Empuja o mi hijo morirá!

—Llévame a un hospital, por favor.

—No hay tiempo para eso. Si quieres que el bebé sobreviva, tienes que empujar con todas tus fuerzas. ¡Ahora!

—¡¡Aaaaghhhh!!

Cuando el niño salió, varios minutos después, la joven ya estaba al límite de sus fuerzas y había apretado tanto los dientes que se le partió uno de los colmillos. Miró al bebé muy débil, pero este no reaccionaba.

—Dime que está bien, por favor —susurró.

Osborne le limpió las vías respiratorias con un pañuelo y el recién nacido arrancó a llorar a pleno pulmón. Solo entonces Carla sonrió. Él le cortó el cordón umbilical, lo lavó y se lo entregó a su madre para que ambos descansasen tras el esfuerzo.

—Tiene hambre... —dijo ella.

—Dale el pecho.

Ella no tenía ni idea de cómo hacerlo. Cuando Osborne la secuestró, era demasiado cría y aún desconocía la mayoría de las cosas. Pero bastó con que se levantase el camisón para que su hijo se abriese camino hasta uno de sus pechos. Por primera vez en cuatro años, Carla se sintió plenamente feliz.

7

Verónica y Jotadé observan, a través del cristal de la sala de reuniones de la comisaría, cómo Moreno habla junto a la puerta de su despacho con el inspector Osborne y con el agente Fernando Garrido.

—¿A qué edad se licencia ahora la peña en la Academia? —pregunta Jotadé mirando con curiosidad al joven policía.

—Si te das prisa, con veinte años ya puedes estar patrullando.

—Con veinte años donde se debería estar es conociendo periquitas y no oliendo los cuescos del Bertín.

—Eso es repugnante, Jotadé —dice asqueada.

—Es la vida misma. A mí las primeras guardias me tocaron con un extremeño de ciento veinte kilos que...

—No quiero saberlo, gracias —lo corta con firmeza—. ¿Por qué no vuelves a llamar al forense para que nos mande de una vez la autopsia preliminar de la chica de la parada de autobús?

—Porque ya he llamado dos veces esta mañana y en esta vida se puede ser de todo menos brasas. Cuando esté, la mandarán.

Fuera, el inspector Moreno y el agente Garrido se despiden de Osborne y se dirigen hacia la sala de reuniones.

—Jotadé, Verónica —dice Moreno al entrar con el novato—, desde este momento, el agente Garrido sustituye a Melero en nuestro equipo. Está para ayudaros en lo que haga falta, pero —mira expresamente a Jotadé— eso no incluye haceros los informes, traeros café ni sacaros los marrones de encima, ¿estamos?

—Bienvenido al club, pipiolo —acata resignado.

—Gracias, subinspector Cortés —responde Garrido ilusionado—. Es un honor trabajar con usted y con la oficial Arganza.

—Mejor rebájanos el trato, Garrido —contesta Verónica.

Llega un agente uniformado con una carpeta en la mano.

—Envían esto de la oficina del forense.

—La autopsia, por fin.

Verónica se levanta para coger la carpeta y la abre sobre la mesa. Todos la escuchan con atención.

—La víctima se llamaba Carla Lombardo, desaparecida en Madrid el... —Se calla y frunce el ceño—. Esto es muy raro.

—¿Qué pasa?

—Desaparecida el 5 de enero de... 2022.

—Eso es hace más de cuatro años —señala Jotadé desconcertado.

—Es cuando se cursó la denuncia.

—¿Esa pobre niña ha estado secuestrada todo este tiempo? —pregunta Moreno estupefacto.

—Según esto, tenía un déficit serio de vitamina D, o sea, que no acostumbraba a tomar el sol. Debieron de tenerla encerrada en algún lugar sin luz natural.

—¿Y la mano que le falta?

—Se la amputaron *post mortem* con un hacha o similar. También tiene diferentes contusiones por el cuerpo y... —Vuelve a callarse, aún más impresionada—. No me lo puedo creer.

—Cada día te pareces más al Melero con tanta intriga —se impacienta Jotadé—. ¿Quieres soltarlo de una vez?

—Había dado a luz hacía menos de tres semanas.

Los tres acusan la información.

—Espero que ese mierdaseca no haya matado también al bebé.

—Si no lo dejó con ella, quiero creer que es porque aún sigue vivo.

—Si esa chica lleva tanto tiempo desaparecida —interviene tímidamente el agente Garrido—, deberíamos avisar a sus familiares de que ya la hemos encontrado, ¿no?

—Y en las peores condiciones posibles... —apunta el inspector Moreno.

Los padres de Carla miran a Jotadé y a Verónica, destrozados después de recibir la terrible noticia. Por más tiempo que haya pasado desde su desaparición, aún conservaban la esperanza de volver a reunirse con ella algún día, aunque no de esa manera. Delante del sofá en el que están sentados, varias fotos enmarcadas de la víctima con el resto de la familia los observan desde las baldas de una estantería. Entre ellas, Jotadé reconoce la que utilizaron durante la búsqueda, en la que Carla mira sonriente a la cámara.

—Sabemos que es un momento muy duro para ustedes —dice comprensivo—, pero necesitamos que nos acompañen para reconocer el cuerpo.

—Quizá no sea ella, cariño —le dice esperanzado el señor Lombardo a su esposa—. Tal vez se hayan equivocado de chica.

—Lamentablemente, las huellas dactilares que se tomaron como muestra coinciden —aclara la oficial Arganza—, al igual que la descripción física, aunque sin duda ha crecido en estos cuatro años.

Aquello acaba con la esperanza de los padres.

—¿Cómo ha muerto? —pregunta la madre con un hilo de voz.

—La asfixiaron —responde Verónica.

—¿Se sabe ya quién lo ha hecho?

—Estamos investigándolo —contesta Jotadé—, pero aún no tenemos ninguna pista fiable. Quizá ustedes puedan decirnos algo que nos ayude.

—No hay nada que no hayamos contado ya en todos estos años —afirma el padre apesadumbrado—. Carla era una niña normal que se relacionaba con todo el mundo.

Desde el principio hemos dicho que no tenía ningún motivo para desaparecer voluntariamente, y al final el tiempo nos ha dado la razón.

—¿En qué circunstancias desapareció?

—Sucedió la víspera de Reyes de 2022. Fue a visitar a una amiga que estaba enferma antes de ir a la cabalgata, pero no llegó a su casa. Algunos vecinos declararon que vieron una furgoneta azul aparcada en los alrededores, aunque aquello nunca llevó a ninguna parte.

—¿En qué estado se encuentra mi niña? —pregunta la madre, aún asimilando que no volverá a ver a su hija con vida.

Jotadé y Verónica cruzan una mirada comprometida, lo que no pasa desapercibido para el padre.

—¿Qué sucede, agentes?

—Conocer los detalles no les va a ayudar en nada, señor Lombardo.

—Díganoslo. Tenemos derecho a saberlo.

Verónica toma aire, armándose de valor, consciente de la dureza de lo que va a comunicarles.

—A Carla le falta una mano; se la cortaron una vez fallecida por un motivo que aún desconocemos. Y además... —Le cuesta seguir, con un nudo en la garganta.

—Además —continúa el subinspector Cortés—, había dado a luz hace apenas unas semanas.

—¡Eso no es posible! —La madre se desespera—. ¡Mi hija solo era una niña!

—Creemos que el padre es el propio secuestrador.

Jotadé y Verónica aguantan respetuosos mientras los padres de Carla Lombardo se derrumban, horrorizados. Las miradas de los dos policías se dirigen hacia la fotografía de Carla, cuya sonrisa recrudece aún más la situación.

8

El inspector Moreno aparca frente al chalé adosado que alquiló cuando decidió regresar de Villafranca de los Barros y reincorporarse a la Policía. Gremlin sale a recibirlo meneando el rabo y él lo saluda con unas palmadas en la cabeza. Va hacia la puerta y sonríe al descubrir una familia de enanitos de jardín en la entrada: desde que la abuela Carmen se mudó con ellos, ha hecho suya la casa, pero él solo puede estarle agradecido; aparte de ocuparse de Alba y de James —en plena adolescencia él y en una irritante y tempranísima preadolescencia ella—, lo cuida como a un hijo. Entra seguido por el perro y se dirige a la cocina, donde Carmen pone la mesa para la comida.

—Ya sabía yo que las lentejas no te las ibas a saltar...

—No puedo liarme mucho, que tengo jaleo en la comisaría. ¿Y los niños?

—Estarán al caer. Hoy le tocaba recogerlos a la vecina. Tú mientras siéntate, que te saco una cerveza y unas olivas.

—No me apetece nada, gracias.

—¿Qué te pasa? ¿Te encuentras mal? —pregunta preocupada.

—Llevo todo el día un poco revuelto. Igual me ha sentado mal el café del desayuno.

—A ti lo que te ha sentado mal es lo de la chica que encontrasteis ayer en la parada de autobús. Ya te lo noté anoche y esta mañana lo he visto en el *anarrosa*.

Iván resopla, confirmando la intuición de la mujer.

—Ha sido terrible, ¿verdad? —Se sienta a su lado y le coge la mano con cariño.

—Lo peor de todo es que acababa de dar a luz, Carmen —admite afectado—. Ese cabrón la secuestró, seguramente la estuvo violando durante años, la dejó embarazada y, un par de semanas después del parto, la mató. No puedo dejar de pensar en lo que habrá hecho con el bebé.

—Qué horror. —Carmen se santigua—. Rezaré por que encontréis bien a esa criatura.

—Todos lo hacemos, Carmen...

Suena insistentemente el timbre de la puerta y ella se levanta.

—Ya están aquí las fieras. Tú procura alegrar esa cara, ¿de acuerdo?

Iván asiente y Carmen va a abrir. Enseguida regresa detrás de James y de Alba, que entran en la cocina enfurruñados y tiran sus mochilas de mala manera junto a la pared. El chico ha ensanchado y a sus catorce años es casi un hombre, aunque su leve retraso se hace ahora más evidente que nunca en sus rasgos. Alba, a los siete, sigue siendo una niña, pero el brillo de su mirada refleja ya su viveza y su afilada inteligencia.

—Pasa de mí, ¿vale? —le dice James a Alba.

—No, pasa tú de mí. Que ni siquiera eres mi hermano.

—¿A qué viene eso, Alba? —le pregunta Iván muy serio—. Pídele ahora mismo perdón a James.

—¿Perdón por qué? Si no he dicho ninguna mentira.

—James es tan nieto mío como tú —interviene Carmen—, así que haz caso a tu padre y pídele perdón si no quieres quedarte castigada toda la semana.

Alba se vuelve hacia James con determinación.

—Por imperativo, perdón.

—Será posible la mocosa. —La abuela no da crédito.

—Sentaos ahora mismo y contadnos qué narices os pasa —ordena Iván.

Los niños obedecen y se miran, retadores.

—Vamos, ¿a qué esperáis? ¿James?

—Que me trata como si yo fuese subnormal, eso pasa —escupe el chico.

—Y dale con la palabrita de las narices —replica Carmen crispada—. ¿Cuántas veces tenemos que repetiros que borréis ese término de vuestro vocabulario? Aquí no hay nadie subnormal, ¿estamos?

—A mí me da igual la palabra —dice él cargado de rabia—, lo que me fastidia es que me haga sentir así.

—¿En qué momento te ha hecho sentir así? —pregunta Iván.

—Cuando estábamos comprando chuches.

—¡Hace mal las cuentas y le timan, papá! —protesta Alba—. Si no sabe sumar bien, ¿por qué no me deja pagar a mí?

—¡Porque no me da la gana y el dinero es mío, imbécil!

—El próximo que insulte se queda sin Play hasta que se independice, os lo juro por mi vida. Pide perdón ahora mismo, James.

—Por imperativo —dice mirándola—, perdón.

Iván y Carmen tienen que hacer un esfuerzo para no reírse.

—Vayamos por partes —recupera él la seriedad—. ¿Qué problema tienes tú ahora con las cuentas, James? Si siempre las has hecho bien.

—Es que a veces me lío con las monedas.

—Y tú —se dirige a Alba con reproche—, en lugar de ayudarlo a desliarse, lo pones todavía más nervioso, ¿no?

—Es que se tira una hora para comprar dos chicles, papá —vuelve a protestar, aunque con menos ímpetu; empieza a darse cuenta de que quizá se ha pasado.

—Como si se tira dos, Alba. Vuestra obligación en la vida es ayudaros el uno al otro, porque, aunque no tengáis la misma sangre, siempre seréis hermanos.

—Yo a ella no puedo ayudarla en nada... —se lamenta James.

—¿Cómo que no? Cuando sacáis juntos a Gremlin y ve al gato de los vecinos, por ejemplo, ¿quién es el único que tiene fuerza para agarrarlo de la correa?

—James —concede Alba—. Y también me ayuda a cambiar las sábanas o a subir los juguetes a la estantería.

—¿Veis? Haced las paces, venga.

Los chicos se sonríen tímidamente y se dan un abrazo.

—Ahora recoged las mochilas e id a lavaros las manos, andando.

Ambos obedecen y suben corriendo por las escaleras, tan unidos como siempre. Cuando Iván mira a Carmen, la sorprende observándolo con una orgullosa sonrisa.

—¿Qué?

—Doy gracias a Dios, porque esos niños no podrían tener un padre mejor.

—Tampoco es para tanto, Carmen.

—Sí que lo es, sí. Eres un buen hombre y mereces todo lo bueno que te pase..., y eso incluye a una mujer a la altura.

—No empieces, por favor.

—Ya va siendo hora de que rehagas tu vida, hijo. Aún eres joven y me parte el alma verte tan solo.

—No estoy solo. Además, entre el trabajo y los niños, no tengo ni tiempo ni ganas de salir a buscar novia.

—No hace falta que lo hagas. Ya me he encargado yo.

—¿De qué hablas? —La mira asustado.

—¿Tú te fías de mí?

—No.

—Pues deberías, porque he conocido a una chica con la que encajas de maravilla. Es guapa, simpática, inteligente y tiene un buen trabajo.

—Que eres la madre de Indira y esto es rarísimo, Carmen. ¿A ti te parece normal que te dediques a buscarme novias?

—En realidad, no la he buscado, simplemente me la he encontrado. Ya le he hablado de ti y está interesadísima en conocerte. ¿Por qué no la llamas? —Desliza sobre la mesa un papel con un número de teléfono apuntado.

—No me apetece, en serio.

—Tú no seas sieso y piénsatelo. Y, si la cosa no funciona, al menos que te quite las contracturas. Se llama Lidia y es fisioterapeuta.

Iván mira el papel con el número de teléfono, dubitativo. Carmen termina de preparar la comida satisfecha, consciente de que su mensaje ha calado.

9

A la semana del parto, Carla ya se manejaba con su pequeño como una madre experta. Leyó con detenimiento un par de libros sobre maternidad que le había llevado el inspector Osborne y que resolvieron algunas de las dudas que le surgían a diario. Lo único que le preocupaba era que su secuestrador cada vez pasaba más rato en su celda, observándolos en silencio. Durante los años que había estado allí encerrada no encontró una muestra de cariño, de respeto o de comprensión, pero desde que había tenido a su hijo era aún peor: parecía que ese hombre estaba desprovisto de humanidad. Aunque se le revolvían las tripas con solo pensarlo, algo le decía que debía tender puentes con él si quería sobrevivir. Después de darle el pecho al bebé con mucha más soltura que los primeros días, miró a su carcelero con inocencia.

—¿No deberíamos vacunar a Pedro?

—¿Pedro? —preguntó Osborne a su vez, sorprendido.

—Aún no le habíamos puesto nombre y he pensado que debía llamarse como su padre... ¿No te gusta?

—Sí... —contestó aturdido.

—Lo sabía. —La chica forzó una falsa sonrisa para enseguida retomar el tema que le preocupaba—. Según he leído, tiene que tener la cartilla de vacunación completa.

—Ya lo vacunaremos.

—¿Cuándo?

—Más adelante —zanjó.

Carla era consciente de cuánto se jugaba presionándolo, pero tenía que sacarle un rendimiento mayor a la baza del nombre e insistió.

—Aparte de la vacunación, Pedro necesita que le dé el sol.

—Eso ahora no es posible.

—Por favor. Déjanos tomar un poco el aire. Aunque solo sea un ratito.

—Ya veremos.

Aún tardó una semana más en convencerlo y, una tarde de domingo, el inspector Osborne accedió a dejarlos salir al jardín. Antes de alcanzar la puerta, la agarró con fuerza del brazo y la obligó a mirarlo a los ojos.

—Te juro que, como intentes algo, te quito al niño, la radio y los libros.

—No intentaré nada, te lo prometo.

Ella respiró aire puro mirando al cielo por primera vez en cuatro años y lloró de rabia al pensar en todo lo que había perdido por culpa de ese monstruo. Durante sus siguientes salidas —Osborne permitía a madre e hijo pasar un rato en el jardín cada dos o tres días—, Carla estudió cada rincón de la finca con detenimiento, buscando algún lugar por el que escapar y pedir ayuda, pero era demasiado arriesgado. Decidió que esperaría a que él le fuera dando más confianza, hasta que cometiera un error del que aprovecharse. Pero si algo le sobraba a su secuestrador era experiencia.

Tuvo la certeza de que tarde o temprano Carla intentaría traicionarlo cuando, después de dedicarle una inocente sonrisa, la muchacha se dio la vuelta y él vio su cara de desprecio reflejada en un cristal. Entonces Osborne comprendió que había llegado la hora de terminar con esa etapa que tanto placer le había dado.

Aquella misma noche, cuando ella abrió los ojos, lo descubrió con el hijo de ambos en brazos.

—¿Qué estás haciendo? —preguntó incorporándose sobresaltada.

—Me lo llevo para vacunarlo —respondió él con frialdad.

—¿De madrugada?

—Es mejor que no nos vea nadie.

La chica tuvo la corazonada de que le estaba mintiendo y corrió hasta la puerta con intención de cortarle el paso.

—No dejaré que te lo lleves.

—Aparta de la puerta, Carla. Te lo digo por tu bien.

—Quiero ir con vosotros.

—Si no te apartas, te haré daño.

—¡Devuélvemelo!

La chica intentó recuperar a su hijo y Osborne la derribó de un guantazo. Cayó al suelo mientras el bebé lloraba. Cuando el policía iba a alcanzar la puerta, Carla se levantó y se agarró desesperada a las piernas de su secuestrador.

Osborne se la quitó de encima y la lanzó contra la pared con violencia, ganando los segundos necesarios para salir del sótano con el pequeño en brazos. Cuando Carla se recuperó, ya era demasiado tarde y solo pudo chocar contra una puerta cerrada.

—¡Devuélvemelo, por favor! —rogó aporreando el metal.

El llanto de su bebé cada vez se escuchaba más lejos y finalmente se acalló por completo. Aun así, Carla lloró y suplicó diez minutos más, hasta que comprendió que lo había perdido para siempre y se dejó caer al suelo.

—Devuélveme a mi hijo, por favor —dijo para sí, anegada en lágrimas—. Me necesita...

Tras casi una hora torturándose por no haber logrado ponerlo a salvo, comprendió que la sospecha que tenía desde hacía semanas se iba a convertir en realidad y que su secuestrador planeaba acabar con ella. No le importaba morir, pero se negaba a que su muerte fuese en vano.

Se levantó del suelo con determinación y se dirigió a la estantería. Cogió uno de los libros y buscó entre sus páginas. Cuando al fin encontró las dos palabras que buscaba, las recortó con cuidado. Después protegió sendos trozos de papel con celo transparente que arrancó del lomo de un viejo libro y, por último, se los tragó ayudada por un vaso de agua.

10

Jotadé y Verónica acompañan a través de los pasillos del tanatorio a los desconsolados padres, que han reconocido el cadáver de su hija. Un Uber de alta gama los espera aparcado frente a la entrada y, al verlos salir del edificio, el conductor se baja solícito y les abre la puerta trasera. Antes de entrar en el coche, la madre se vuelve hacia los policías.

—Júrennos que encontrarán al monstruo que ha hecho esto y se lo harán pagar de la peor manera posible.

—Lo atraparemos —responde la oficial Arganza— y pasará muchos años en la cárcel.

—Eso no nos basta. Con las leyes que hay ahora, en poco tiempo lo pondrán en la calle. Necesitamos saber que la muerte de nuestra niña no quedará impune.

Verónica va a contestar con la delicadeza que se requiere en situaciones como esa, pero Jotadé la detiene tocándole el brazo y mira con determinación a los ojos de la madre de Carla.

—Cuando lo cojamos, que lo cogeremos, me las apañaré para quedarme con él a solas, señora. Por mis muertos que se arrepentirá de haber nacido.

La mujer asiente, confiando en su palabra y entra en el coche con su marido.

—No puedes ir prometiendo esas cosas, Jotadé —le reprocha Verónica cuando el Uber se aleja calle abajo.

—Solo era palabrería. Lo que importa es que la mujer se ha quedado tranquila.

—Tú no juras por tus muertos así como así.

—Que no pienso hacer nada, malpensada. ¿Cuándo me he tomado yo la justicia por mi mano?

—No tengo dedos suficientes para enumerar las veces.

—Eso era antes. Recuerda que ahora estoy estudiando para inspector, y en el libro dice bien clarito que está fatal ir dándole palizas al personal.

Arganza cabecea para sí, sin creerse una palabra.

—Agentes.

Jotadé y Verónica se vuelven hacia el ayudante del forense, que ha salido a buscarlos a la puerta del tanatorio.

—Mi jefe quiere enseñarles algo.

—¿Qué narices es eso?

Los policías han regresado a la sala de autopsias y observan, junto al forense, dos pequeños trozos de plástico sobre una bandeja de metal.

—Estaban en el estómago de la chica. Al principio me pasaron desapercibidos, los he encontrado al examinar nuevamente su contenido.

Verónica se inclina sobre la bandeja y afina la mirada.

—¿Es celo?

—Eso parece.

—¿Cómo han llegado hasta ahí?

—Solo hay dos opciones: o la obligaron a tragárselos o se los tragó ella *motu proprio*.

—Si fue así, es porque quería mandarnos algún mensaje —dice Jotadé—. Tiene que haber algo en su interior.

El forense coge unas pinzas y manipula el celo con sumo cuidado. Cuando al fin los despliega, encuentra dos minúsculos trozos de papel.

—Son dos recortes de texto impreso pertenecientes a un libro o un periódico —se sorprende.

—¿Qué dice?

El forense se lleva la bandeja a una mesa contigua y coloca los dos papeles bajo una lupa estereoscópica. Verónica y Jotadé lo siguen, intrigados. Tras unos instantes, el forense se retira.

—No soy capaz de distinguir demasiado. Los ácidos gástricos han deteriorado el papel y solo se conservan unas pocas letras. Quizá sea parte de una palabra que se ha perdido para siempre, no lo sé.

—Déjeme ver.

Verónica mira a través de la lupa:

—En uno de ellos veo una ele, una i latina y una ce... LIC. Y en el otro parece que hay una erre y una o... y otras que no distingo. —Mira a Jotadé—. ¿Se te ocurre qué quiere decir?

—Licuadora, licor, licenciado... Y la erre y la o podrían ser cualquier cosa.

—A lo mejor los dos trozos de papel pertenecen a la misma palabra —interviene el forense—. Y solo se me ocurre «licántropo».

—¿Eso qué hostias es?

—Hombre lobo.

Jotadé se santigua.

—A mí eso me da muy mal fario, ¿eh?

Verónica saca su móvil y escribe en el buscador. Enseguida aparecen varios resultados.

—Lo único que sale con las siglas LIC es «lugar de importancia comunitaria», pero tampoco creo que vayan por ahí los tiros.

Jotadé niega, conforme con su compañera. Los dos observan los trozos de papel, sin tener claro cómo han llegado hasta el estómago de la víctima, pero convencidos de que en ellos está la clave para atrapar a su asesino.

11

Lucía trabaja con su ordenador en la sala de profesores. Al levantar la cabeza, sorprende a Alejandro Nuero observándola en silencio desde la puerta. Tiene una expresión fría, la misma que vio en él el día que lo ingresaron y que le erizó el vello, pero, al verse descubierto, se esfuerza por sonreír. A pesar de su aparente candidez, su sola presencia la pone en guardia.

—Hola. —El chico se acerca a ella con amabilidad y le tiende la mano—. Creo que nunca nos han presentado formalmente. Me llamo Alejandro.

—Encantada, Alejandro. Soy Lucía.

Al estrecharle la mano, ella la nota fría y húmeda, como la de un ahogado arrastrado por la marea hasta la orilla. Sin embargo, él aprieta con firmeza mientras la mira a los ojos.

—Marisa me ha dicho que querías hablar conmigo.

—Sí... Desde ahora, yo me ocuparé de tu terapia.

—¿Qué le ha pasado a Germán?

—No le ha pasado nada. Simplemente hemos decidido hacer un pequeño cambio.

—¿Quién lo ha decidido, él o tú?

La manera en que trata de dirigir la conversación confirma a Lucía que, siempre que el chico esté cerca, ella debe permanecer alerta.

—Eso ahora es lo de menos, Alejandro. Creo que la biblioteca está libre. ¿Te parece si vamos allí a charlar?

—Como quieras.

El trayecto desde la sala de profesores hasta la biblioteca le sirve para confirmar que no es la única que recela del muchacho; Darío, un chico muy alto y desgarbado que estudia sentado en el suelo, se revuelve inquieto al verlo acercarse y retira la mirada cuando pasan por su lado. Al entrar en la biblioteca, Lucía se toma unos segundos para observarlo. En realidad, Alejandro no destaca por absolutamente nada: no es alto ni bajo, ni gordo ni flaco, ni guapo ni feo. Va peinado y vestido como la mayoría de los chicos de su edad, y lo único que lo diferencia del resto son sus ojos: oscuros y fríos, con las pupilas dilatadas, carentes de sentimientos.

—Pues tú dirás... —Es él quien rompe el prolongado silencio.

Lucía saca una carpeta de su cartera y la pone sobre la mesa.

—He leído tu expediente y sé que vienes de una familia de clase media, que tienes dos hermanas mayores y que te has metido en algún que otro lío..., pero ahí no dice quién eres realmente, Alejandro.

—Si pretendes que te hable de mi infancia, de si me dieron demasiado por el culo en el colegio o de si las chicas no me hacían caso y tengo complejo de inferioridad, pídele los informes a Germán, que le encantaba hablar de esas cosas.

—Lo que hablases con Germán queda entre vosotros dos, igual que lo que hables conmigo. Nunca saldrá de aquí.

—¿Ni siquiera si te confieso que estoy planeando matar a alguien?

—¿Es así?

Alejandro la mira fijamente, sin variar su expresión. Sus pupilas crecen todavía más, y ella nota que la recorre un escalofrío. Después de unos interminables segundos, el chico sonríe de oreja a oreja.

—Por supuesto que no. ¿Por quién me tomas?

—Ya sé que estás harto de hablar de tu vida, Alejandro, pero yo necesito conocerte para saber cómo orientar tu terapia.

—¿Y si no necesitase ninguna terapia?

—En ese caso, estarías en la calle y no en un centro de menores.

Por un segundo, al chico se le nubla el semblante, molesto por quedar por debajo de ella. También se da cuenta de que tiene que permanecer alerta y vuelve a relajar el gesto.

—¿Qué quieres saber exactamente?

—Háblame de ti. Lo primero que se te pase por la cabeza.

Durante la siguiente media hora, le hace un relato aséptico de su vida y Lucía comprende que le va a costar mucho conocer al auténtico Alejandro Nuero. En varias ocasiones está a punto de interrumpirlo para cuestionar algún detalle, pero decide evitar cualquier enfrentamiento. Por ahora, al menos. Lo primero es ganarse su confianza.

Al terminar la sesión, Lucía sale al patio a tomar el aire. En una esquina ve a un grupo de chicos y chicas fumando. Uno de ellos es Darío, que destaca entre el resto por su altura. Cuando se acerca a ellos, todos se dispersan como si la psicóloga tuviera la lepra. Lucía lo intercepta antes de que se escabulla con sus compañeros.

—Darío... ¿Podemos hablar?

—¿Hablar de qué? —pregunta a la defensiva.

Ella espera a que el resto de los chicos estén lo bastante lejos para que no los escuchen.

—¿Qué ha pasado hoy en el pasillo?

—Nada, que yo recuerde —responde evasivo.

—Sabes de sobra que sí, Darío. Cuando iba con Alejandro hacia la biblioteca, he notado que apartabas la mirada. Solo quiero saber por qué.

—Porque no me gusta ese tío, ¿contenta?

—¿Qué es lo que no te gusta exactamente?

A Darío se le nota incómodo por la conversación. Lucía puede identificar cómo le tiembla un poco la voz al hablar de Alejandro.

—Me da mal rollo, ¿vale? Siempre está mirándote con esos ojos de puto tarado y yo prefiero no tener nada que ver con él.

—¿Es que te ha hecho algo?

—No, pero por si acaso. ¿Algo más?

—Nada, Darío. Puedes marcharte.

El chico se marcha a toda prisa mientras ella lo mira, pensativa. No le tranquiliza darse cuenta de que no es la única que siente esa animadversión hacia Alejandro Nuero, pero al menos ya sabe que no es solo una impresión suya.

12

El inspector Osborne llevaba días buscando el lugar adecuado, lo más lejos posible de Madrid. Su primera opción era hacerlo en la puerta de cualquier hospital, pero, aparte del riesgo de que lo viera algún familiar que hubiese salido a fumar o alguna enfermera en el cambio de turno, en todos ellos había vigilantes y cámaras de seguridad. Aún tardó una semana más en encontrar el sitio perfecto.

Después de comprobar durante varias jornadas que a las cinco de la mañana se abrían las puertas, fueran cuales fuesen las condiciones meteorológicas, decidió no seguir alargándolo. Esa madrugada le arrebató al bebé a su madre, recorrió en su furgoneta azul los doscientos kilómetros que lo separaban de Valladolid y llegó al lugar cuando solo faltaban diez minutos para la hora señalada. Se aseguró de que la calle estaba desierta, cruzó con el recién nacido dormido en su capazo, lo depositó con delicadeza junto a la entrada y regresó a la furgoneta a esperar. A las cinco en punto, cuatro monjas salieron del convento para dirigirse a la ONG en la que colaboraban a diario y tropezaron con él. Cuando el inspector Pedro Osborne comprobó que su hijo estaba a salvo en manos de aquellas religiosas, arrancó y regresó a casa para ejecutar la segunda parte de su plan.

Antes de entrar en la celda, se asomó por el ventanuco y se sorprendió al ver que Carla estaba sentada en la cama, esperando con entereza su destino. Descorrió los cerrojos y, al encender la bombilla que colgaba del techo, ambos se miraron.

—¿Qué has hecho con mi bebé?

—Lo he dejado en buenas manos.

—No te creo.

—Ese es tu problema.

El desasosiego que mostraba Carla ablandó a Osborne. Era incapaz de sentir algo más allá que leve simpatía o rechazo por otros seres humanos, pero aquella chica le había puesto las cosas fáciles desde que se la llevó de su casa siendo una niña y pensó que se merecía una explicación.

—Está con unas monjas.

—Júramelo.

—No tendría por qué mentirte, Carla. Lo he dejado en la puerta de un convento y no me he marchado hasta asegurarme de que lo han recogido. Lo cuidarán bien. Te aseguro que eso es lo más importante para mí.

La chica sintió un inmediato alivio, ya que hasta entonces estaba convencida de que su hijo compartiría el mismo destino que tenía asimilado para ella.

—Supongo que a mí no vas a dejarme libre...

—Ya conoces la respuesta.

—Ten los cojones de decírmelo a la cara.

—Lo siento, pero no puedo soltarte. Me conoces demasiado bien.

—Prefiero morir a quedarme aquí contigo un solo día más.

—Sea.

Osborne se acercó con determinación, dispuesto a acabar con su vida, sin darse cuenta de que la chica ocultaba a su espalda el fragmento de loza con el que había estado a punto de cortarse las venas semanas atrás. Cuando él lanzó las manos hacia su cuello, lo sacó y se lo clavó con saña en el estómago.

—¡Maldita zorra!

Carla aprovechó que su secuestrador intentaba extraer la improvisada arma de su abdomen para correr hacia la salida. Creyó que su intento de fuga podría salir bien cuando se vio recorriendo un pasillo excavado en la piedra y al final encontró una puerta que, en un descuido, su secuestrador había dejado entornada. Una vez en el sótano, corrió escaleras arriba, pero, cuando iba a abrir la última puerta, la que podría conducirla a la libertad, descubrió que estaba cerrada.

—¡No!

Forcejeó con el pomo, pero no consiguió que cediera.

—¿Buscas esto?

La chica se dio la vuelta y vio a Osborne al pie de las escaleras. Con una mano se tapaba la herida, y en la otra sostenía un manojo de llaves.

—¡Socorro! ¡Que alguien me ayude!

—Nadie te va a ayudar, así que cállate de una puta vez.

Osborne la agarró del tobillo y tiró con violencia. La chica se golpeó con la cabeza en un escalón y quedó tumbada de espaldas en el frío suelo de cemento. Su aturdimiento le dio la oportunidad al policía de ponerse a horcajadas sobre ella y apretarle el cuello con todas sus fuerzas. Mientras luchaba por su vida, Carla logró liberar una mano y lo arañó, marcándole el cuello con cuatro líneas paralelas.

—¡Estate quieta, joder!

Osborne apretó con firmeza, hasta que Carla dejó de respirar, aún con los ojos abiertos. Al soltarla, observó su reflejo en una chapa que había en la pared y descubrió los arañazos.

—Mierda...

Miró la mano con la que Carla le había rasgado la piel y no tardó en encontrar la solución más eficaz para eliminar los rastros de ADN que pudieran haber quedado debajo de sus uñas. Cogió un hacha de la leñera y, tras colocar el brazo de su víctima estirado sobre el suelo, le amputó la mano con un golpe seco, a la altura de la muñeca. Después le vendó el muñón, lavó su cuerpo, vistió el cadáver con la ropa de invierno que había comprado para la ocasión y lo metió en la parte trasera de la furgoneta. Había tardado más tiempo del previsto y, cuando llegó a la parada del 132, vio que ya había allí varios viajeros esperando, así que regresó a casa, dejó el vehículo en el garaje con ella en su interior y se fue a trabajar. A la noche siguiente, volvió a hacer el mismo recorrido y la depositó bajo la marquesina, como si fuese una más de las estudiantes que iban a coger allí el autobús a lo largo de la mañana.

13

El inspector Moreno y el agente Garrido observan el sobre de plástico transparente que les enseña Jotadé, en cuyo interior se encuentran los dos minúsculos trozos de papel hallados en el estómago de Carla Lombardo.

—¿Tenéis idea de qué significan esas letras? —pregunta Jotadé.

—Puede ser cualquier cosa —responde Garrido.

—Yo ni siquiera tengo claro que la última letra sea una ce y no una o partida por la mitad —interviene Moreno—. ¿No hay nada más de donde tirar? ¿La ropa de la chica?

—Es nueva y de una colección reciente —contesta el novato—, pero de una marca demasiado popular como para seguirle la pista.

—Me lo imaginaba... Del informe del forense no se ha sacado nada, ¿no?

—Aparte de que murió asfixiada, tenía golpes previos en diferentes partes del cuerpo, una contusión en la parte posterior de la cabeza y un colmillo partido.

—Signos de lucha —afirma Jotadé.

—Quizá intentó escapar, pero no llegó muy lejos. ¿Y alguna teoría que explique la amputación de la mano? Aparte de quedársela como trofeo, claro.

Tanto Jotadé como el joven Garrido niegan con la cabeza, perdidos. La oficial Arganza entra en la sala de reuniones, tan blanca como la carpeta que trae. Cierra la puerta y va a sentarse tras la mesa sin decir una palabra ante la estupefacta mirada de sus compañeros.

—¿Has visto a una ex? —se extraña Jotadé.

—Peor... —Los mira uno a uno, muy seria—. He estado repasando los informes sobre la desaparición de Carla Lombardo y no he encontrado nada. La investigación de los compañeros fue correcta, y la única pista, una furgoneta azul que algunos vecinos aseguraron ver aquella tarde aparcada en la urbanización, nunca fue localizada.

—¿Pero? —Moreno intuye que hay algo más.

—Pero se me ha ocurrido buscar desapariciones de otras chicas y había cientos en los últimos quince años. La mayoría eran fugas que se resolvieron a los pocos días, a seis de ellas las localizaron muertas después de que las agredieran sexualmente, de una docena nunca más se ha sabido y, por último, está el caso de Sandra Ruiz.

—¿Qué tiene de especial?

—A Sandra la habían secuestrado en 2018, tres años antes de que apareciese muerta en un parque de Toledo. También tenía déficit de vitamina D y también murió estrangulada.

Sus tres compañeros se turban al comprender lo que insinúa.

—¿Sugieres que se trata del mismo asesino? —pregunta Moreno.

—Estoy segura, jefe. No solo porque es alguien que mantiene a sus víctimas aisladas durante mucho tiempo, sino porque...

Verónica tira la carpeta abierta frente a sus compañeros. Moreno coge el informe y palidece al leerlo.

—Había dado a luz varias semanas antes de que la estrangularan.

—Y, por desgracia, hay algo más... —La oficial Arganza continúa—: He seguido retrocediendo en el tiempo y he encontrado otros tres casos idénticos, aunque las chicas eran varios años mayores que Carla Lombardo; uno en 2017, otro en 2013 y otro en 2009. Y cada una de ellas había desaparecido entre tres y cuatro años antes.

—Espera, espera un momento... —Moreno asimila, consternado—. ¿Quieres decir que tenemos a un tío que desde el año 2005 o 2006 se dedica a secuestrar niñas, las tiene encerradas durante años, las deja embarazadas y luego las mata?

—Eso me temo.

—¿Y qué hace con los bebés? —pregunta el novato a la oficial Arganza.

—He estado consultando los archivos y solo constan dos bebés abandonados en la Comunidad de Madrid las últimas tres semanas. Y ambos son de ascendencia latina. O sea, que no concuerdan.

—Si los ha matado y lo cazamos —dice Jotadé con los puños apretados—, termino otra vez en el trullo.

—En ese caso, los habría dejado junto a sus madres, ¿no? —apunta Garrido.

—No lo creo —contesta Moreno—. Eso nos pondría en bandeja una muestra de ADN que poder cotejar cuando tengamos un sospechoso. Y, si lleva tanto tiempo actuando sin que lo detengamos, es porque sabe lo que se hace.

—El problema de todo esto es que, si ya ha secuestrado a cinco niñas desde 2006, es que le ha cogido el gusto y lo va a seguir haciendo —afirma Verónica.

—Y, si no lo atrapamos ahora —concluye Jotadé—, ese cabrón lo mismo se esfuma hasta que se canse de su siguiente víctima...

El inspector Moreno asiente, realmente preocupado. Si la muerte de una chica de dieciséis años ya suponía una presión enorme sobre él y su equipo, lo que ha descubierto la oficial Arganza la multiplicará por mil en cuanto se enteren los medios.

14

El inspector Osborne entra en el baño de la comisaría, comprueba que no hay nadie en las cabinas, se sitúa frente al espejo y examina la herida de su abdomen. Ve que se está curando bien y se baja el cuello del jersey. Retira una gasa manchada de pus y de sangre y observa preocupado que los arañazos que le hizo Carla antes de morir se han infectado.

—Joder...

El agente Garrido entra en el baño distraído y Osborne se tapa antes de que pueda verle las heridas. El movimiento tan precipitado de su exjefe desconcierta al joven agente, que se detiene en la puerta.

—¿Se puede, inspector?

—Adelante, Garrido —trata de aparentar normalidad—. ¿Cómo va todo? ¿Te integras bien en el equipo de Moreno?

—Sí, señor. Quiero volver a agradecerle la oportunidad que me ha dado aprobando mi traslado. Le aseguro que me sentía muy a gusto trabajando con usted, pero...

—Pero, si te hiciste policía —Osborne se adelanta—, era para investigar asesinatos y no para asistir a tediosas reuniones en las que solo se habla de reglamento y de política. Lo comprendo perfectamente, así que no tienes por qué agradecérmelo más, ¿entendido?

—Entendido, señor.

—Ahora cuéntame qué tal te va con Arganza y con Cortés.

—Bien. La oficial Arganza es una policía brillante, observadora y metódica, y el subinspector Cortés es..., es...
—No encuentra la palabra con la que definirlo.

—Dejémoslo en que Jotadé es diferente —lo ayuda—. De todos modos, no te dejes llevar por las apariencias. Su dejadez saca de quicio al más pintado, pero seguramente sea el policía más intuitivo que puedas echarte a la cara.

—Estoy aprendiendo mucho de él, aunque a veces me cuesta seguir su lógica.

—Sé a lo que te refieres —responde con resignación—. Yo lo tuve casi tres años bajo mi mando y todavía no entiendo por qué hacía la mitad de las cosas. Pero los resultados están a la vista. Y cojones tiene como el que más, eso seguro.

—Es único, estamos de acuerdo. Con permiso.

Garrido se acerca a uno de los urinarios de pared y Osborne lo vigila a través del espejo.

—¿Qué hay de la muchacha de la parada de autobús? —pregunta el inspector con aparente desinterés—. ¿Tenéis ya al asesino?

—No, señor. El caso se ha complicado más de lo esperado.

—¿Y eso?

—Sospechamos que no es la primera víctima. Hay al menos cuatro chicas más que ya tenemos identificadas.

—En España se pueden contar con los dedos de una mano los verdaderos asesinos en serie.

—Este lo es, señor. —Garrido va a lavarse las manos junto a su antiguo jefe—. Existen demasiadas similitudes entre las cinco víctimas.

—¿Qué clase de similitudes?

—Para empezar, todas habían sido secuestradas entre tres y cuatro años antes de su muerte, y lo más terrible es que las cinco acababan de dar a luz cuando las estrangularon.

—Vaya... —El inspector finge estar impresionado—. ¿Tenéis alguna pista de quién puede ser ese hombre?

—Solo sabemos que, si lleva actuando desde hace al menos veinte años, debe tratarse de un sujeto de entre cuarenta y cuarenta y cinco años como mínimo. Y, según el estudio psicológico, tiene un perfil narcisista, porque creemos que deja a las chicas a la vista solo para demostrar su valía. Es probable que no se sienta valorado o en su vida personal o en la laboral.

—No parece gran cosa. Todos en algún momento nos hemos sentido así.

—Es cierto, pero estamos siguiendo otra pista un tanto... sorprendente.

El inspector Osborne mira al joven agente, camuflando su inquietud con un gesto de curiosidad. Garrido duda. Sabe que no debería hablar de ese detalle con nadie de fuera del equipo de Moreno, pero, de no ser por ese hombre, él no estaría ahí.

—Estamos convencidos de que Carla sabía que iba a morir y nos dejó un mensaje.

—¿No me digas?

—Recortó dos pedazos de un libro o de un periódico —asiente, confidencial— y se los tragó. El problema es que los ácidos gástricos han deteriorado el papel y solamente se distinguen las letras ele, i latina y ce en uno de ellos, y una erre y una o en el otro. Creemos que son dos palabras o tal vez solo una, pero aún no sabemos cuál.

El inspector Osborne no necesita escuchar nada más para comprender lo que quería transmitir Carla, pero, tras fingir que le da vueltas, niega con la cabeza.

—No se me ocurre nada.

—Ya lo descubriremos, señor. Ahora tengo que dejarle. El inspector Moreno me ha encargado que investigue todos los abandonos de bebés de las últimas semanas. En cuanto localicemos al niño, tendremos el ADN de su padre. O sea, del asesino.

—Solo faltará con quien compararlo.

—Todo se andará.

—Te deseo mucha suerte, muchacho. Y no dejes de informarme.

—Así lo haré, señor.

Garrido se despide y sale del baño. En cuanto se queda solo, a Osborne se le borra la sonrisa. Siempre le ha parecido excitante dejar a las víctimas a la vista para que se hable de él unas semanas, convencido de que jamás lo atraparían. Pero su seguridad empieza a tambalearse ahora que la investigación la dirige Moreno con tres de los mejores policías de la comisaría a su cargo.

Mientras viaja en la misma furgoneta azul que apenas saca de casa y cuyas placas de matrícula pertenecen a un furgón desguazado hace años, piensa que lo más sensato es postergar sus planes y centrarse en evitar que el equipo de Moreno descubra qué palabras forman las letras encontradas en el estómago de Carla Lombardo y que harían que el cerco se cerrase sobre él, pero lleva demasiados meses soñando con ese momento y no puede esperar más. Tiene que ser ahora y tiene que ser ella.

Conduce cuarenta kilómetros por la carretera de Burgos y toma el desvío de El Molar. Deja atrás una residencia de ancianos y callejea por el pueblo hasta llegar a un conjunto de chalés adosados construidos a principios de los noventa. Aparca junto a una bocacalle y aguarda pacientemente hasta que la ve salir de su casa para dirigirse al quiosco que hay a unos doscientos metros calle abajo. Lleva muchos días vigilando a Ana María, de quince años, y sabe que, después de comprar algunos cigarrillos sueltos y un paquete de chicles, irá al parque a esperar a su mejor amiga para fumárselos juntas mientras hablan de chicos, de ropa y de lo difícil que será conseguir entradas para el próximo concierto de Aitana.

Y, de camino hacia allí, pasará justo por su lado...

II

15

Lucía llega al despacho de la directora y se lleva una enorme alegría cuando encuentra allí esperándola al inspector Moreno. Ambos esbozan una sincera sonrisa al verse después de tanto tiempo.

—Iván... Cuando me ha dicho Marisa que estabas aquí, no podía creérmelo.

—Perdona por no haberme pasado antes —dice sintiéndose culpable—, pero el trabajo, los niños, lo mal amigo que soy... Ya sabes.

—Lo importante es que por fin has venido. Con esto te lo perdono todo. Me alegro de verte.

—Yo también.

Ambos se abrazan con cariño. Iván se separa y la mira de arriba abajo.

—Estás estupenda.

—La próxima vez dímelo sin desviar la mirada hacia arriba y a la izquierda —bromea ella—, que, según una teoría, quien hace eso no es del todo sincero.

—Pues es una mierda de teoría. De verdad que te veo genial, Lucía.

—Gracias entonces. Salgamos al jardín...

En los pasillos se cruzan con algún chico que mira a Iván con desconfianza y pasean hasta el pequeño bosque de pinos que queda en la parte trasera del edificio. Iván lo observa todo a su alrededor, impresionado.

—Oye, esto está muy bien.

—Mejor que Alcalá Meco, sin duda.

—Tengo entendido que Jotadé tuvo mucho que ver con tu traslado a este centro.

—Así es. Si algo bueno me ha traído todo esto es conocerlo. Está como un cencerro, pero le debo la vida.

—Al final somos unos cuantos los que estamos en deuda con él. Si no llega a ser porque tiró de sus contactos entre los clanes gitanos, Indira y yo jamás habríamos encontrado a Alba ni conocido a James.

Lucía nota un punto de nostalgia en el tono de voz de Iván y le aprieta la mano.

—Yo también me acuerdo mucho de ella.

—Y eso que antes no la soportábamos ninguno.

—Pero se hacía querer.

Iván asiente, conforme.

—¿Cómo están los niños?

—Insoportables. Se pasan peleándose y reconciliándose el día entero. Por lo demás, bien; Alba sigue tan sabionda como siempre y James adaptándose a la vida como puede, pero los dos son buenos chicos.

—A James no lo conozco personalmente, aunque recuerdo que Alba ya hablaba por los codos cuando solo tenía tres años. Era de locos.

—Sigue igual, pero ahora encima le está saliendo la vena puñetera y no hace más que pinchar a su hermano. Menos mal que está Carmen conmigo.

—Tienes una familia estupenda, Iván —afirma sonriente—. Lo que recuerdo de esa mujer es que era un torbellino.

—Yo no podría describirla mejor. Ahora se ha empeñado en buscarme novia, ¿te lo puedes creer?

—Ya va siendo hora, ¿no?

—Ya veremos —responde evasivo—. ¿Y tú cómo estás?

—Aquí tengo todo lo que necesito y además puedo ayudar a chavales que andan un poco perdidos.

—No me has respondido...

Lucía suspira y sienta en el banco de piedra. Moreno la acompaña.

—Por más tiempo que pase, no consigo perdonarme, Iván. Ni tampoco quiero hacerlo. No sé qué pudo pasárseme por la cabeza.

—Estabas sometida a mucha presión.

—Eso no es excusa. Debí morir yo.

—Sé que es muy fácil decir esto, pero tienes que mirar hacia el futuro, Lucía. ¿Has pensado ya en lo que vas a hacer cuando salgas?

—He descubierto que me gusta trabajar con chicos, aunque supongo que ningún padre en su sano juicio querría dejar a sus hijos en mis manos. Y, de todas maneras, aún faltan años para que pueda largarme de aquí.

Comienza a sonar el teléfono de Moreno.

—Perdona, tengo que cogerlo... —Lucía asiente y él contesta—. Dime, Verónica... —Se le ensombrece el semblante—. Voy para allá.

Cuelga y mira a Lucía.

—Lo siento, pero debo irme ya.

—¿Malas noticias?

—Tenemos a un hijo de puta que se dedica a secuestrar chicas, violarlas durante años, dejarlas embarazadas y matarlas después de que den a luz.

—Un premio gordo...

—De lo peorcito que he visto nunca. Y justo acaba de desaparecer en El Molar una que encaja con lo que a él le gusta.

—Espero que lo cojáis antes de que le haga daño.

—Ojalá... Cuídate mucho, ¿vale? Prometo volver más a menudo.

—Tranquilo. Me basta con saber que estás ahí.

Iván se despide con un par de besos y se marcha corriendo hacia la entrada. Lucía lo mira alejarse con pena; echa de menos la acción, pero, después de todo lo que le ha tocado vivir, no tiene claro que pudiera limitarse a detener a un monstruo como ese. Si lo tuviera delante, no dudaría. Ya ha matado a dos personas a las que quería y no le temblaría la mano con alguien así.

Cuando regresa de vuelta al edificio, se fija en un corrillo de chavales, entre los que destaca Darío por su altura: están escuchando a alguien y todos guardan silencio. A Lucía le llama la atención la sumisión que muestran por quien les habla. Cuando encuentra un ángulo adecuado y descubre que se trata de Alejandro Nuero, siente un enorme desasosiego.

16

El inspector Moreno aparca junto al quiosco, donde está el Cadillac de Jotadé y varios coches de la Policía Local. En una esquina de la modesta urbanización de chalés adosados, un grupo de vecinos se han congregado para comentar sobrecogidos la desaparición de la joven Ana María Vera. Los hijos de todos ellos pasarán una época difícil, sin volver a salir solos de casa hasta que cumplan la mayoría de edad. Moreno comprende y comparte sus temores, así que es muy probable que también se les complique la vida a Alba y a James. Cuando se baja del coche, la oficial Arganza va a su encuentro.

—¿Ha sido él?

—Todavía no lo sabemos con certeza, jefe. La descripción de la chica coincide con la de sus anteriores víctimas, pero no tenemos mucho más.

—Quizá nos estemos precipitando y solo esté en casa de algún noviete.

—Por desgracia, todo apunta a que se la han llevado por la fuerza. En este quiosco —señala el puesto de periódicos— es donde la vieron por última vez. Compró unos cigarrillos, unos chicles y se marchó calle abajo hacia el parque, donde había quedado con su mejor amiga.

—Y no llegó, supongo.

—Me temo que no... —Ambos caminan hacia una bocacalle, donde varios agentes de la Policía Local han montado un perímetro—. Aquí se le pierde la pista.

Moreno ve un paquete de chicles y varios cigarrillos tirados en el suelo y comprende que, en efecto, pinta muy mal.

—¿Nadie ha visto nada? Se la han llevado a plena luz del día, joder.

—Jotadé ha ido a interrogar a unos chatarreros que tienen el almacén al otro lado de la calle. A ver si les saca algo.

El inspector mira hacia el lugar donde le señala la oficial y ve que Jotadé llega andando hasta cuatro gitanos que lo miran con recelo mientras cargan una furgoneta con piezas de lo que parece el motor de un tractor.

—Alguno mañana va a tener que arar el campo a pedales...

Ninguno le ríe la gracia. Jotadé les enseña la placa con cierta vergüenza; aunque él está convencido de su vocación, en el fondo le parece tan extraño como al resto del mundo que un gitano haya decidido hacerse poli.

—Soy el subinspector Cortés. Supongo que ya estáis enterados de lo de la gachí que ha desaparecido esta tarde.

—Nosotros no hemos tenido nada que ver... —le espeta uno de ellos.

—Mejor, porque, cuando me eche a la cara a quien haya sido, me va a dar igual que sea payo, gitano, payoponi o chino *mondarín*.

Los tres gitanos más jóvenes lo miran desafiantes. El mayor de ellos se adelanta al posible enfrentamiento.

—Tú eres el pestañí que se metió con los Garza, ¿no? —pregunta mirándolo con curiosidad—. No sé si estás chalado o solamente tienes menos luces que un barco de contrabando.

—Hay de todo un poco. ¿Quién me convida a un piti?

Los cuatro se miran. El mayor asiente a su compañero y este le ofrece un cigarro a Jotadé, que agradece con un gesto y se lo enciende. Le da una profunda calada y los mira uno a uno.

—Creemos que a la chavala se la ha llevado un payo de entre cuarenta y cincuenta años. Si no lo trincamos en las próximas veinticuatro horas, es muy probable que la cría no lo cuente.

Ninguno de los cuatro colaboraría tan fácilmente con la policía, pero el don de Jotadé consiste en que consigan verlo como uno de los suyos a pesar de la placa y la pistola que se le marca bajo la chaqueta.

—Hoy nos hemos tirado buscando *tacharra* toda la tarde —responde al fin uno con la cara picada por la viruela—, pero esa muchacha era carne de cañón.

—¿Y eso por qué?

—Porque se paseaba sola por todo el barrio con ropa que apenas le tapaba nada, y hay mucho malaje suelto.

—Algo tenéis que haber visto. Si no hoy, algún otro día. No me creo que los gitanos del barrio no estén al tanto de lo que se cuece. Echadme una mano, primos.

El inspector Moreno y la oficial Arganza ven desde la distancia cómo Jotadé cruza algunas palabras más con los chatarreros y se despide de ellos como si fueran íntimos de toda la vida. Llega hasta sus compañeros con una expresión que no augura nada bueno.

—¿Qué te han dicho? —se impacienta Verónica.

—Poca cosa, y ninguna buena. Hoy a la chica no la han visto, pero parece ser que hacía todos los días el mismo trayecto: de su casa al quiosco y del quiosco al parque a esperar a una amiga. La única diferencia es que esta vez no llegó.

—Hay algo más, ¿verdad?

Jotadé asiente.

—Vieron una furgoneta Mercedes de color azul aparcada a primera hora de la tarde aquí mismo. Pero ni saben el modelo, ni la matrícula.

—La misma que vieron en el lugar donde desapareció Carla Lombardo.

—Apostaría a que sí...

—¿No crees que apretándolos les sacaríamos algo más? —pregunta Moreno volviendo la vista hacia los chatarreros.

—Ya me han dicho todo lo que saben, jefe —asegura Jotadé—. Seguro que entre los cuatro tienen más antecedentes que los hermanos Anglés, pero ninguno es un secuestrador de crías. Los gitanos somos los primeros que queremos que trinquen a esa clase de malnacidos para que no nos caiga la mierda encima.

Moreno mira a su alrededor, consternado.

—¿Habéis hablado ya con la familia?

—Los estaban atendiendo los sanitarios, pero no creo que saquemos demasiado —responde Verónica Arganza—. Aseguran que Ana María salió como todas las tardes y que no vieron a nadie esperándola.

—Putas rutinas... —masculla Moreno.

Los tres asienten, desolados. Como les ha dicho Jotadé a los gitanos, las primeras veinticuatro horas son cruciales para poder dar con Ana María Vera, pero no tienen ninguna pista fiable que seguir.

17

Ana María dormita en el mismo catre que ocupó Carla Lombardo durante más de cuatro años. El inspector Pedro Osborne la observa sentado entre las sombras, temiendo haberle administrado demasiado sedante. Piensa en lo que lleva haciendo tantos años; sabe que no está bien, hasta él se definiría como un monstruo, aunque no tiene la culpa de haber nacido así. Le encantaría sentir pena o arrepentimiento, pero eso no es algo que se pueda forzar. No le sale y punto, por más que haya deseado sentirse alguien normal desde que tiene uso de razón. Lo máximo que ha conseguido es parecerlo, y, sin duda, ha hecho un buen trabajo cuando cualquiera que lo conoce lo definiría como alguien amable y cercano. Está convencido de que todo el mal que habita en su interior es una herencia de su padre; esas cosas pasan de padres a hijos, está demostrado. El problema es que nunca supo quién era y no puede comprobarlo.

Las primeras horas de vida del pequeño Pedro Osborne las pasó llorando a pleno pulmón, pero no le faltaba comida, sino la droga a la que había nacido adicto. Rocío, su madre, era una guapa mallorquina que desde los quince años se dedicaba a vender dulces en la playa a los turistas que empezaban a llegar de todas partes de Europa en busca de sol y de juerga a precios irrisorios en comparación con sus países de origen. Su belleza mediterránea hizo que enseguida empezaran a invitarla a fiestas y, aunque ella quiso resistirse, su padre, un viudo con siete hijos desperdigados por Mallorca que se gastaba en alcohol todo cuanto ganaba como camarero de un bar de mala muerte, vio la oportunidad de sacarles los cuartos a esos extranjeros que los trataban como a escoria. Era principios de los años setenta cuando Rocío entró por primera vez en uno de aquellos caserones que compraban los recién llegados a lo largo de toda la isla. Jamás había visto tanto lujo y desenfreno y, aquella misma noche, solo por sentirse integrada y que no se notase su poco mundo, probó por primera vez el champán, el sexo y el LSD.

Durante los últimos años de la dictadura siguió acudiendo a aquellas fiestas y empezó a prostituirse, aunque ella prefería pensar que solo se aprovechaba de sus nuevos amigos, sin darse cuenta de que en realidad era al revés. Pocos días después de que el presidente del Gobierno, Carlos Arias Navarro, anunciase compungido en televisión que Franco había muerto, ella se enamoró hasta el tuétano de un pintor bohemio francés quince años mayor que le enseñó todo lo que se podía aprender en la cama. Tras una intensa sesión de sexo oral que hizo que Rocío temblase de placer, Jean-Pierre observó su cuerpo desnudo y vio que sus labios menores, aún brillantes e hinchados por la excitación, sobresalían entre el denso vello púbico.

—*L'origine du monde...*

—¿Qué?

—El origen del mundo... ¿No conoces el cuadro de Gustave Courbet?

Ella negó con la cabeza y él fue a buscar un libro. Cuando se lo enseñó, Rocío se llevó la mano a la boca, entre escandalizada y maravillada.

—¿Estos cuadros se pueden pintar en Francia?

—El arte no tiene barreras... ¿No te gustaría posar así para mí?

—¿Te has vuelto loco, Jean-Pierre? —se asustó ella—. ¿Cómo voy a dejar que me pintes de esa manera?

—Tu cuerpo merece ser expuesto en un museo, Rocío.

—No sé si me atrevería...

—¿Qué diferencia hay entre eso y que te bañes desnuda en una piscina con quince o veinte personas más?

—Eso solo lo hago cuando bebo más de la cuenta.

—Tengo algo mejor que el alcohol.

Jean-Pierre se levantó y sacó del cajón del aparador un estuche de cuero. Dentro había un botecito con un polvo de color crema, un par de jeringuillas, una tira de goma y una cuchara doblada.

—¿Qué es eso?

—Heroína.

Rocío ya había oído hablar de aquella droga y de los efectos que provocaba. Cada vez era más habitual que los pescadores encontrasen cadáveres en la playa, aunque era vox populi que la sobredosis generalmente se había producido en una de aquellas fiestas en casas de lujo y los abandonaban allí.

—A mí las agujas no me gustan —dijo con timidez.

—No seas tonta, *ma chérie*. ¿No confías en mí?

Rocío asintió y Jean-Pierre preparó el chute. En cuanto la droga entró en su torrente sanguíneo, se sintió tan maravillosamente bien que posó para él e hizo todo cuanto le pidió durante los siguientes meses. Cuando ya estaba del todo enganchada, de la noche a la mañana, Jean-Pierre le anunció que tenía que volver a París para atender unos asuntos familiares y que regresaría pasadas unas semanas, pero nunca volvió a aparecer por Mallorca.

Varios años después, Rocío se dio cuenta de que estaba embarazada de un camello que le proporcionaba droga a cambio de sexo y quiso sentar la cabeza para cuidar de su hijo, pero ya era demasiado tarde y sus buenos propósitos solo le duraban hasta el siguiente chute. Dio a luz tan colocada que no se le ocurrió mejor lugar para abandonar a su bebé que un contenedor de obra.

A la mañana siguiente, una cuadrilla de obreros que estaban levantando uno de los numerosos hoteles que proliferaban en la costa escucharon el llanto y llamaron a la Policía. Tras un prolongado paso del bebé por el hospital para tratar su desnutrición y la adicción a la heroína heredada de su madre, lo entregaron a un orfanato. Los problemas de salud y la extrema timidez del pequeño Pedro (que aquel mismo día quedó registrado con el apellido Expósito) eran motivo de burlas y de abusos por parte de otros niños, que en el fondo no hacían sino competir por encontrar una familia. A él tampoco le resultó sencillo, y no salió de allí hasta cumplidos los siete, cuando se fijó en él un matrimonio madrileño que, tras un largo tratamiento, había desistido de tener sus propios hijos.

—Esta es tu habitación, Pedro... —le dijo la que iba a ser su madre, una mujer con expresión amable de unos cuarenta años—. ¿Te gusta?

Pedro miró a su alrededor desconcertado. Ya le había impresionado el viaje en avión, la entrada en la capital y en el lujoso portal de la calle López de Hoyos, pero aquella habitación tenía el mismo tamaño que la del orfanato, con la diferencia de que allí la compartía con otros cinco niños y esa era solo para él. Tampoco había visto tantos juguetes acumulados en una estantería y desconfió; desde que nació, había aprendido que lo bueno nunca era para él.

—¿Y los demás niños?

—No hay otros niños. Aunque en tu nuevo colegio harás un montón de amigos.

Pedro volvió a mirar la estantería repleta de juguetes, sin acercarse a ella.

—Adelante —se enterneció la señora Osborne—. Puedes coger lo que tú quieras.

El niño repasó con atención la estantería y, tras un par de minutos, se decidió por unas cartucheras y una estrella de sheriff igual que la que llevaban los vaqueros en las viejas películas que les ponían una vez al mes en el orfanato.

Aún tardó muchas semanas en confiar plenamente en sus padres adoptivos, pero comprendió que los señores Osborne solo querían lo mejor para él y pasó junto a ellos los mejores años de su vida.

Al menos, hasta que cumplió doce años y todo se empezó a torcer...

18

El inspector Moreno entra en casa con cara de cansancio. Gremlin se estira y bosteza con pinta de acabar de despertarse e Iván le acaricia la cabeza.

—Menos mal que no soy un ladrón, Gremlin, porque a ti fijo que te pillaría durmiendo.

Entra en la cocina, abre la nevera y bebe agua directamente de la botella.

—Eres peor que los niños, Iván —dice la abuela Carmen a su espalda—, que me paso el día entero persiguiéndolos con un vaso.

Carmen saca uno del armario, le quita la botella y se lo devuelve lleno. Moreno se sienta a la mesa para bebérselo, derrotado.

—¿Un día duro? —pregunta ella.

—Ha desaparecido otra chica —responde Iván con la mirada perdida.

—Quizá solo sea...

—Ha sido el mismo hombre, Carmen —la interrumpe—. Estamos seguros.

Ella se santigua.

—De ahora en adelante, no quiero que a Alba y a James los recoja nadie a quien yo no conozca personalmente, ¿de acuerdo? Si tú no puedes, contratamos a alguien.

—Me estás asustando, Iván.

—Solo es por precaución, tranquila —intenta quitarle importancia—. En cuanto saquemos a ese malnacido de la circulación, todo volverá a la normalidad. ¿Algo de particular por aquí?

—A Albita hoy se le ha caído otro diente y no veas la turra que me ha dado con el ratoncito Pérez. Que le parece rarísimo que un ratón traiga dinero y que de dónde lo saca él exactamente. Ya le he dicho que, si protesta y la escucha el ratón, se queda sin un duro, y ha cerrado el pico.

—¿Y el otro artista?

—A James hay que comprarle otras zapatillas de deporte.

—Pero ¿qué hace ese chico con las zapatillas? ¿Las muerde?

—Es que ahora le ha dado por querer ser maratoniano y se pasa el día corriendo de un lado a otro. A mí me tiene frita.

Eso arranca una sonrisa a Moreno.

—¿Están ya dormidos?

—Hace cinco minutos todavía andaban de cháchara. Tú sube mientras yo te caliento algo de cena, que además tienes que volver a sacar a Gremlin; otra vez anda pachucho de la tripa.

Moreno mira al cielo, resignado.

—Ya sé que quizá no sea el momento, Iván, pero... ¿decidiste por fin llamar a Lidia?

—¿Quién es Lidia? —pregunta perdido.

—La fisioterapeuta de la que te hablé.

—Tienes razón, Carmen: ahora no es el mejor momento para hablar sobre posibles novias.

—Necesitas ponerle un poco de salseo a tu vida, hijo. Si no quieres conocer a nadie, apúntate al gimnasio o a un curso de macramé, me da igual, pero no puedes meterte en la cama todas las noches con el mal cuerpo que traes del trabajo. A saber con lo que soñarás.

—Estoy bien. Y no he descartado llamar a la tal Lidia, te lo prometo. Lo haré cuando esté un poquito más despejado. Ahora mismo saldría corriendo solo con verme la cara.

—Eso seguro...

Iván la besa en la mejilla con cariño y se marcha escaleras arriba. Al llegar a la puerta entornada de la habitación de los niños, se queda escuchando.

—Lo bueno del atletismo —dice James— es que solo importa el tiempo que tardes en correr, no si eres más listo o más tonto, como yo.

—Tú no eres tonto, James —le contradice Alba.

—Si tengo el doble de años que tú y sé la mitad de cosas...

—Es que a lo mejor no es tan importante saber sumar bien, que para eso han inventado los móviles con calculadora.

Iván sonríe, orgulloso.

—El caso es que, si corro más rápido que uno que sume sin calculadora, el que va a las olimpiadas soy yo.

—¿Irías con el equipo de España o con el de Colombia?

—Pues eso no se me ha ocurrido pensarlo... —responde dubitativo.

—Tú quédate con quien te dé mejores zapas —zanja Alba.

Iván por fin decide entrar.

—¿Vosotros sabéis qué hora es para andar todavía de palique?

—¡Papá!

Alba se tira a los brazos de su padre y lo cubre de besos.

—¡Mira! —dice mostrando el hueco del diente.

—¿Lo has puesto debajo de la almohada para cuando venga el ratoncito Pérez?

—Sí, pero tengo una duda...

—Nada de dudas a estas horas, Alba —la corta Iván y mira a James, que se ha quedado pensativo—. ¿Tú no me vas a dar un beso o qué?

—Sí. —Lo besa y enseguida lo mira—. Oye, Iván. ¿Yo soy español?

—Vives en España, tu familia, que somos nosotros, somos españoles y tu documentación es española, o sea que sí. Pero eso no quiere decir que tengas que renunciar a tus raíces.

—¿Eso qué significa?

—Que si algún día tienes curiosidad por tu pasado, por saber de dónde vienes, podríamos investigarlo.

—Imagínate que todavía tienes una familia en Colombia, James —interviene Alba—. Un día podríamos irnos allí a ver si los encontramos, papá.

—No es mala idea. Igual en verano, cuando coja vacaciones, organizamos un viaje con la abuela Carmen.

—¡Bien!

Alba vuelve a abrazar a su padre, feliz. James, en cambio, se ha quedado confundido.

—Bueno, y ahora basta de hablar, que, si no, mañana no hay quien os levante para el cole. A dormir los dos.

—Buenas noches, papá.

—Buenas noches, chicos.

Iván los besa y los arropa, y sale de la habitación. Alba, tras comprobar que el diente sigue debajo de su almohada, le da las buenas noches a James y se dispone a dormir. El chico permanece mirando a la pared, con los ojos abiertos de par en par, muy preocupado por ese próximo viaje a Colombia.

19

Cuando llegan los viajeros más madrugadores a la parada de autobús, se asustan al ver a Jotadé dormido en el mismo lugar en el que encontraron muerta a Carla Lombardo unos días atrás, convencidos de que se trata de la segunda víctima del mismo asesino. Un hombre de mediana edad se acerca con cautela y lo toca con el dedo, lo que sobresalta al policía, que saca instintivamente su pistola de la cartuchera.

—¡¿Qué hostias pasa?!

—No pasa nada, perdón —dice el hombre con las manos en alto, acobardado—. Pensábamos que estabas muerto.

—Tus muertos lo están, no te digo el payo. —Se tranquiliza y guarda la pistola, avergonzado—. Solo estaba pensando, así que cada uno a lo suyo.

Ninguno se atreve a volver a abrir la boca hasta que llega el autobús y a esos viajeros los sustituyen los siguientes. Jotadé sigue sentado en silencio, muy pensativo. Cuando amanece, le envía un mensaje de audio y su ubicación a la oficial Verónica Arganza, cuyo coche se detiene con un frenazo frente a la parada veinte minutos más tarde.

—¿Por qué narices me haces venir hasta aquí, Jotadé? —pregunta Verónica saliendo contrariada del coche—. ¿Tú sabes el lío que tengo?

—Ven. Siéntate a mi lado.

—¿Para qué?

—No rezongues tanto, joder, que te pareces al Joel.

Verónica se sienta a su lado y lo mira, irritada.

—¿A qué tanta mala baba, prima?

—Los de Tráfico nos han mandado imágenes de una furgoneta azul que coincide con la descrita por los testigos... Pero, al ir a comprobar la matrícula, resulta que era falsa, de un camión que se dio de baja hace años. Y tampoco hemos logrado identificar al conductor porque el muy cabrón le había echado algo al cristal para que velara la imagen. Y tu mañana ¿qué tal?

—Solo puede mejorar... Mira a tu alrededor. ¿Qué ves?

La oficial se calma y utiliza unos segundos para observarlo todo con detenimiento, tomándose en serio la petición de su compañero.

—Aparte de transeúntes y de coches, varios bloques de pisos de clase media con un pequeño jardín entre ellos, un par de bares en aquella esquina, una papelería en la otra, una frutería y una boca de metro justo delante. ¿A qué viene esto?

—Llevo aquí desde las seis de la mañana pensando en el motivo por el que ese malafollá eligió este sitio para dejar el cadáver de la cría.

—¿Y?

—No hay una cámara cerca, así que había estudiado bien el lugar. Pero está claro que quería tener espectadores o no habría corrido tantos riesgos.

—¿Adónde quieres ir a parar, Jotadé? Te juro que a estas horas todavía no tengo el cuerpo para adivinanzas.

—Que, o vive en alguno de los pisos que hay ahí enfrente para poder disfrutarlo en primera fila, o estaba entre los curiosos que se acercaron a ver cómo trabajaban los de la Científica.

—Me fijé en todos ellos y ninguno me llamó la atención.

—Habrá que dar el coñazo a los vecinos, ¿no?

—Sin órdenes ni leches, supongo.

—Yo no estoy para perder el tiempo mientras la niña de El Molar sigue en manos de ese canalla. Tú misma.

Jotadé se levanta y cruza la calle, obligando a detenerse a los vehículos, cuyos conductores protestan tocando el claxon. Verónica suspira y va tras él.

Durante la siguiente hora y media, visitan cada uno de los pisos desde los que se divisaría con claridad la marquesina, pero ninguno de los vecinos parece haber visto nada raro ni tampoco levantan las sospechas de los policías. Las únicas dos viviendas que encuentran vacías son la de un matrimonio octogenario, cuyos vecinos aseguran que han salido a primera hora para ir al médico, y la de una madre separada que ha llevado a los niños al colegio antes de entrar a trabajar en la Biblioteca Municipal. Cuando salen de nuevo a la calle, se miran decepcionados.

—Se ve que la opción buena es la de que estaba entre los curiosos —señala Verónica—, lo cual nos deja en un callejón sin salida.

—El Bertín... —dice Jotadé pensativo.

Verónica lo mira, sin comprender.

—Él también estaba aquí con Garrido —se explica—. Quizá se fijase en algo.

—¿Fijarme en qué?

—En cualquier cosa que te llamase la atención —responde Verónica—. Creemos que el asesino estaba allí cuando levantaron el cadáver.

El inspector Osborne mira a los dos policías con curiosidad desde detrás de la mesa de su despacho. Si no fuera porque cada vez se siente más amenazado por ellos, se pondría en pie para aplaudirlos.

—¿Qué os lleva a pensar tal cosa?

—El sitio en el que la dejó —interviene Jotadé—. No tiene sentido que se arriesgase tanto si después no podía disfrutar del espectáculo en primera fila. El muy comemierdas sabía que allí podía camuflarse entre los curiosos.

—Tiene sentido...

—De ti depende que rescatemos a Ana María o la encontremos muerta y recién parida dentro de cuatro años. Piénsatelo, Bertín.

Osborne finge notar el peso de la responsabilidad sobre sus hombros y hace memoria. Tras unos instantes de tensión, niega con la cabeza.

—Lo siento, pero no recuerdo nada. Era gente del barrio, normal. ¿Le habéis preguntado a Garrido?

—Tampoco ha sabido decirnos. —Verónica niega decepcionada.

—¿A qué conocida fuiste a ver? —pregunta Jotadé.

—¿Qué?

—Dijiste que estabas en el barrio porque allí vive una conocida tuya. Puede que ella viera algo.

—Ya se lo pregunté yo y me dijo que no. Ella vive justo al otro lado de la calle. Se enteró por las sirenas. Mira que lo siento.

Jotadé y Verónica resoplan, frustrados; sabían que era casi imposible que el inspector Osborne pudiera ayudarlos, pero, como le han dicho, era una de las pocas cosas a las que podían agarrarse para encontrar a la niña secuestrada.

20

Lucía está sentada frente a Alejandro Nuero. Lo observa sin decir una palabra, pero él, lejos de incomodarse por el espeso silencio, se muestra tranquilo, sumido en sus pensamientos. Tras diez minutos, el chico por fin se decide a abrir la boca.

—*El indomable Will Hunting.*

—¿Perdón?

—Es lo que hace el psicólogo en esa peli: se queda callado hasta que Matt Damon empieza a hablar. ¿Vas a copiar todas tus sesiones de películas antiguas?

—No estaba copiando nada. Solo te dejaba tu espacio para que hablásemos de lo que te apeteciera.

—¿Incluido el sexo?

—Si es lo que quieres...

Alejandro le mira los pechos con descaro. Lucía está más que acostumbrada a que a algunos hombres solo les interese su físico y no le afecta en absoluto. El chico se da cuenta de que por ahí no puede hacerle daño.

—No, no es lo que quiero.

Permanece en silencio otros dos largos minutos, hasta que sonríe abiertamente, como si lo que sea que se le haya ocurrido fuese la cosa más graciosa del mundo.

—¿Lo compartes conmigo? —pregunta Lucía.

—Una vez fui a uno de esos espectáculos de monólogos en una sala en plena Gran Vía. La entrada me costó veintidós euros, y eso que el asiento estaba en un lateral y tenía una columna tapándome la mitad del escenario.

—¿Te gustan los cómicos?

—No, la verdad es que no me hacen puta gracia. La mayoría no salen del caca culo pedo pis y los espectadores se ríen como borregos. Lo gracioso pasó cuando volvía a casa. Iba caminando al salir del metro y me encontré a un mogollón de peña mirando hacia arriba. Yo también miré y vi a un tío por fuera de una ventana del quinto piso. ¡Era un puto suicida!

Ella calla, atenta a su relato.

—A los pocos minutos empezó a llegar policía, bomberos y hasta una ambulancia, como si sirviera para algo si el tío al final decidía tirarse, no te jode. El caso es que se montó una de la hostia y cortaron la calle y todo. Los bomberos pusieron una escalera de esas con una cesta en la que iba uno de ellos y otros dos se asomaron a la ventana del piso de arriba para intentar quitarle de la cabeza la idea de saltar.

—¿Y lo consiguieron? —pregunta, cautelosa.

—No te adelantes, Lucía. Tú eres como esos que lo primero que hacen es leer la última página de un libro, ¿no?

—Perdona, tienes razón. Continúa, por favor.

—Desde donde yo estaba, no podía escuchar lo que hablaban, claro, pero, cada vez que se acercaban a él, amenazaba con tirarse y la gente se volvía loca. Me dio por pensar en la hipocresía de todos los que había allí abajo, que rezaban para que no saltase, pero no se piraban para no perdérselo si lo hacía. Después de media hora en la que aquello se empezó a convertir en un coñazo, parecía que ya le habían convencido y permitió que se acercasen a él... Y entonces pasó algo.

—¿El qué?

—Que me miró. Te juro que había allí por lo menos doscientas personas, pero yo noté que a quien miraba era a mí —contesta excitado—. Y entonces yo también lo miré a los ojos y le dije que saltara. No te creas que se lo grité ni nada parecido. Fue solo un susurro, pero adivina qué.

—Que saltó —responde Lucía.

—¡Saltó! —afirma satisfecho—. El muy cabrón saltó como si estuviera en un trampolín y cayó de cabeza al suelo. El cráneo le explotó y puso perdidos a cuatro polis que estaban en primera fila. Fue la hostia.

—¿Y qué es lo divertido de eso, Alejandro?

—Menos la media hora de espera, todo lo demás.

Al terminar la sesión, Lucía se dirige a su habitación con el estómago revuelto. Cierra la puerta y busca en el interior del armario. De dentro de una caja de zapatos, saca el teléfono móvil que le llevó Jotadé para que no tuviera que colarse en el despacho de la directora cada vez que quisiera hablar con él. Lo enciende y marca.

—¿Jotadé?

—¿Qué haces, compañera?

—¿Te pillo bien?

—Me pillas buscando aparcamiento. ¿Te puedes creer que han puesto zona azul en mi barrio? Ya han tirado a dos cobradores a la poza. A uno hubo que sacarlo porque casi se ahoga con tanto chisme como llevaba para poner las multas.

—Pobrecitos...

—Ya te digo. ¿Y a ti cómo te va?

—Bien. Oye, ¿recuerdas que te hablé de un chico al que iba a empezar a tratar?

—Uno que te daba un mal rollo que te cagas, ¿no?

—El mismo. Tengo su historial, pero no dice nada diferente al del resto de los chicos..., y a mí me da que hay mucho más. Igual podrías preguntarle a tu amigo el del Grupo de Menores por si te cuenta algo que no salga en su expediente.

—Cuenta con ello. Mándame sus datos por wasap y mañana mismo lo llamo.

—Gracias, Jotadé.

—De nada. Oye, te dejo, que he visto un hueco.

Lucía cuelga y le escribe los datos del chico en un mensaje. Luego apaga el teléfono y lo vuelve a esconder en el armario. Antes de salir de la habitación, algo le hace asomarse al patio, donde está Alejandro Nuero. Lo observa hasta que él parece notarlo y levanta la mirada. Al descubrirla, la llama con la mano, como animándola a saltar. Lucía se retira de la ventana, intimidada.

21

Jotadé se tensa cuando entra en casa y ve a Margarita y a sus dos hermanos charlando con Lola en el salón. Desde que se enteró de que Melero se veía con su prima segunda, supo que sus hermanos intentarían sacar provecho de alguna manera. Y ahí los tiene.

—Ya sabía yo —murmura contrariado para sí.

Enseguida piensa en que la exuberante belleza racial de la chica es sin duda el motivo por el que el agente Lucas Melero ha caído rendido a sus pies. Al fijarse en el aspecto de sus hermanos, en cambio, se explica la razón por la que la mayoría de los payos se cruzan de acera cuando ven llegar a un gitano: pelo negro rizado que les cae por los hombros, rostros angulosos con barbas y bigotes bien perfilados, tatuajes de dudoso gusto, ropa de marca de la que solo le queda bien a David Beckham y mucho oro colgando por todas partes.

—¡Jotadé, primo! —dice el mayor de los hermanos—. ¡Cuánto tiempo!

—¿Qué tal, Arsenio? —pregunta pensando que no el suficiente.

Jotadé los abraza a ambos con contención y besa a Margarita ante la mirada comprometida de Lola.

—Me alegro de verte, Jotadé —dice ella.

—Yo también a ti, prima. Ya me he enterado de que te entiendes con el Melero. ¿Dónde lo has dejado?

—Está con Joel en la habitación —aclara Lola.

Jotadé se extraña y va hacia allí. Cuando entra en el cuarto, encuentra a Lucas Melero sentado al ordenador mientras Joel hace equilibrios con sus muletas.

—¿Qué pasa aquí?

—Hola, Jotadé. —Melero saluda sin apartar los ojos de la pantalla—. Estoy ayudando a tu hijo a hacer un trabajo que se le había atragantado.

Jotadé fulmina a Joel, que intuye que le viene una bronca.

—Que le has colocado los deberes, ¿no?

—De eso nada, papa —responde el chico, inocente—. Lo que pasa es que al Melero se le dan que te cagas los numeritos y se lo ventila en un plis plas.

—A ti sí que te voy a ventilar, desahogado. Deja las muletas y tira para el salón, que tengo que hablar con Melero a solas.

Joel obedece, sin librarse de una colleja de su padre al salir.

—A mí no me importa, Jotadé.

—Pero a mí sí, que tiene un morro que se lo pisa... —Le devuelve las muletas y le da un abrazo cuando se levanta—. ¿Cómo estás?

—Jodido pero contento. El médico dice que en unos días empiezo la rehabilitación.

Jotadé asiente, sin poder ocultar una ligera preocupación. Melero lo nota.

—¿Qué?

—Así que es verdad que roneas con mi prima...

—Ya te lo dije.

—Yo soy el primero que piensa que es bueno que los gitanos y los payos nos mezclemos, pero hay que tener ojo y mirar con quién te juntas.

—Yo estoy enamorado de Margarita.

—Nadie habla de Margarita, alelao, sino de sus hermanos. ¿A ti se te ha ocurrido investigar quién coño son?

—Sé que tienen algunos antecedentes, pero...

—¿Algunos antecedentes? —Jotadé lo interrumpe, alucinado—. Jonás pasó cinco años en el trullo por cargarse a un tío a palos, y Arsenio está a la espera de juicio por tráfico de drogas y pertenencia a banda criminal.

—Yo no voy a vivir con ellos, sino con su hermana.

—No tienes ni idea de cómo funciona una familia gitana, joder. Si en serio eres tan cabestro como para seguir adelante, tienes que hacer lo que sea para alejarla de sus hermanos. Y te aseguro que no va a ser fácil.

—Exageras.

—¡No exagero, hostias! —asegura con vehemencia—. Entiendo que la niña te vuela del revés, pero te estás metiendo en la boca del lobo. Y, si esos dos gitanos te han aceptado siendo payo y de la pestañí, es porque algo buscan. Y no va a ser bueno, Melero, eso seguro.

Jotadé ha conseguido meterle el miedo en el cuerpo a su compañero cuando entra Lola.

—Chicos, ¿venís al salón de una vez?

A Jotadé se le llevan los demonios al comprobar que Melero ha tardado solo unos minutos en olvidar todo lo que han hablado en el cuarto y se hace carantoñas con Margarita. Pero lo que más le preocupa es que ni Jonás ni Arsenio le paren los pies.

—Os estáis ablandando, gitanos...

—¿Y eso por qué? —pregunta Jonás.

—Porque no hace mucho habríais tirado al payo por la ventana solo con que mirase a vuestra hermana.

Todos lo miran comprometidos, entre ellos el propio Melero.

—Aquí nadie va a tirar a nadie por ninguna ventana —asegura Lola.

—Lo que le faltaba al pobre Melero —dice Joel—. Tú procura caer de boca, que las piernas ya las tienes como el Langui.

Jotadé le da otra colleja.

—Joer, papa... —Se frota dolorido.

—Vete a tu cuarto, Joel.

Es tal la seriedad de su padre que el chico ni protesta. Una vez que se marcha, los dos hermanos se vuelven hacia Jotadé.

—¿A qué viene esa mala sangre, primo? —pregunta Arsenio.

—¿No fui yo quien os frenó en la boda del Rodales porque se os calentó la boca hablando malamente de los payos?

—Le habíamos dado al alpiste. Y, además, de aquello ha llovido.

—No lo bastante como para que ahora miréis hacia otro lado mientras un payo le come la boca a vuestra hermana.

—Jotadé...

—Tú será mejor que te calles, Melero, porque no sabes ni por dónde te viene el aire. —Se vuelve hacia Arsenio y Jonás—. ¿Qué buscáis dándole cuerda?

—Nada.

—Eso espero, Arsenio, porque aparte de compañero es hermano y tiene dos muletas que yo os meteré por el ojete como me entere de que tramáis algo.

Jonás va a contestar, pero su hermano lo frena.

—Nosotros aquí no hemos venido a que nos insulten. Larguémonos.

El gitano no da opción a Margarita ni a protestar; la coge con fuerza del brazo y los tres hermanos salen. Una vez a solas, Melero mira a Jotadé muy molesto.

—Gracias por humillarme así delante de todos..., hermano.

—Sal de ahí por patas, Melero.

—Ya soy mayorcito para tomar mis propias decisiones, Jotadé. —Se vuelve hacia Lola—. Gracias por tu hospitalidad, Lola.

—Aquí siempre serás bienvenido.

Lo despide con un beso en la mejilla y Melero se marcha caminando a duras penas con sus muletas. Después, mira a su marido con censura.

—Eres tan delicado como unas bragas de esparto, cariño.

—Ese desgraciado se está metiendo de cabeza en la mierda, Lola.

—Lo sé...

Ella lo abraza, tan preocupada por Melero como Jotadé.

22

Tras darle permiso la secretaria, Moreno entra en el despacho del comisario, donde lo encuentra reunido con el inspector Pedro Osborne, que sigue vistiendo un jersey de cuello vuelto debajo de la chaqueta para ocultar los arañazos de Carla Lombardo.

—¿Quería verme, comisario?

—Adelante, Iván. Te estaba esperando. ¿Tenéis ya algo sobre la chica de la parada de autobús?

—La cosa está complicada, jefe. Ese cabrón sabe lo que se hace.

—¿Pretendes que le comunique eso al ministro? —pregunta sarcástico—. No parece muy diligente por nuestra parte decirle que el asesino es demasiado listo y que no vamos a poder pillarlo hasta que mate a la chica que acaba de secuestrar en El Molar.

—Yo no he dicho eso. Tenemos ya un par de pistas de las que tirar.

—¿Cuáles? —interviene Osborne, disimulando su inquietud.

—Sabemos que el sospechoso tiene entre cuarenta y cincuenta años y que se mueve en una furgoneta azul. La vieron durante el secuestro de Carla Lombardo y hace un par de días en El Molar, antes de llevarse a Ana María Vera.

—Podría ser una simple casualidad —dice Osborne.

—No lo creo. Los de Tráfico han revisado las cámaras y hay una coincidencia. El problema es que las placas eran de un camión dado de baja hace seis años y el cristal llevaba una capa de aceite que impide ver el interior.

—O sea, que en realidad no tenemos una mierda —dice el comisario, contrariado.

A Moreno no le queda otra que negar con la cabeza.

—¿Y los papeles esos que tenía Carla Lombardo en el estómago? ¿Sabéis ya qué significan?

—Todavía no, pero lo averiguaremos.

—Eso espero, Iván. Empieza a cundir la alarma social y es lo último que necesitamos. De hecho, te he llamado expresamente por eso: en media hora va a venir una reportera de la televisión para hacer una conexión en directo con uno de esos magacines matutinos. Quiero que la atiendas como si fuese la mismísima reina Letizia y que calméis al personal.

—A mí no me gusta salir en la tele, comisario —protesta Iván—. Me pongo nervioso y parezco gilipollas.

—Pues díselo a alguien de tu equipo..., menos a Jotadé, claro. Que Dios me perdone porque yo a ese chico le debo mucho, pero no sé yo si es la mejor persona para ponerse delante de una cámara representando a la Policía.

—Si tú no lo quieres hacer —interviene de nuevo Osborne—, lo mejor es que lo haga Verónica Arganza. Es lista, habla bien y tiene buena imagen.

—Tampoco me gusta exponer a mi equipo de esa manera. ¿Por qué no lo haces tú, Osborne? No lo digo a mal, pero todos sabemos que a ti esas cosas te encantan.

—Lo haría de mil amores —dice tras sopesar el riesgo y descartar la idea—, pero yo no llevo el caso. Si Verónica tampoco quiere, Garrido es un muchacho despierto.

—Mejor la oficial Arganza —zanja el comisario—, que el agente Garrido aún está verde. Prepárala bien, Iván. No quiero que haya ningún problema, ¿estamos?

Mientras el cámara, la reportera y un productor se preparan para la conexión en directo, una maquilladora le da los últimos retoques a la oficial Arganza en presencia de Moreno, de Jotadé y del agente Garrido.

—A mí esto no me parece justo —protesta ella—. ¿Por qué no os ponéis alguno de vosotros?

—A mí no me líes. Un gitano que se precie solo puede salir en *Callejeros*.

—Lo harás bien, Verónica —la tranquiliza Moreno—. Solo di que estamos investigando y que muy pronto cogeremos al culpable.

—Para decir eso te podías poner tú, jefe.

—Yo también creo que la persona ideal eres tú, Verónica —se suma Garrido, amable—. Eres perspicaz, tienes experiencia y tu imagen es inmejorable; se te ve natural y estás guapísima. No se puede pedir más.

Los tres lo miran perplejos.

—Si le estás tirando los trastos —dice Jotadé condescendiente—, vas de culo. Aquí la Vero está casada con un pibón.

—No, por favor —se avergüenza Garrido—, no me entendáis mal. Sé perfectamente que Arganza es..., es... —No sabe cómo decirlo.

—Lesbiana, Garrido —lo ayuda ella—. Y no hagas caso a Jotadé.

El inspector Osborne entra en la sala de reuniones.

—¿Cómo va esto?

—Tienes el termostato averiado, Bertín. —Jotadé lo mira de arriba abajo—. ¿Qué haces vestido para la nieve cuando aquí ponen la calefacción a toda hostia?

—Tengo regular la garganta —se justifica mientras se coloca el cuello del jersey, incómodo.

Jotadé se fija en que un goterón de sudor le baja desde la frente. Le extraña que vaya tan abrigado a pesar del calor, pero se encoge de hombros.

—¡Entramos en un minuto! —anuncia el productor—. ¡Quien no vaya a intervenir, que se retire, por favor!

Todos se desplazan hacia el fondo de la sala y enseguida empieza la conexión en directo, en la que la oficial Arganza sortea como puede las preguntas de la reportera y de los tertulianos del magacín. La presentadora del plató le pregunta algo a la reportera a través del pinganillo y esta busca a Jotadé.

—Efectivamente, aquí está el subinspector Juan de Dios Cortés. Voy a intentar pasártelo a ver si quiere hacer alguna declaración.

Cuando la reportera le va a preguntar algo, Jotadé la corta en seco.

—A mí no me enchufes, que os meto una demanda por intromisión en mi intimidad que se caga la perra.

—Lo siento, compañeros —dice la reportera, cortada—, pero el subinspector Cortés ha rehusado hacer declaraciones. Seguimos con la oficial Arganza.

Tras otros diez minutos en los que a los tertulianos lo que más parece interesarles es el motivo por el que al cadáver de la chica le faltaba una mano, y Arganza lo pasa fatal respondiendo con evasivas, despiden la conexión y ella se acerca a sus compañeros, muy irritada.

—La próxima vez, os juro por mi madre que os ponéis alguno de vosotros.

Verónica sale de la sala de reuniones ante la mirada comprometida de sus compañeros y se encierra en el baño para quitarse el maquillaje.

23

Osborne observa a través del ventanuco de la puerta a Ana María, que ya se ha despertado y está sentada sobre la cama, mirándolo todo asustada. Entra y esboza una sonrisa que pretende ser tranquilizadora.

—Hola, Ana María. Has dormido como una marmota.

—¿Quién eres? ¿Dónde estoy?

—Mi nombre no viene a cuento ahora, pero estás en mi casa. Pasarás aquí una temporada. Y no te preocupes, porque yo te cuidaré muy bien.

—¡No! —La chica se revuelve, desesperada—. ¡Suéltame!

—Tranquilízate. Es lo mejor para ti.

—¡He dicho que me sueltes!

La chica corre hacia la puerta, pero Osborne la intercepta con un empujón que le hace golpearse contra la pared y perder el conocimiento. La observa en el suelo, desmadejada, y, aunque es incapaz de sentir pena por ella, en el fondo la comprende. Él sabe mejor que nadie lo que es estar en un sitio que no te corresponde...

Al joven Pedro Osborne le costó acostumbrarse a la vida en familia y a mezclarse con niños cuyas preocupaciones se limitaban a que los Reyes Magos les trajeran todo lo que habían pedido o a no perderse el último capítulo de su serie favorita en la tele, nada que ver con el constante temor que tenía él a ser devuelto al orfanato de Mallorca. Aun así, logró integrarse con la ayuda de los señores Osborne, que le dieron de golpe todo el cariño y el amor que le habían faltado en sus primeros seis años de vida. Pero unas semanas después de cumplir los doce, Pedro se dio cuenta de que él no era igual que los demás; lo que a otros niños les hacía llorar, a él le generaba curiosidad. Cuando el jardinero del vecino se cortó un brazo con una motosierra, fue el único de todos sus amigos que no apartó la mirada al ver cómo salía la sangre a borbotones. Desde ese día, no dejó de pensar en aquella imagen y, para su propio desconcierto, no le causaba pena ni asco, sino excitación.

La mañana del 21 de junio de 1993, Pedro tuvo que madrugar más de la cuenta para ir al médico por un dolor de estómago que llevaba días arrastrando. Seguía a su madre adormilado y se apoyó en un Opel Corsa aparcado en la glorieta de López de Hoyos mientras ella saludaba a una conocida. Apenas unos segundos después de reanudar la marcha, el coche explotó, en lo que sería un atentado más de la banda terrorista ETA en la capital y que acabaría con la vida de los seis militares y un conductor civil que viajaban en una furgoneta con rumbo a la sede del Estado Mayor de la Defensa. La onda expansiva causó daños en cerca de medio millar de viviendas y dejó heridas a más de veinte personas, entre las que se encontraba la madre de Pedro.

Un trozo de la carrocería había salido disparado y atravesó la pierna de la señora Osborne, pero el chico no se paró a atenderla, hipnotizado como estaba ante los restos humanos que quedaron desperdigados alrededor de la furgoneta. Su reacción al ir a observar con un entusiasmo morboso las extremidades, los torsos abiertos en canal y las cabezas de las víctimas llamó la atención de los testigos, incluida su madre, que desde aquel momento empezó a mirarlo con otros ojos.

Pedro supo que, si no quería despertar inquietud o rechazo, debía disimular esa fascinación que sentía por la muerte y fingir una aprensión exagerada por la sangre y la violencia. Aún tardó semanas en recuperar la confianza de su madre —incapaz de quitarse de la cabeza su cara de excitación al contemplar tanto horror—, pero todo volvió a la normalidad cuando, a pesar de no sentir pena o tristeza por las desgracias ajenas, aprendió cómo fingirlas.

Pasó su adolescencia sin apenas amigos e ignorado por las chicas, que lo consideraban demasiado pusilánime como para plantearse tener algo con él, aun cuando se hubiese hecho famoso en el instituto por haber sobrevivido a un atentado de ETA. Eso lo convirtió en alguien retraído. El día que anunció a sus padres que quería ser policía, ambos lo miraron desconcertados.

—¿Qué clase de policía? —preguntó su padre, que ya entonces luchaba contra el cáncer de pulmón.

—Inspector de Homicidios.

—Tú no sirves para eso, hijo.

—¿Por qué no?

—Porque los inspectores de Homicidios bregan a diario con cadáveres, y tú te descompones solo con ver una gota de sangre.

—Aun así —respondió con frialdad—, creo que lo intentaré.

—¿Por qué no te haces abogado como tu padre, hijo? —intervino la madre.

—Ya he tomado una decisión —zanjó él.

En cuanto entró en la Academia de Ávila, entendió que había acertado de lleno. Allí hizo amigos con sus mismas metas e intereses y, cuando ya estaba a punto de licenciarse, se enamoró por primera vez. La desafortunada se llamaba Victoria Otero y se había criado a escasos diez kilómetros de la residencia. La simpatía de la chica le hizo creer que tenía una oportunidad, pero todo se desmoronó cuando ella organizó una barbacoa en la casa familiar e invitó a unos cuantos compañeros, entre los que, aparte de él, se encontraba un guapo tinerfeño aspirante a inspector con el que Victoria salía desde hacía varios meses. Cuando Pedro se enteró de lo que en la Academia era un secreto a voces, se sintió humillado y el amor que le tenía solo unas horas antes a su compañera se convirtió en un profundo desprecio.

—¿Tú también vas a ser poli?

Pedro miró a aquella niña. Físicamente era muy parecida a su hermana mayor, pero, por sus facciones, su manera de vestir y el aparato que tenía en los dientes, le calculó unos trece años.

—¿Eres sordo o mudo? —insistió ella igual de risueña que Victoria.

—Ni una cosa ni la otra. Y poli todavía no soy, pero lo seré en un par de meses. Si apruebo los exámenes, claro.

—Seguro que sí. Tienes cara de empollón. Yo, cuando sea mayor, igual también me apunto. ¿Cómo te llamas?

—Pedro, ¿y tú?

—Claudia...

La chica le dio dos tímidos besos y Pedro notó un suave aroma a jazmín que hizo que se le erizase el vello.

—Me vuelvo dentro, que me la voy a cargar si mi hermana me ve molestando a sus amigos.

La chica se marchó hacia el interior de la casa y Pedro la siguió con la mirada, convencido de que no sería la última vez que se vieran. Después se fijó en Victoria y en los demás compañeros que disfrutaban de la fiesta, pero nadie se había dado cuenta de lo que había pasado. Una vez más, se sintió ignorado, aunque en esta ocasión eso correría a su favor.

24

La consulta que Jotadé le hizo a su amigo en el GRUME no ha ido como Lucía esperaba, ya que no ha arrojado ningún dato sobre Alejandro Nuero distinto de lo que aparece en su expediente: expulsiones de varios institutos, trapicheos, robos y alguna agresión. Pero ella sigue sintiendo ese rechazo visceral cuando lo tiene delante, y sabe que lo que nota en las tripas no lo justifica una gamberrada o el robo de unas deportivas en unos grandes almacenes.

El chico entra en la sala de profesores pasados cinco minutos de la hora en que lo había citado Lucía.

—Siento llegar tarde —dice esbozando una inocente sonrisa—. Hoy, en lugar de quedarte callada diez minutos en plan interesante, hazlo solo cinco.

—Siéntate, por favor.

Alejandro obedece y se frota las manos.

—Estoy impaciente por saber de qué hablaremos hoy.

—Me gustaría conocerte un poco más. ¿Quién es realmente Alejandro Nuero?

—Vaya... Esta tarde vamos fuerte. Psicoanálisis puro y duro, ¿eh? Ya que te molan las peliculitas, podemos hacer un *quid pro quo*, como en *El silencio de los corderos*. Yo te cuento algo personal a ti, y tú me cuentas algo a mí, ¿te parece?

Lucía sabe que no se puede arriesgar a entrar en ese juego con él, pero evitarlo podría levantar sus sospechas e incitar su curiosidad. Y si algo tiene claro es que ese chico es más inteligente que la media, mucho más que Javier, el educador que descubrió su pasado e intentó coaccionarla a cambio de su silencio.

—¿Quién empieza? —pregunta al fin.

—Tú misma.

—Háblame de tu familia.

—No hay demasiado que contar. Mi padre murió hace unos años, mi madre es una perdedora que trabaja como secretaria en una fábrica de muebles, y mis hermanas, dos zorras a las que solo les interesa ponerse hasta el culo todos los fines de semana. ¿Cómo es la tuya?

—Mi madre también murió hace años, con mi padre tengo una relación cordial y a mi único hermano, un abogado laboralista, apenas lo veo porque vive en Barcelona.

—¿Y tu padre dónde vive?

—Aquí en Madrid. ¿Por qué no te caen bien tus hermanas?

—Porque les encanta que yo esté aquí encerrado. Me toca.

—Eso no vale, Alejandro. Si quieres que juguemos, jugamos, pero no me voy a conformar con respuestas tan superficiales. ¿Qué te ha pasado con tus hermanas para que hables tan mal de ellas?

Es él quien titubea ahora. Por primera vez, Lucía le nota cierta inseguridad, pero al instante vuelve a sonreír, recuperando su aplomo.

—La mayor, Judith, es una guarra con todas las letras. Se ha puesto unas tetas más grandes que su cabeza y deja que se las manosee todo el barrio.

—Y eso no será cómodo para ti, supongo.

—Me la suda. Y Maca, la pequeña, es imbécil de manual. La pobre no tiene dos dedos de frente.

—Tú, en cambio, eres alguien muy inteligente. ¿Nunca te has planteado ayudarla?

—Es igual que mi madre y no se deja ayudar. Ahora sí que pregunto yo... —La mira con intensidad—. ¿Tienes novio?

—No.

—¿Por qué no, si estás bien buena? ¿O es que te mola más follar con tías?

Lucía lo mira sin contestar.

—*Quid pro quo*, recuerda.

—El problema es que, aparte de ser un interno y yo tu terapeuta, eres menor de edad. Como comprenderás, no voy a hablar contigo sobre mi sexualidad.

—No saldrá de aquí, palabra. ¿Te lo has montado con muchas?

—Déjalo estar, anda.

—Tenemos un trato, Lucía. Te juro que, como lo incumplas, te vas a arrepentir.

A pesar de la amenaza, Alejandro no ha levantado la voz. Se limita a mirarla en silencio. La oscuridad de sus ojos vuelve a arrancarle un escalofrío a Lucía, pero trata de mantenerse firme.

—No quiero perjudicarte, Alejandro, pero piensa bien en lo que dices. Si yo reflejo estas amenazas en el informe, tu salida de aquí se va a complicar mucho.

—¿Crees que me importa?

—Yo diría que sí.

Alejandro duda. Enseguida, se relaja.

—Perdona. No sé qué me ha pasado. Lo mismo deberíamos trabajar en controlar mi frustración, ¿no te parece?

—Lo haremos, pero otro día. Hoy ha sido demasiado intenso y será mejor que lo dejemos aquí. Puedes marcharte.

—¿Sin rencor?

—Sin rencor.

Él se lo agradece con un asentimiento y se marcha. A solas, Lucía inspira hondo, incómoda. Sale de la sala de profesores y se dirige hacia su habitación. Saca el móvil del armario y se conecta a internet. Se crea un perfil falso en Instagram y rastrea a las hermanas de Alejandro. Descubre que ambas tienen cuenta, pero solo la de Judith está abierta al público, y entra en su muro. Por las fotos que cuelga, parece una chica de unos veintidós años feliz y desinhibida que, en efecto, se ha sometido a una operación de aumento de pecho bastante evidente. Recorre todo su muro y, salpicadas entre publicaciones de fiestas y de viajes, ve diversas fotos con su hermana pequeña y con su madre, que parecen dos gotas de agua. Lo que más le llama la atención es que no hay ninguna mención a su hermano pequeño. Parece como si no existiera o quizá, como él mismo ha dicho hace unos minutos, las tres están muy felices de tenerlo lejos.

25

Jotadé, sentado tras su escritorio, mira al techo de la comisaría mientras agita la pierna con impaciencia. Verónica intenta trabajar en su ordenador, pero el estado de nervios de su compañero no le permite concentrarse.

—¿Quieres parar quieto?

—Yo no sirvo para estar tocándome las pelotas, prima. Y menos cuando hay una chica en manos de un desalmado que a saber lo que tiene pensado para ella.

—A mí tampoco me gusta, pero solo podemos esperar a tener un golpe de suerte.

—Esto se hace más largo que una meada cuesta abajo. —Jotadé se levanta y coge su chaqueta—. Me piro.

—¿Adónde?

—A la calle, que es donde yo furulo bien —responde ya en la puerta, sin dar a Verónica la oportunidad de preguntar nada más.

Desde el descabezamiento de la banda de Hilario Garza, gran parte del tráfico de drogas de la capital ha vuelto a manos gitanas. Jotadé ya ha oído hablar de Anahí, la nueva capo del barrio de sus padres, y sabe que de dulce solo tiene el nombre. Atraviesa la zona tomada por traficantes y yonquis en busca de su dosis, sintiendo decenas de ojos puestos sobre su Cadillac, hasta que aparca frente a un portal junto al que varias niñas hacen coreografías de TikTok, ajenas a lo que se cuece a su alrededor. Nada más poner un pie en el suelo, se le acercan dos gitanos enormes y cargados de oro que no se molestan en ocultar sus pistolas.

—Aquí no se te ha perdido nada, gitano.

Jotadé los mira de arriba abajo, conservando la calma.

—Vosotros sois los perros de la Anahí, me supongo. Os tiene creciditos.

—Ya te estás largando.

—Podemos hacer esto por las buenas o por las malas, papamoscas. Yo solo quiero charlar tranquilamente con vuestra ama, así que entrad a avisarla de que Jotadé está aquí y os ahorraréis un problemilla.

—¿Qué problemilla? —lo reta uno de ellos.

—Que os toque recoger los dientes del suelo y no sepáis cuál es de cada uno, por ejemplo. ¿Le mandáis el recado, por favor?

Ambos se miran dubitativos. Todos allí saben cómo se las gasta ese gitano, así que, pasados unos segundos, uno de ellos toma la decisión más inteligente.

—Vigílalo —le dice a su compañero antes de entrar en el portal.

Mientras espera, Jotadé se lía un cigarrillo y se lo va a encender, pero recuerda la relación entre el tabaco y la infertilidad de la que le habló Lucía y lo tira al suelo. Enseguida sale el gitano y le hace una seña para que lo acompañe. Entran en el portal y llegan a un patio repleto de orquídeas y azahar en el que hay sentada una señora de unos sesenta años que lo mira con frialdad. Jotadé aguarda a que sea ella quien le hable, pero el matón se da cuenta de su error.

—Esta es su abuela, alelao.

Jotadé lo sigue hasta el interior de la casa, limpia y decorada con muebles funcionales y cuadros de paisajes. En el pasillo hay juguetes desperdigados por el suelo y en el salón ve a dos niños y una niña de entre seis y doce años sentados delante de la tele. Cuando entra en la cocina, se sorprende al ver que Anahí no tiene más de veintiocho años. Levanta la mirada del puchero que está preparando para observar al recién llegado con aparente desinterés. Después le hace una seña al matón para que los deje solos.

—¿Una cerveza, Jotadé?

—Estoy de servicio.

Lo ignora y saca dos botellines de la nevera. Le tiende uno y se sienta a la mesa. Invita a Jotadé a unirse a ella y el policía obedece. Anahí lo mira con una mezcla de vergüenza y curiosidad.

—¿Sabes que, cuando era una cría, estuve prendada de ti?

—Lo siento, pero no te recuerdo.

—Ya lo sé. Nunca supiste ni que existía. Pero no te lo tengo en cuenta, tranquilo; no creo que yo hubiese encajado con un pestañí.

—Ni yo con una traficante.

Ambos se miden. Jotadé le da un trago a su cerveza y se fija bien en ella. Lo que más le llama la atención es que, quitando sus rasgos y el ligero color aceitunado de la piel, no se parece en nada a las gitanas de su edad; si hay algo que las caracteriza a casi todas ellas son sus exageradas uñas de gel con diseños imposibles, y Anahí las tiene cortas, aunque cuidadas. Tampoco luce joyas ni ningún tatuaje, y su atuendo se asemeja más al de una paya universitaria de tapeo por La Latina que al de una gitana madre de tres niños.

—¿Esta visita es por trabajo o por placer? —pregunta ella.

—Vengo a pedirte un favor.

—Vaya, esto se pone interesante.

—Supongo que has oído hablar de la cría paya que encontramos muerta en la parada del autobús.

—Ajá...

—Sospechamos que el asesino está detrás del secuestro de otra de quince años de El Molar que, si no lo impedimos, va a acabar igual de malamente.

—¿Y qué crees que puedo hacer yo para impedirlo?

—Ofrecer una recompensa a todos tus hombres y a los yonquis a los que envenenas cada día, para quien te traiga información de dónde puede tenerla ese malnacido. La experiencia me dice que siempre hay un gitano que sabe más de lo que habla.

—Tienes tantos cojones como se comenta por ahí, Jotadé —señala ella jovial—. ¿Por qué iba a ayudarte?

—Porque tienes una hija que pronto cumplirá esa edad.

—¿Qué saco yo a cambio?

—Si quieres, puedo darles unos pines de la Policía a tus churumbeles.

—Yo más bien estaba pensando en que me ayudases a quitarme la presión de los tuyos de encima. Con avisarme cada vez que va a haber una redada es suficiente.

Jotadé endurece la expresión.

—Mira, guapa. En la puta vida ayudaría a alguien como tú a seguir buscándole la ruina a los nuestros. No vas a sacar una mierda de mí. Lo vas a hacer porque es lo correcto y porque si has llegado hasta aquí es que eres una chica lista y sabes que te conviene llevarte bien conmigo.

—Lárgate de mi casa —dice ella crispada.

—El payo al que buscamos tiene alrededor de cincuenta palos y una furgoneta azul. No te será difícil conseguir mi teléfono. Gracias por la cerveza.

Apura el botellín de un trago y se marcha ante la mirada rabiosa de la traficante. No le costaría nada ordenar a sus hombres que acabasen con él, pero, como le ha dicho hace un momento, ella es más lista que eso.

Jotadé está a punto de subirse al coche cuando repara en que Jonás y Arsenio, los hermanos de Margarita, lo observan desde la otra acera. La sonrisa retadora que le dedican le confirma que hace bien al preocuparse por los intereses que esconden al permitir la relación entre su hermana y el agente Lucas Melero.

26

Es última hora de la tarde y ya quedan pocos agentes en la comisaría. El inspector Moreno está sentado a la mesa de la sala de reuniones. Frente a él tiene desperdigados los informes, las fotografías y las líneas de investigación que se están llevando a cabo, pero no ve nada que pueda conducir a atrapar al asesino de Carla Lombardo y, con ello, salvar a Ana María Vera. Coge la fotografía de la chica secuestrada y se angustia al advertirle, aunque con algunos años más, un enorme parecido con Alba, un gesto muy característico al mirar a cámara que le pone los pelos de punta. Inmediatamente saca el teléfono y marca.

—Carmen...

—Hola, Iván. Estoy terminando de hornear unos calabacines rellenos que, no es por nada, me han quedado de rechupete. ¿Te esperamos para cenar?

—No puedo, gracias. Aún tengo un poco de lío. ¿Y los niños?

—En el cuarto, terminando los deberes. ¿Quieres que los avise?

—Déjalos. Solo necesito saber si están bien.

—Perfectamente... —se extraña—. Ahora mismo los estoy escuchando hablar. ¿Pasa algo?

—Nada, tranquila. Si me dejas un par de esos calabacines en el microondas para cuando llegue, te lo agradecería.

—Eso está hecho, hijo. Procura no terminar muy tarde.

—Lo intentaré...

Cuelga y va a dejar el móvil sobre la mesa, pero se le pasa algo por la cabeza. Enseguida lo descarta, negando para sí, e intenta concentrarse en el trabajo. Sin embargo, solo pasan unos segundos hasta que saca la cartera y busca el papel donde la abuela Carmen apuntó el número de teléfono de su amiga la fisioterapeuta. Lo mira dubitativo y al final se decide. Marca y suenan cuatro tonos sin respuesta. Cuando va a colgar, se escucha una voz femenina al otro lado. Parece cansada.

—¿Sí?

—Hola... —dice Iván ligeramente nervioso—. ¿Lidia?

—Si quieres reservar una cita, mejor llámame mañana.

—No, no es para un masaje. Soy... Iván. Carmen me ha dado tu teléfono.

—¿Eres el policía?

—Sí... Nada, te llamaba para ver si te apetece que un día de estos quedemos a tomar algo. Cuando te venga bien, vamos.

—¿Qué tal hoy?

—¿Hoy?

—Yo no he cenado y estaba a punto de pedirme un Glovo. Pero, si te apetece, me pongo unos vaqueros y te llevo a picar algo al mejor sitio de todo Madrid.

Él se mira la ropa: está hecha un desastre después de todo el día trabajando. Se huele la axila y, por su cara, parece ser aceptable.

—¿Iván?

—Sí, perdona... Pues... me parece bien. Si me mandas la ubicación del restaurante, en cinco minutos salgo para allá.

—Estupendo. No te esperes gran cosa, pero se come de maravilla.

La chica cuelga sin despedirse e Iván se queda parado, sin saber si está haciendo lo correcto. Al momento, le entra un wasap con una localización.

Iván aguarda sentado en la mesa que hay pegada a una máquina de tabaco cubierta por los abrigos de los clientes. Es un bar de barrio que, por alguna razón —seguramente por la calidad de la que le ha hablado Lidia y por la generosidad de sus raciones—, se ha puesto de moda entre una clientela heterogénea; la barra y las mesas están repletas de grupos de universitarios, de oficinistas, de parejas y de algunos jubilados que discuten sobre fútbol mientras dan buena cuenta de un plato de sangre encebollada u oreja a la plancha. Él le da un sorbo a su caña mientras vigila la puerta y nota que está nervioso. Antes, era alguien con mucho éxito y con querencia a meterse en líos de faldas, pero apareció Indira para trastocarlo todo.

—Con lo que yo he sido... —masculla para sí.

De pronto, repara en que no tiene ni idea del aspecto físico de su cita. Aunque confía en el buen gusto de la abuela Carmen, saca el móvil para cotillear la foto de perfil del wasap, pero se trata del dibujo de un lobo con una luna llena de fondo. Entra una mujer de unos cuarenta años y busca entre los clientes. Antes de hacerse notar, Iván se toma unos segundos para estudiarla. Su forma de vestir es algo anticuada, aunque no lleva nada hortera ni fuera de lugar. Tampoco es el tipo de mujer que a él le suele llamar la atención, pero lo cierto es que no puede decir que le desagrade. Se levanta para recibirla, pero se queda planchado cuando ella localiza a alguien en una mesa cercana y va a saludarlo.

—Pareces decepcionado...

Iván mira descolocado a la chica que ha entrado en el bar sin que se percatase, se ha situado junto a él y mira los besos que se da la otra mujer con su pareja. Es algo más joven que él, lleva unos vaqueros, unas zapatillas, una camiseta blanca con un dibujo de una libélula y una cazadora de cuero. Tiene el pelo, de color castaño, recogido en una coleta y la cara lavada, pero es muy guapa, mucho más de lo que esperaba.

—Si quieres —continúa ella divertida al ver que él permanece en silencio—, yo puedo entretener a su novio y tú le pides el teléfono a ella.

—Ehhh..., no —reacciona cortado—. ¿Eres Lidia?

—Tú Iván, supongo. —Le planta dos besos—. Encantada.

—Lo mismo digo. Y perdona, pero es que no te imaginaba... así.

—Ese «así» ha sonado muy ambiguo. ¿Así de mal o así de bien?

Iván responde con una sonrisa que evidencia que no le desagrada.

—¿Quieres beber algo?

—Una cerveza y unos torreznos, que llevo soñando con ellos todo el santo día.

—Marchando.

Iván va hacia la barra. Ella le mira el culo y asiente para sí, satisfecha.

—Bien por Carmen...

Después de dos cervezas, otras tantas raciones y varios temas de conversación aleatorios típicos de una primera cita, Iván está a gusto, tanto que de pronto siente un latigazo de remordimiento.

—¿Estás bien? —pregunta ella al notarlo.

—Sí... Es solo que... igual se me ha hecho un poco tarde.

—Solo son las once.

—Ya, pero es que yo mañana tengo lío y... ¿Qué te parece si dejamos la conversación en este punto y la retomamos otro día?

—Como quieras —dice disimulando su decepción—. ¿Vamos a medias?

—Si no te molesta, me gustaría pagar a mí, que para eso he sido yo quien te ha llamado.

—De acuerdo, pero la próxima me toca a mí.

—Hecho.

Iván paga en la barra y ambos salen del bar. Se dirigen caminando hacia una parada de taxis cercana, envueltos en un incómodo silencio.

—No hace falta que haya una próxima vez —asegura Lidia.

—¿Por qué dices eso?

—Vamos, Iván. No es necesario que disimules. Llevo diez minutos comiéndome la cabeza por si he dicho algo inapropiado, pero es simplemente que por algún motivo no te he gustado. Así es la vida.

—Eso no es verdad, Lidia. Lo que pasa es que... ¿A ti te ha contado Carmen algo de mi pasado?

—Si te refieres a lo de su hija, sí.

—Sé que fue hace tiempo y es difícil de comprender, pero yo necesito ir despacio.

—Lo comprendo, aunque me has dejado sin postre. Y tú no sabes el arroz con leche que hacen ahí.

—Así ya tenemos una excusa para volver.

—Tú tómatelo con calma y, si te apetece, ya tienes mi teléfono.

Ella le da un beso en la mejilla y se mete en el primer taxi de la fila. Iván se queda aún más confundido que como estaba hace solo unos minutos.

27

Osborne ha tapado con papel y esparadrapo las ventanas, los retrovisores, las manijas y los emblemas de marca de la furgoneta, le ha quitado las placas de matrícula falsas y ha desmontado los parachoques. Se pone un mono de trabajo, una máscara de pintor con filtros, y comienza a pintar el vehículo con una pistola pulverizadora. Mientras el color azul desaparece bajo una capa de pintura blanca, recuerda sus primeros pasos como policía...

Su primer destino fue la comisaría de Hortaleza. Su padre falleció mientras estaba preparándose en Ávila y su madre se marchó a Almería, donde vivía su única hermana. Ya no necesitaba disimular ante nadie y se planteó mostrar su verdadera forma de ser, pero se dio cuenta de que no solo sus padres, sino toda la sociedad, se lo ponían más fácil si se presentaba como un pusilánime. Después de tantos años, ya lo tenía asimilado, como si se tratase de una segunda piel, así que se dejó llevar y siguió fingiendo. El ya inspector Osborne había heredado una aceptable suma de dinero e invirtió en una parcela en Colmenar Viejo con una casa en precario estado que reformó con sus propias manos. Una mañana de domingo, mientras reparaba las bajantes de la cocina en el sótano, se llevó una enorme sorpresa cuando retiró una vieja estantería y encontró una puerta de la que no tenía conocimiento. Hubiera lo que hubiese detrás, tampoco salía en los planos. Su estupor fue aún mayor al abrirla y descubrir un pasillo excavado en la piedra que terminaba en otra puerta cerrada con varios cerrojos oxidados. Al otro lado había una vieja bodega con un par de catres desvencijados, un váter y algunos objetos que parecían de la Guerra Civil. Por los documentos que localizó en un archivador, muy deteriorados a causa de la humedad, intuyó que allí se habían escondido republicanos perseguidos por el régimen.

Se podía decir que Pedro Osborne era un hombre realizado, aunque, para ser plenamente feliz, le faltaba tener a su lado a la mujer ideal. Desde que la conoció en la fiesta de su hermana, no había podido olvidar a Claudia, incluso un par de veces regresó con la intención de hacerse el encontradizo con ella, pero siempre, en el último momento, se echaba atrás y volvía a casa cargado de frustración. Quiso el destino que la investigación del asesinato de una anciana lo condujese de nuevo a Ávila, y así tuvo la excusa perfecta para verla sin levantar sospechas. La esperó a la salida del instituto y, cuando se separó de sus amigas para dirigirse a la urbanización donde vivía, detuvo el coche junto a ella.

—¿Claudia Otero?

Ella se quitó los cascos y se agachó para mirarlo a través de la ventanilla. El año 2003 ya casi llegaba a su fin y, para entonces, la chica había madurado y se había convertido en una mujer aún más bella que su hermana, de quien Pedro solo sabía que había pedido destino en Tenerife para irse a vivir con su novio.

—¿Nos conocemos? —preguntó Claudia.

—Soy Pedro... Estuvimos charlando durante una fiesta que organizó tu hermana hace un par de años.

La chica enseguida lo recordó y sonrió.

—Ah, sí, ¿cómo estás?, ¿al final aprobaste los exámenes?

—Ya soy inspector. Sube, que te acerco. Hace mucho frío.

Claudia no percibió ningún peligro y rodeó el coche para subirse en el asiento del copiloto. Osborne arrancó y puso rumbo hacia la casa de ella.

—¿Qué haces por aquí?

—Investigo un asesinato.

—Qué guay. ¿Sabes ya quién es el culpable?

—Casi. Solo me falta un pequeño detalle... —La miró, pensativo—. De hecho, quizá tú podrías ayudarme a cerrar el caso de una vez.

—¿Yo?

—Hay un chico de tu edad que podría saber más de lo que cuenta. Estoy seguro de que lo conoces.

—Si es de aquí, fijo. ¿Qué quieres que haga?

—Simplemente que me digas todo lo que sepas de él. No correrás ningún peligro y él tampoco sabrá que me estás ayudando, por supuesto. ¿Puedes ahora?

—Es que mañana tengo examen y...

—Solo serán quince minutos, te doy mi palabra. Y a mí me ahorrarías un montón de tiempo..., por favor.

Claudia miró su reloj dubitativa, pero finalmente asintió.

Osborne llegó hasta una rotonda y dio la vuelta. Claudia vio cómo se alejaba de la entrada de su urbanización y tuvo un mal pálpito, pero no dijo nada. Tras un par de minutos de silencio que se hicieron eternos para ella, Pedro habló.

—¿Cómo le va a tu hermana?

—Bien. Está superfeliz en Tenerife. ¿Sabes que allí se puede ir a la playa durante casi todo el año? Ayer mismo se estaba bañando.

—Qué suerte... ¿Tú sigues con la idea de hacerte poli?

—Todavía no lo tengo claro.

—Aún eres joven. Ya lo decidirás cuando llegue el día. Jazmín, ¿no?

—¿Qué?

—El perfume que utilizas. Es jazmín.

—Es el que me regala mi abuela cada vez que viene de visita.

—No lo cambies nunca. Me encanta.

Claudia forzó una sonrisa, pero había algo en ese hombre que le hacía sentirse incómoda. La sensación se multiplicó cuando, tras avanzar varios kilómetros por una carretera secundaria, tomó un desvío y el coche se adentró por un camino de tierra.

—¿Adónde vamos?

—Aquí al lado. Ya casi estamos.

—Tengo que volver a casa, Pedro —dijo ella repentinamente nerviosa—. Me acabo de acordar de que había quedado con mi madre para ir de compras.

—¿Ya no tienes que estudiar?

—Sí, las dos cosas. Da la vuelta, por favor.

—Tranquila. Solo necesito que veas al chico del que te he hablado y me digas cómo se llama. Está justo aquí.

Claudia se asomó por la ventanilla y supo que aquello era una trampa cuando comprobó que allí solo había sembrados. Se desinfló y lo miró con temor.

—No hay ningún chico, ¿verdad?

Pedro Osborne dejó de disimular y negó con la cabeza.

—No.

—¿Qué quieres de mí?

—Solo conocerte, Claudia. Charlar un rato tranquilos y quizá invitarte al cine.

—Me encantaría, pero tengo novio.

—Eres igual de zorra que tu hermana.

Claudia se desabrochó el cinturón de seguridad a toda prisa y llevó la mano a la manilla de la puerta, pero Osborne se adelantó y la golpeó con fuerza en la mandíbula. Se bajó del coche mientras ella estaba aturdida y, tras comprobar que no había testigos, la inmovilizó atándole las muñecas y los tobillos con cinta aislante, la amordazó y la metió en el maletero.

28

Jotadé, algo más taciturno de lo habitual, ayuda a Lola a guardar la compra semanal en la nevera.

—Hay que sosegar un poco, Lola. Tanto análisis y tanta hostia lo único que hacen es estresarme.

—Estrés es lo que tengo yo cuando al capullo de mi jefe le da por venir a comprobar el género en el súper —contesta ella—. Tú solo tienes que encerrarte en un cuarto, mirar alguna guarrería en el iPad y darles una muestra en un bote.

—¿Te crees que esto es fácil para mí?

Al ver la seriedad de su marido, Lola le quita el brik de leche de las manos, lo lleva hasta la silla y se sienta a horcajadas sobre sus piernas. Lo abraza por el cuello, cariñosa.

—Sé que el proceso es un rollo, cariño, pero es lo que toca si queremos darle un hermano a Joel. ¿O has cambiado de opinión?

—Claro que no, pero ya vendrá cuando Dios lo quiera.

—Anda, mira —frunce el ceño—, para haberte vuelto tan creyente no hay manera de verte aparecer por el culto.

—No es eso, Lola, pero yo tengo mazo de cosas en la cabeza con el asesinato de esa cría y el secuestro de la otra, y no puedo estar a todo.

Ahora la que se pone seria es Lola.

—Me prometiste que tu trabajo no volvería a interferir en nuestra vida, Jotadé.

—Soy policía, ¿qué coño quieres que le haga? Tu curro consiste en mirar que las naranjas estén buenas, pero el mío en encerrar a un puto asesino que se dedica a secuestrar niñas y dejarlas preñadas antes de matarlas y cortarles las manos.

Lola lo mira muy molesta, se levanta y continúa guardando la compra, mordiéndose la lengua. Jotadé enseguida se arrepiente.

—Lo siento.

—¡¿Cuántas veces te he dicho que a los yogures hay que quitarles el cartón antes de guardarlos en la nevera, joder?!

—Deberías controlar ese carácter, gitana. ¿A qué hora tenemos cita en la clínica de las narices?

Por toda respuesta, Lola le planta un papel sobre la mesa y vuelve a darle la espalda. Él mira la hora de la cita y sale de la cocina, tan molesto como ella.

Jotadé está sentado al volante de su Cadillac, con cara de mala leche tras su discusión con Lola. Se ha liado un cigarrillo y lo mira dubitativo. Al fin, baja la ventanilla y lo enciende. Solo le da tiempo a una calada hasta que ve que Jonás y Arsenio salen del portal de Anahí. Tira el cigarrillo y sigue su coche a una distancia prudencial.

Atraviesan el barrio y se adentran en la zona más peligrosa, donde las farolas no funcionan desde hace años por conveniencia de los traficantes y donde el respeto al único policía gitano del barrio se perdió varias calles atrás. Al doblar una esquina, ve el coche de los dos hermanos aparcado en una bocacalle, sin ninguno de ellos en su interior. En el portal de al lado hay varios vigilantes y algunos yonquis que entran derechos y salen torcidos. Por las luces del edificio, intuye que el punto de venta está en el primer piso; ni siquiera se han molestado en llevarlo a las plantas superiores para tener más tiempo de reacción en caso de redada. Jotadé aparca el coche en la acera de enfrente y se dispone a esperar, pero la ventanilla del conductor explota y lo cubre de cristales.

—¡¿Qué coño...?!

Enseguida la puerta se abre y cuatro manos lo sacan en volandas y lo empujan violentamente contra su propio coche. Cuando consigue fijarse, ve que son los hermanos de

Margarita y tres gitanos más, cuyas caras corroboran que le tienen ganas desde hace tiempo.

—Ya podéis reservar parte de la pensión por invalidez mental que seguro que os dan, gitanos, porque el cristal me lo vais a pagar.

Por toda respuesta, el menor de los dos hermanos le propina un fuerte puñetazo en el estómago que lo deja doblado en el suelo, boqueando.

—¿Así se trata a la familia, primo? —pregunta incorporándose.

—Te tratamos igual que tú a nosotros, Jotadé —responde Jonás contrariado—. Primero nos faltas al respeto en tu casa y ahora nos sigues.

—Así que os habéis dado cuenta...

—Esta horterada de coche llama demasiado la atención.

—Horteras vosotros y los tres zarrapastrosos que traéis.

Uno de los gitanos que acompañan a Arsenio y a Jonás le da un culatazo con la pistola a otra de las ventanillas, que se hace añicos. Jotadé lo mira iracundo.

—¡¿Qué haces?! ¡Te voy a dar una hostia que te cambio de horóscopo, cabrón!

Sin mediar palabra, se tira a por él.

—¡Quitádmelo de encima! —ruega el gitano mientras recibe una batería de golpes.

—¡Estate quieto, joder!

Los otros cuatro intentan separarlos, pero, antes de que lo consigan, Jotadé le arranca media nariz de un mordisco. Se la escupe a la cara mientras el gitano grita como un cochino.

—¡Estás loco!

El matón se levanta sangrando por la nariz y le apunta con su pistola.

—¡Ten cojones, vamos! —lo reta Jotadé—. Eso sí, reza para que no pueda volver a por ti desde el otro barrio porque te juro por mi hijo que ni tú ni los tuyos pegáis ojo en la vida entera, piojoso.

—¡Parad de una vez, hostia! —Jonás intenta poner paz—. Te has pasado, Jotadé.

—¿Tú sabes lo que cuesta encontrar una ventanilla de este modelo?

—¿Para qué nos seguías? —Arsenio lo empuja.

—Porque el payo que ronea con la Margarita es un hermano para mí y yo no me fío un mojón de vosotros.

—No te metas donde no te llaman, primo —lo amenaza Jonás.

—Como le hagáis algo chungo, voy a pegarme a vosotros como una puta lapa, advertidos quedáis.

—No estás en posición de amenazarnos...

Jonás les hace una seña a los otros tres gitanos y estos lo inmovilizan.

—Haced lo que tengáis que hacer —dice Jotadé—, pero al que me roce los huevos lo reviento, que mañana tengo análisis.

Arsenio le da el primer puñetazo de la somanta que recibe. Jotadé se hace un ovillo en el suelo, protegiéndose únicamente los testículos.

29

Lucía llega a la sala de visitas, donde esperan la madre de Alejandro Nuero y la menor de las dos hijas de esta. Tal y como las había descrito el chico, y ella misma pudo comprobar en las publicaciones de Instagram, son como dos gotas de agua. No se parecen solo en lo físico, sino también en que ambas se levantan recelosas cuando la escuchan entrar. A Lucía le basta un vistazo para comprender que ese es el último lugar del mundo donde querrían estar.

—Luisa, ¿verdad? —Le tiende la mano a la madre con amabilidad—. Soy Lucía, una de las psicólogas del centro. ¿Cómo está usted?

—Bien... —Le devuelve el saludo con la mirada huidiza.

—¿Y tú eres...? —pregunta volviéndose hacia su hija.

—Macarena.

—Entonces, si no me equivoco, falta Judith.

—Mi hija mayor no ha podido venir —se apresura a responder la madre—. No ha conseguido cambiar el turno en el trabajo.

Lucía asiente, convencida de que se trata de una excusa y que la mayor de las hermanas es la única que se ha atrevido a decir que no le apetecía ver a Alejandro ni en pintura.

—¿Nos sentamos?

—¿Van a soltar a mi hijo? —Luisa no esconde su desazón.

—Aún no está previsto que Alejandro abandone el centro..., pero algún día sucederá.

—Cuanto más tarde, mejor —interviene la hermana.

—¿Por qué dices eso, Macarena?

La chica duda sobre si responder. Lucía ve que su madre le aprieta disimuladamente la muñeca, como pidiéndole que sea discreta.

—Antes de nada —se adelanta la psicóloga—, quiero dejar claro que lo que hablemos aquí es confidencial.

—Si mi hermana no ha venido no es porque no haya podido cambiar el turno en el trabajo, sino porque tiene miedo.

—¿Miedo de qué?

—De que se le vuelva a meter en la cabeza.

—¿Qué quieres decir?

—¿Dónde está él ahora? —interviene la madre, inquieta.

—En clase, descuide. Alejandro no se enterará de que han estado hoy aquí.

—Aunque tratemos de ocultárselo, lo sabrá.

—Mi intención es ayudarlo, tanto a él como al resto de la familia, pero para eso necesito sinceridad. Soy de fiar, lo prometo.

Luisa y su hija se miran y deciden darle un voto de confianza.

—Mi hijo no es un niño normal, nunca lo ha sido. Solo hay que ver cómo algunas veces se le oscurece la mirada. Yo siempre he pensado que tenía algo dentro.

—¿Algo como qué?

—Algo muy chungo —responde Macarena.

—Yo respeto toda clase de creencias —asegura Lucía—, aunque no creo que el comportamiento de Alejandro tenga que ver con nada extraño. Es un chico manipulador, con frialdad emocional, conductas antisociales y falta de empatía. Una combinación explosiva, pero nada que la psiquiatría no pueda explicar.

—Es un puto psicópata —afirma la joven—. ¿Y todavía te preguntas por qué no queremos que salga de aquí?

—Entiendo vuestro temor, Macarena, pero necesito que me ayudéis a conocerlo para saber cómo afrontar su tratamiento.

Ambas dudan de nuevo. Enseguida, Luisa comienza a hablar, sobrecogida.

—Cuando tenía ocho o nueve años, su padre y yo les regalamos a los niños un cachorrito por Navidad. Alejandro se volvió loco con él. Se pasaban el día jugando juntos, y, a la mínima que nos descuidábamos, el perro dormía en su cama. Pasaron un par de años, hasta que un día el perro desapareció. Estuvimos buscándolo durante semanas y ya pensábamos que se lo habían llevado para meterlo en alguna pelea; no era la primera vez que pasaba eso en el barrio... Pero una mañana, cuando abrí el armario de su habitación, me golpeó un olor terrible. Empecé a retirar la ropa y...

La madre se interrumpe, atormentada. Su hija continúa:

—Mi madre encontró su cabeza. El muy perturbado le había cortado la cabeza y la tenía metida en una bolsa de plástico. Cuando llegó del colegio y mi padre se la enseñó, ni siquiera se inmutó. Se limitó a decir que estaba harto de sacarlo a pasear y que así se lo ahorraba y seguía teniéndolo con él.

Lucía no sabe qué decir, abrumada.

—Después de aquello, nada fue igual —retoma la madre—. Alejandro cada vez iba a peor; comenzó a meterse en peleas, lo expulsaron de todos los colegios a los que lo llevamos y, cuando mi marido murió, se convirtió en un déspota con nosotras.

—¿Qué desencadenó que lo trajeran aquí? En los informes no pone nada concreto.

—Intentó matar a mi hermana —responde Macarena.

—¿Cómo?

—Ya te lo he dicho: metiéndose en su cabeza.

—Necesito que me lo expliques algo mejor, Macarena.

—No hay nada que explicar. Él sabe cómo joderte por dentro.

—Debemos irnos antes de que salga de clase. —La madre se levanta, dando por zanjada la conversación.

—Si puedo hacer algo...

—No lo dejes salir. Es lo único que se puede hacer.

Luisa coge a su hija del brazo y ambas se marchan apresuradas. Lucía se queda sola, asimilando. Aunque sabe que todo tiene una explicación, cuanto más se acerca a Alejandro Nuero, peor espina le da.

30

Lola aguarda sola en la sala de espera de la clínica de fertilidad. A su alrededor hay varias parejas que parecen muy unidas y se hacen carantoñas, ilusionadas, lo que acrecienta su incomodidad y su sensación de abandono. Mira la hora en el móvil y frunce el ceño al ver que Jotadé se retrasa, pero sigue enfadada con él por la discusión de la noche anterior y se resiste a llamarlo. Coge una revista, en cuya portada se ve a una pareja con su hijo recién nacido, los tres muy payos, y la hojea, pero solo aguanta un par de minutos hasta que devuelve la revista al montón.

Jotadé está metido en un atasco gigantesco, con la cara hecha un cromo por la paliza de los hermanos de Margarita y sus matones, y muerto de frío por el aire que entra a través de los cristales rotos de su Cadillac. Se ciñe la chaqueta alrededor del cuello y asoma la cabeza por la ventanilla del conductor.

—¡Muévete hacia un lado, bobochorra! ¡¿No ves que el atasco lo formáis vosotros ocupando dos carriles?!

Toca el claxon insistentemente, pero nadie se mueve un centímetro. De pronto, empieza a sonar la canción «Eye of the Tiger» en su móvil y maldice por lo bajo.

—Dime, Lola... —contesta, intentando aparentar normalidad.

—¿Dónde estás, Jotadé? —pregunta de los nervios—. Llevo media hora esperándote en la clínica.

—Eso es que has llegado media hora antes, porque aún faltan cinco minutos para la cita.

—Entonces ¿vas a llegar a tiempo?

—Hombre, claro. Ahora te veo.

Jotadé cuelga, saca la sirena de la guantera y la coloca sobre el capó. Los coches se retiran para abrirle paso y el Cadillac avanza a duras penas, pero solo lleva unos cientos de metros en marcha cuando de nuevo le suena el teléfono. Es un número desconocido.

—¿Quién es?

—¿Jotadé? Soy Anahí.

A él le da un vuelco el corazón.

—¿Tienes algo?

—No te lo mereces, pero lo hago por esa cría. Me han dado el chivatazo de que la tienen en un chalé cerca de Colmenar Viejo. Han visto entrar una furgoneta azul.

—Dame la dirección.

—Te la paso en un mensaje. Yo que vosotros me daba prisa. Por lo visto, el gachó tiene la mosca detrás de la oreja y se la puede llevar en cualquier momento.

Anahí corta la comunicación sin decir nada más. Jotadé no sabe qué hacer.

—No me jodas... ¿Tiene que ser justo ahora?

A lo lejos, ya ve la clínica en la que lo espera Lola, pero sabe que no puede desaprovechar la oportunidad de capturar al asesino y liberar a Ana María. Da un volantazo y se marcha en dirección contraria. Vuelve a marcar.

—¿Dónde te metes, Jotadé? —contesta Lola—. Nos va a tocar ya.

—Me vas a matar, gitana, pero me ha surgido un asunto imperioso y...

—Lo sabía —lo corta, profundamente decepcionada.

—Escúchame, Lola.

Pero ya ha colgado el teléfono. Jotadé lo tira con rabia sobre el asiento del copiloto.

—¡Joder!

Pisa el acelerador a fondo y sortea los coches con el aullido de fondo de la sirena.

31

La abuela Carmen entra en su cuarto con un montón de ropa planchada. Cuando la va a colocar en el armario, descubre sobre la cama un paquete desastrosamente envuelto en papel de regalo usado.

—¿Y esto?

Deja la ropa y coge el paquete. Hay una nota pegada en la que pone «Para la abuela Carmen. Firmado: *hanonimo*» con la inconfundible letra de James. Lo abre muerta de curiosidad y encuentra un bolso de imitación de piel de cebra aún con la etiqueta del precio puesta. Va directa a la habitación de los niños, donde ellos hacen los deberes, muy concentrados.

—¿Qué significa esto, James? —pregunta mostrando el bolso—. Y no me digas que el anónimo no eres tú, porque eres al único al que se le ocurriría algo así.

—¿No te gusta? —se avergüenza.

—Esa no es la cuestión. ¿De dónde lo has sacado?

—Lo he comprado.

—O sea —dice con incredulidad—, que de los sesenta euros que tenías ahorrados para comprarte las zapatillas especiales del maratón, te has gastado la friolera de cuarenta en un bolso para mí, ¿no?

—Pues sí.

—No mientas, James. Si lo has cogido sin permiso...

—¡Que lo he comprado con mi dinero, jobar! —interrumpe frustrado—. Mira, si quieres puedes mirar mi hucha.

El chico coge una lata de cacao en polvo que esconde debajo de su cama y le muestra su interior, donde hay un billete de cinco euros y algunas monedas sueltas. La abuela Carmen lo mira, desconcertada.

—Te lo agradezco muchísimo, James. Pero, si no es mi cumpleaños, ¿a santo de qué te gastas tu dinero en un regalo para mí?

—¿No me regalaste tú una gorra la semana pasada y tampoco era el mío?

—No intentes entenderlo, yaya —interviene Alba—. A mí esta mañana me ha regalado todos sus legos porque le ha dado la gana.

Carmen vuelve a mirar a James, con la mosca detrás de la oreja.

—¿Te pasa algo, cariño?

—No... —disimula descaradamente—. Si no te gusta el bolso, lo podemos descambiar por otra cosa. Es una cebra.

—El bolso me encanta, hijo, pero vamos a ir juntos para que te devuelvan el dinero. Yo me quedo con el detalle, que me ha emocionado.

La abuela Carmen cubre de besos a James, que se defiende como puede. Después mira a Alba, inquisitiva.

—Y tú ya estás devolviéndole los legos, ¿te ha quedado claro?

Alba asiente a regañadientes, pero escucha la puerta de la calle y le cambia la cara.

—¡Papá!

Los dos salen corriendo. Carmen suspira y aprovecha para recoger la ropa que hay tirada por la habitación.

Alba y James abrazan a Iván mientras Gremlin mueve el rabo excitado e intenta hacerse un hueco entre los tres.

—Qué recibimiento... —dice Iván sonriente—. ¿Habéis hecho ya los deberes?

—Al 99 por ciento —responde Alba.

—Pues venga, coged un abrigo y acompañadme a sacar a Gremlin, que hace un día estupendo. —La abuela baja por las escaleras cargada de ropa sucia—. Hola, Carmen. Me los llevo a desfogarlos un ratito con Gremlin.

—Les vendrá bien a los tres...

Iván y los niños lanzan una pelota por turnos para que el perro corra a buscarla entre los árboles de un parque, pero al rato empieza a desentenderse para olfatear los alrededores.

—Chicos, dejemos que Gremlin explore un poquito y vamos a sentarnos a aquel banco, que tengo que hablar con vosotros de algo importante.

—¿Del viaje a Colombia? —pregunta James.

—No, todavía no he mirado los billetes. Es de otra cosa.

Los tres se sientan. Iván no sabe cómo empezar, pasándolo fatal. Los chicos lo observan, extrañados.

—¿Has hecho algo malo y no te atreves a contárnoslo, papá? —tantea Alba.

—No, hija. Es solo que no sé bien cómo afrontar esta conversación... Veamos... Vosotros os acordáis mucho de Indira, ¿no?

—Sí, ¿por?

—Porque yo también me acuerdo cada día, eso que quede claro. Pero a veces los mayores necesitamos relacionarnos con otros mayores, igual que los niños se relacionan con otros niños, los perros con otros perros, las abejas con otras abejas, y, en general, todos los animales se relacionan unos con otros... ¿Sabéis por dónde voy?

Alba y James vuelven a mirarse, con cara de circunstancias.

—Me parece que se está liando —dice James.

—Sí... —Alba mira a su padre—. Tú lo que quieres es echarte novia, ¿no?

—Dicho así, pues no —responde cortado—, pero que me estaba planteando, y que conste que solo es un planteamiento, quedar a cenar con una chica.

—¿Y necesitas que te aconsejemos?

—No, lo que necesito es que me digáis qué os parece.

—¿Cómo se llama?

—Eso es lo de menos, James. Pero ¿a vosotros os molestaría?

—Espera un segundito, papá.

Alba se lleva a James a un aparte y ambos hablan en voz baja. Iván se frota las sienes con el dedo índice y el pulgar, paciente.

—Hay que joderse —gruñe para sí.

Los niños enseguida regresan a su lado.

—¿A ti esa chica te gusta? —pregunta Alba.

—Aún es pronto para decirlo, pero si quiero invitarla a cenar es porque algo me gustará, digo yo.

—¿Y qué te vas a poner? —se suma James.

—Yo qué sé lo que me voy a poner —se revuelve, harto—. Pues lo que sea. ¿Qué más da eso ahora?

—Que estamos de coña, hombre. —El chico suelta una carcajada.

—Ya era hora de que tuvieses una novia, papá —zanja Alba y se vuelve hacia James—. Te echo una carrera hasta Gremlin.

Alba echa a correr sin esperarlo y James la persigue llamándola tramposa. Iván sonríe para sí, aliviado; está claro que ellos no le dan tanta importancia a lo que él no ha dejado de darle vueltas desde que Carmen le habló de Lidia.

En ese momento, suena su móvil. Es Jotadé.

32

El inspector Osborne entra en la cocina con varias bolsas de la compra y hace la comida para Ana María. Después de bajársela a la celda en una bandeja y de regresar con los restos del almuerzo del día anterior, mete los platos en el lavavajillas y se dirige a la sala de estar. Enciende un walkie-talkie que descansa sobre un cargador y se conecta al SIRDEE, el Sistema Integral de Radiocomunicaciones Digitales de Emergencia del Estado. Busca el canal donde opera la Policía Nacional y recuerda mientras se entretiene escuchando los distintos avisos...

Tras encerrar a Claudia en el sótano que había descubierto meses atrás y de esposarla a uno de los catres de metal utilizados por los fugitivos republicanos, el joven inspector Pedro Osborne se dio cuenta de la gravedad de lo que había hecho. Pero ya no había vuelta atrás.

Cuando le llevó la comida, la chica se revolvió, furiosa.

—¡¿Qué estás haciendo, maldito tarado?! ¡Suéltame inmediatamente!

—Tranquilízate, Claudia.

—¡No pienso tranquilizarme, joder! ¡¿Te has vuelto loco?! ¡Quítame estas esposas y deja que me vaya a mi casa!

—Primero come y luego hablamos.

—¡No voy a comer una puta mierda, ¿me oyes?!

Claudia tiró la bandeja al suelo de un manotazo. Osborne la atravesó con la mirada y se marchó sin decir una palabra. Cuando regresó, dos días más tarde, la ira de la chica se había transformado en un intenso abatimiento. Había arrastrado el catre hasta el váter para hacer sus necesidades, pero no había agua y el olor a orín y a excrementos era insoportable.

—¿Estás más calmada?

—¿Por qué me estás haciendo esto, Pedro?

—Porque te quiero, Claudia. Me hubiera gustado que fuera de otra manera, pero ¿me habrías hecho caso o me habrías tratado como a un trapo, igual que tu hermana?

—¿Así que es eso? ¿Te estás vengando de Victoria?

—Reconozco que tenía una cuenta pendiente con ella, pero esto es solo por nosotros. Se puede decir que me enamoré de ti el día que nos conocimos.

—Solo tengo quince años.

—Por eso debemos hacerlo así. La gente fuera no lo comprendería.

—Deja que me marche y nadie se enterará de lo nuestro, te lo juro. Iremos al cine y a donde quieras, pero suéltame.

—Ya veremos. Ahora lávate bien mientras te preparo la comida. Estarás hambrienta. El agua no está demasiado caliente, pero te tendrás que apañar. También te he traído ropa limpia. Con respecto a eso —dijo mirando el váter—, a ver si consigo solucionarlo esta tarde.

Osborne dejó a su lado una palangana con agua tibia, una esponja, una pastilla de jabón y algo de ropa cómoda. Cuando volvió a la media hora, la chica tenía otro aspecto. Le puso la bandeja con comida sobre la cama y, esta vez sí, ella comió mientras él arreglaba la cisterna del váter.

—Esto ya está... —dijo satisfecho—. ¿Estaba rico?

Ella se limitó a asentir y él la observó con detenimiento. Sin duda, era la chica más guapa que había visto en su vida. Claudia se dio cuenta de cómo la miraba y cruzó los brazos, tapándose el pecho.

—¿Ya te has acostado con tu novio?

Calló, temerosa de lo que vendría después.

—Te he hecho una pregunta, Claudia. Será mejor que me respondas.

—Sí... —admitió.

—¿Y qué es lo que más te gusta?

—No lo sé. Solo lo hemos hecho dos veces en el coche de su hermano. En realidad, no me gustó nada.

—Eso es que no te trató con delicadeza. Pero yo sí lo haré... Siempre y cuando no me obligues a lo contrario.

Osborne se acercó a ella, venció su resistencia agarrándola de las muñecas y le apartó la ropa. Aparte de dos o tres citas que no llegaron a nada y de algunas visitas a prostíbulos, él tampoco tenía demasiada experiencia. Aquella primera vez, apenas aguantó un par de embestidas.

Una tarde, cuando hacía ya cinco meses que tenía secuestrada a Claudia, recibió en su comisaría una visita del todo inesperada.

—Victoria Otero... —se sorprendió—. ¿Qué haces aquí? Pensaba que te habías ido a vivir a Tenerife.

—Lo hice, pero he vuelto para buscar a mi hermana.

Osborne la miró fingiendo que no sabía de qué hablaba, y ella le puso al tanto de la extraña desaparición de su hermana pequeña y de la paradoja que suponía que hubiese sucedido precisamente en Ávila, uno de los lugares con más policías por metro cuadrado que había en España.

—Lo siento mucho, Victoria —dijo compungido mientras le cogía la mano por encima de la mesa de la cafetería a la que habían entrado—. Ahora que lo dices, algo he oído en las noticias sobre la desaparición de una chica en Ávila, pero no sabía que se tratase de tu hermana. ¿Cómo están tus padres?

—Te puedes imaginar. Esto es una pesadilla.

—Si puedo hacer algo, solo tienes que decírmelo.

—El caso es que sí, Pedro. —Lo miró a los ojos—. Sé que tú estabas en Ávila el día que desapareció Claudia.

Osborne se sintió descubierto y se imaginó que entrarían en tromba sus propios compañeros para detenerlo, el mediático juicio en el que destriparían su vida entera y su ingreso en prisión, de la que alguien como él seguramente no saldría de una pieza.

—¿De qué hablas? —Contuvo el aliento.

—He estado trabajando mano a mano con la Comisaría Provincial de Ávila y salió tu nombre. Parece ser que estabas investigando el asesinato de una anciana y su familia era de allí.

—¡Es cierto! —exclamó—. Lo había olvidado por completo. Tuve que ir un par de veces a Ávila, pero no sé si esos días coincidieron con la desaparición de tu hermana.

—Coinciden —respondió ella—. Según el informe, tú estabas allí el 14 de noviembre del año pasado.

—Tendría que comprobarlo, pero es posible, sí. Lo que no sé —dijo fingiendo estar completamente perdido— es cómo podría ayudarte.

—Necesito que hagas memoria, Pedro, que pienses si viste algo o te cruzaste con alguien que llamase tu atención. Lo que sea, por favor, porque estamos desesperados. Cualquier mínima pista serviría para no tirar la toalla.

Osborne se acarició la barbilla, pensativo. Al fin, resopló.

—Lo siento muchísimo, Victoria, pero no se me ocurre nada. Fui, hablé con dos de los hijos de la mujer asesinada y regresé a la comisaría esa misma mañana. No recuerdo que pasase nada especial aquel día.

Victoria se desinfló, frustrada.

—Si recordases algo más...

—Te lo haré saber, tranquila.

Aquella tarde, al regresar a casa, se encontró a Claudia inclinada sobre el váter después de haber vomitado. Estaba pálida y sudorosa.

—¿Qué te pasa? ¿Te encuentras mal?

—Creo que estoy embarazada.

—¿Qué cojones estás diciendo, Claudia? Eso no puede ser.

—Ah, ¿no? ¿Hace falta que te recuerde que me llevas violando desde hace meses? Ya tendría que haberme venido la regla.

Osborne fue a la farmacia a comprar un test de embarazo, que enseguida confirmó las sospechas de Claudia. Lo primero que hizo fue indagar sobre la mejor manera de provocarle un aborto, pero, al cabo de las horas, empezó a imaginarse lo que se sentiría siendo padre...

33

El inspector Moreno llega al aparcamiento de la comisaría, donde lo esperan Jotadé y Verónica junto a dos equipos de los GEO con sus vehículos de asalto ya en marcha, dispuestos para intervenir.

—¿Estamos seguros de esto, Jotadé? —pregunta circunspecto al apearse del coche.

—Seguro en esta vida no hay nada, jefe, pero pinta que la cría está en esa casa.

—¿Quién te ha dado el chivatazo?

—Me lo han dado, dejémoslo ahí. No es alguien con quien convenga que nos relacionen. El comisario se ha conformado con eso para pedir la orden. Debe de estar a punto de llegar.

—Esperemos... —dice sin tenerlas todas consigo—. Contadme algo más.

Verónica se adelanta, enciende una tablet y le muestra unos planos con imágenes tomadas vía satélite.

—La casa se encuentra a las afueras del municipio de Colmenar Viejo. Aunque pertenece a una urbanización, las parcelas están lo bastante aisladas como para que nadie sepa lo que pasa en el interior de las viviendas. El sitio ideal para tener secuestrada a una niña durante años. La que nos interesa es esta.

Moreno se fija en la vivienda que le señala la oficial y, al ampliar la imagen, siente un estremecimiento al ver una furgoneta de color azul aparcada en el patio trasero.

—¿A nombre de quién está la propiedad?

—Pertenece a un conglomerado de empresas. Hemos dejado a Garrido intentando averiguar algo más.

El inspector de los GEO se acerca a ellos.

—Ya tenemos la orden.

Osborne en ocasiones piensa que le gustaría tener a alguien con quien compartir su vida y ver alguna película o serie en lugar de escuchar a solas la emisora de la Policía, pero él está hecho para otro tipo de relaciones; las de amo y cautiva, ejerciendo un dominio sobre personas mucho más débiles que él. Es lo que ha conocido y, en el fondo, también lo que más le satisface. Escucha en duermevela avisos sobre carteristas en el centro de Madrid, redadas en Usera, peleas en Lavapiés, hurtos en alguna tienda del barrio de Salamanca y tirones a turistas. Cambia de canal y la primera comunicación que oye lo pone en alerta:

«Equipo uno, aquí puesto de mando. ¿Situación?».

«Puesto de mando, aquí equipo uno. Acabamos de dejar la carretera de Colmenar. Aproximándonos a la urbanización del sospechoso».

«Acercaos todo lo posible al objetivo, pero evitad que os vea antes de tiempo y abra fuego. Recordad que tiene a una cría secuestrada».

—Mierda...

Osborne se levanta apresurado y abre un armario que hay junto a la entrada, en cuyo interior, detrás de una falsa pared, guarda un arsenal. Coge varias granadas de mano, un arma corta que se coloca en la cintura y un fusil de asalto Heckler & Koch HK417. Le introduce un cargador y se dirige con él hacia la ventana del salón. No entiende cómo lo han descubierto, pero está dispuesto a morir matando.

El Cadillac de Jotadé, con él, Moreno y Arganza en su interior, sigue a los dos furgones de asalto hasta que se detienen en una bocacalle de la urbanización de chalés, que siembra de casas de diferente tamaño y antigüedad la ladera de una colina. Los tres policías se reúnen con el mando de los GEO mientras sus hombres bajan de los vehículos.

131

—Solo podemos llegar hasta aquí con los furgones para evitar poner en alerta al sospechoso —dice el inspector de los GEO.

—¿Dónde queda exactamente la casa? —pregunta Moreno.

Verónica consulta los planos en la tablet.

—A doscientos metros en aquella dirección. —Señala un pequeño pinar.

—Al lío —dice Jotadé comprobando su arma—. Me huelo que hoy será el día que le meta un par de balas en el culo a un asesino y violador de niñas.

—No sé si quitarte la pistola y darte una porra —dice Moreno.

—También me vale, jefe. Sea como sea, ese hijo de puta no se va a poder sentar en un mes de lo dentro que se la voy a meter.

Verónica pone los ojos en blanco, asqueada. El inspector de los GEO termina de ajustarse el casco.

—Estamos listos.

—Vamos allá...

Los dos equipos del Grupo Especial de Operaciones avanzan por el pinar, con Moreno, Verónica y Jotadé en la retaguardia. Al llegar a las proximidades del chalé del sospechoso, el inspector de los GEO ordena mediante señas a parte de su equipo que se dirija a la zona trasera de la vivienda, mientras que el resto toma posiciones frente a la entrada principal.

A Osborne siempre le ha encantado vivir rodeado de un pinar que le proporcionaba un grado extra de intimidad, pero nunca había pensado que también lo hace vulnerable en momentos como este. Sigue vigilando el exterior a través de la ventana del salón mientras escucha la intervención policial por la radio. Siente que cada vez están más cerca.

De pronto, percibe movimiento detrás de la valla exterior y apunta hacia allí con el fusil. Lo único que tiene claro es que se llevará a unos cuantos por delante antes de caer.

El inspector de los GEO aguarda a que sus hombres tomen la parte trasera de la finca. Jotadé se asoma desde detrás de la valla y distingue una sombra en una ventana.

—Ese puerco está en el salón...

—Ten cuidado que no te vea, Jotadé —dice Verónica.

El mando de los GEO recibe una notificación a través del pinganillo y asiente a Moreno.

—Estamos listos.

El inspector Osborne sigue apuntando hacia el exterior con el dedo en el gatillo, pero la sombra enseguida toma forma y se convierte en el vecino, un hombre de ochenta años largos, que llama al timbre exterior.

—Joder...

Deja el fusil tras la puerta y sale a abrir.

—Buenas tardes, don Julián. ¿En qué puedo ayudarle?

—Buenas tardes, hijo. Perdona que te moleste. Solo venía a preguntarte si tú también estás teniendo cortes de luz.

Antes de responder, Osborne se asoma con cautela a la calle, pero no ve a ningún policía en los alrededores y se centra en el anciano.

—¿Cortes de luz? No.

—Me cago en la leche... —se lamenta el anciano—. Es que se nos va cada cuarto de hora. Mi mujer no puede ni hacer la cena.

—Debería cambiar la instalación de una santa vez, don Julián. Llame a un electricista cuanto antes.

—Eso haré, sí. Muchas gracias, hijo.

—De nada.

El vecino se marcha y, antes de regresar a casa, Osborne comprueba que no hay ningún peligro fuera.

El operativo entra en tromba en el jardín frontal y dos geos se adelantan con un ariete. Tiran abajo la puerta mientras que, por la parte trasera, el resto del operativo accede rompiendo el ventanal del jardín.

—¡Policía! ¡Que nadie se mueva!

Pero el chalé parece abandonado. Después de comprobar con extrañeza y decepción que tanto la planta baja como la primera planta están despejadas, se reúnen todos en el salón, desconcertados.

—Parece que el chivatazo era falso —señala Moreno.

—Dudo mucho de que me hayan hecho así la trece catorce, jefe —responde Jotadé sin darse por vencido—. Además, yo he visto a alguien en la ventana hace un minuto.

Recorre cada rincón de la planta baja en silencio, observándolo todo con detalle. Los demás lo siguen, dejándole hacer, confiando en su intuición. Al entrar en la cocina, se fija en que en el suelo, junto a una vieja alacena, hay varios raspones. Se guarda la pistola en la cintura y empuja el mueble. Para sorpresa de todos, detrás encuentran una puerta. Los geos vuelven a tomar posiciones.

—Déjenos a nosotros, subinspector —dice el mando de los GEO.

Abren la puerta y les golpea un fuerte olor a sudor, heces y humedad que los hace retirarse.

—¡Policía!

Varios geos se adelantan y bajan por las escaleras, adentrándose en un sótano húmedo y oscuro. Jotadé no aguanta más arriba y baja tras ellos.

—¡Espera, Jotadé!

Pero él no hace caso. Cuando llega al final de la escalera, se le cae el alma a los pies al descubrir hacinadas a un grupo de mujeres de entre catorce y veinte años que miran acobardadas a los policías.

—¿Qué es esto? —pregunta horrorizado—. ¿Quiénes sois?

Las mujeres se limitan a abrazarse unas a otras, buscando protección. Tanto Jotadé como el resto de los policías las miran, impactados por aquella atrocidad.

—Tranquilas. Enseguida os sacamos, pero tenéis que decirnos quién os ha hecho esto.

—Supongo que algún proxeneta sin escrúpulos que de aquí las lleva a prostituirse a cualquier burdel de mala muerte —responde el inspector de los GEO.

—¿Dónde está ese malnacido? —le pregunta Jotadé a una joven con rasgos peruanos que lo mira en cuclillas, con los ojos muy abiertos.

Otra de las chicas, una africana algo mayor con la cara atravesada por una quemadura, se adelanta y señala un angosto pasillo.

—Se ha marchado por allí...

—¿Conoces a una chica llamada Ana María?

Ella niega con la cabeza y, mientras los geos, Verónica y Moreno se ocupan de las jóvenes, Jotadé se dirige hacia el fondo del sótano, cada vez más angustiado por el estado de las chicas con las que se cruza.

—¿Por dónde ha ido?

Una de las chicas se limita a señalar un tablón apoyado en la pared. Al retirarlo, descubre un conducto de ventilación. Trepa por él y ve a un hombre muy obeso corriendo campo a través.

—¡El sospechoso está escapando!

Jotadé sale por el conducto y corre tras él gritándole que se detenga y amenazándolo con disparar. Debido al lamentable estado físico del sospechoso, no tarda en alcanzarlo. Lo derriba y ambos ruedan por el suelo.

—¡¿Dónde te crees que vas, malparido?!

—¡Suélteme!

Se trata de un hombre español de unos cincuenta años. Jotadé queda a horcajadas sobre él.

—¡¿Dónde está Ana María?!

—¡No sé de qué me habla!

—¡¿Dónde la tienes, hijo de la gran puta?! —pregunta golpeándolo con saña.

Desde la azotea de su casa, el inspector Osborne utiliza unos prismáticos para ver cómo, en mitad de un descampado cercano, al otro lado del valle, varios miembros de los GEO llegan corriendo hasta Jotadé y evitan que mate a puñetazos a un hombre extremadamente obeso.

34

No se puede decir que Lucía sea una mujer feliz, pero, desde que la trasladaron al Centro de Internamiento de Menores Princesa Leonor, se siente en paz. Echa de menos las investigaciones junto a Jotadé, su casa y, de vez en cuando, a pesar de negárselo a su mejor amigo, también el sexo, aunque fuera eso lo que le destrozó la vida. Pero si hay algo que extrañe por encima de todo es a su padre. Siempre tuvieron una relación muy estrecha; sin embargo, cuando la detuvieron por doble homicidio y él conoció los detalles de los crímenes de su única hija, decidió romper con ella a través de una carta. Por eso se sorprende cuando le dicen que está allí.

Al salir al patio, lo encuentra observando abstraído la fachada del edificio y recuerda cuando la llevaba a visitar iglesias románicas. Ni a su madre ni a su hermano les interesaban lo más mínimo y solían quedarse en la piscina del hotel, pero a ella le volvía loca escucharle hablar sobre cómo se habían construido hacía tantos siglos. Lo ve envejecido, más aún de lo que debería tras solo cuatro años, pero supone que saber que su ojito derecho es una pervertida y una asesina destroza a cualquiera.

—Hola, papá...

Él se gira y la observa en silencio, con pena y seguramente también con mucho arrepentimiento.

—Hola, Lucía. ¿Cómo estás?

—Voy tirando, ¿y tú?

—Los médicos dicen que mal, pero yo me noto mejor que nunca.

Solo entonces, Lucía es capaz de ver que ese envejecimiento es en realidad una enfermedad que ya ha acabado con él aunque siga estando de pie frente a ella. Se siente culpable por no haber podido acompañarlo durante todo el proceso, pero la última frase de su carta lo dejaba bien claro: «Desde hoy, he muerto para ti».

—¿Qué tienes?

—Un cáncer que me ha comido por dentro. Según el médico, si ahora no siento dolor es porque mi cuerpo ha dejado de luchar y solo espera el fin.

—Lo siento mucho, papá.

—Yo también, hija.

Él abre ligeramente los brazos y Lucía recorre los dos metros que los separan para abrazarse al hombre que más ha querido. Detrás del olor a medicina y a muerte, aún percibe el del perfume que le regalaba cada Navidad.

—Sigues usando la misma colonia —dice al separarse.

—Me recuerda a ti.

Lucía lo coge de la mano.

—¿Marcos está contigo?

—Tu hermano está demasiado ocupado intentando hacerse rico y solo viene de Barcelona una vez al mes. Cuando pasó lo tuyo, también nos separamos.

—Lamento haber sido la causante de que se rompiera nuestra pequeña familia.

—Aquello fue muy duro, hija.

—Para mí también, papá. Pero comprendo que vosotros no teníais nada que ver y os visteis envueltos en un escándalo que se alargó durante meses. Sufrí al verte en la tele huyendo de los periodistas.

—Quise defender tu inocencia, pero tú misma confesaste todo lo que habías hecho y solo pude quitarme de en medio.

—Lo entiendo, tranquilo.

El hombre mira hacia el edificio.

—Debe de ser del siglo XVII o XVIII.

—Eso creo. ¿Sigues visitando iglesias por toda España?

—Últimamente no lo hago para admirar la construcción. Cuando ves la muerte tan cerca como la veo yo, te esfuerzas por creer.

—¿Y lo has conseguido?

—No demasiado —confiesa rendido—. Hay que echarle demasiada imaginación para convencerte de que hay un cielo allí arriba. Además, si de veras está tu madre esperándome, me va a dar un bofetón nada más verme por haberte abandonado.

—A veces pienso qué me habría dicho ella de seguir viva.

—Hubiera sacado las garras por ti, lo tengo claro. No se habría acobardado como hice yo. ¿Crees que podrás perdonarme?

—Ya lo he hecho, papá.

—La carta que te mandé a la cárcel...

—No te preocupes —lo interrumpe y miente—: Sé que la escribiste desde el dolor y la rompí el mismo día que la recibí.

—Eres mucho mejor persona que yo, hija.

—¿Tú crees? —pregunta con incredulidad.

—Lo tuyo fueron errores puntuales; lo mío, estupidez sostenida durante cuatro años. Si pudiera volver atrás...

—No podemos, papá —vuelve a interrumpirlo—, así que no le demos más vueltas. Cuéntame lo que has hecho durante este tiempo.

—Nada, en realidad. Marchitarme viendo la tele y torturándome por mi cobardía hasta que los médicos me dijeron que tendría que haber ido a verlos antes, que ya no podían hacer nada.

—Esa manía tuya de no querer ir nunca al médico.

—Era tu madre la que me obligaba. Después de que ella faltara, ya me daba igual. Pero ¿tú qué tal, Lucía? Fui a visitarte a la cárcel y me extrañó saber que te trasladaban aquí.

—Es largo de contar, papá, pero creo que he encontrado mi lugar. Me gusta ayudar a los chicos.

—Habrías sido una buena madre...

—No lo creo.

Tras media hora hablando de un pasado mucho más feliz para ambos, Lucía acompaña a su padre hasta el taxi y vuelve a abrazarse a él, temiendo que sea una despedida definitiva.

35

Joel ya está acostado y Lola termina de recoger la cocina cuando Jotadé entra en casa procurando no hacer ruido, descompuesto por lo que ha vivido las últimas horas. Nada más dejar las llaves en el platito de la entrada, sufre una arcada. Se encamina a toda prisa hacia el cuarto de baño del pasillo, se arrodilla frente al váter y vomita. El escándalo que monta da al traste con el intento de discreción. Tira de la cadena y se enjuaga la boca en el lavabo. Al levantar la cabeza, ve a través del reflejo del espejo a Lola, que lo observa con seriedad desde la puerta.

—¿Me has escuchado?

—Creo que te ha escuchado hasta don Genaro, que vive en el ático y es sordo como una tapia.

—Lo siento...

A pesar del inmenso cabreo que tiene Lola con él por dejarla colgada en la clínica, nunca lo había visto tan vulnerable y procura contenerse.

—¿Dónde has estado?

—Trabajando.

—¿Esa es toda la explicación que piensas darme?

—Te juro por el alma de mi hermano que estaba yendo hacia la clínica, Lola, pero recibí un chivatazo sobre el paradero de Ana María y tuve que volver corriendo a la comisaría.

—¿Ha merecido la pena?

—No la hemos encontrado, si es lo que preguntas.

Jotadé baja la mirada, evasivo. Lola lo conoce mejor que nadie y sabe que le está ocultando algo.

—Pero has encontrado otra cosa, ¿no?

Él asiente, se sienta en el váter y los ojos se le empañan, atormentado.

—¿Qué pasa, Jotadé? —se alarma ella.

—Ha sido horrible, Lola. En esa pocilga no estaba la cría que buscábamos, pero había muchas otras. Tendrías que ver en qué condiciones.

Lola lo ve completamente roto, se agacha frente a él y le coge las manos.

—Tranquilo...

—Algunas no tenían ni la edad de Joel y ya se habían acostumbrado a que las violaran y las vendieran a los peores burdeles de España, joder.

—¿Quién es capaz de hacer algo así? —pregunta sobrecogida.

—Muchos más cabrones de los que te puedes imaginar. Ojalá se les sequen los ojos a todos... —Hace una mueca—. Aunque a un payo seboso ya se los he secado yo.

—¿Lo has matado? —se asusta.

—He estado a punto, pero solo se me ha ido un poquito la mano cuando lo he trincado intentando escapar. Va a comer sopas hasta el juicio..., y todavía le he hecho un favor, porque costaba más saltarlo que rodearlo.

—Otra vez te suspenden de empleo y sueldo, como si lo viera.

—A ver qué dicen mañana —se encoge de hombros—, pero me importa un mojón. Ese bastardo se lo merecía y me he quedado más a gusto que en brazos.

A Lola le encantaría estar enfadada con él, pero solo le sale sonreírle y abrazarlo.

—Eres una calamidad, Jotadé.

—¿Tú crees que mañana podríamos volver a la clínica? Tengo los espermatozoides en el disparadero para que me los analicen.

—Con la cara como la tienes —dice fijándose en sus magulladuras—, se van a pensar que te llevo obligado. ¿Quién te ha hecho eso, a todo esto?

—Ya te he dicho que he perseguido a un payo y...

—Ni se te ocurra mentirme, Jotadé —lo corta muy seria—. Eso ya lo tenías esta mañana. ¿Te crees que no me he

fijado en las gasas manchadas de sangre que había en la papelera del baño?

—Las tuve tiesas con los hermanos de la Margarita, pero
olvídate, porque ya está todo arreglado.

—¿Seguro? —pregunta desconfiada.

—Seguro, mujer —miente descaradamente—. Vámonos a la cama, anda.

—¿No quieres que te haga algo de cena?

—No, gracias. Lo que quiero es que este día se acabe
cuanto antes.

Lola asiente conforme y ambos salen del baño cogidos
de la mano.

36

Iván aguarda sentado a la mesa de un restaurante de moda. Se ha arreglado para la ocasión y vigila la puerta, nervioso por el retraso de su cita, tanto que ya empieza a temer que no aparecerá. Al igual que Jotadé, también está tocado por lo que han vivido esa tarde, pero intenta sobreponerse cuando por fin ve entrar a Lidia. La chica lleva el pelo suelto y un vestido ajustado de color negro que hace volver la cabeza a algunos comensales y a varios camareros. Muy pocas veces en su vida, Iván se ha sentido tan intimidado por una mujer. Se levanta para recibirla.

—Perdona por el retraso —dice dándole dos besos, algo apurada—. Es que iba a venir en plan sport, pero, cuando ya estaba en el Uber y he cotilleado el restaurante en internet, he tenido que dar media vuelta.

—La espera ha merecido la pena, Lidia. Estás preciosa.

—Gracias —responde sonriente—. Tú tampoco estás mal.

Ambos se sientan a la mesa.

—Me ha sorprendido tu mensaje, ¿sabes? Después de la espantada del otro día, ya pensé que no volvería a verte.

—Solo es porque te dejé sin postre, no te creas.

—Pues entonces me alegro de que te entrasen las prisas —dice aceptando la broma y coge la carta—. ¿Qué se come aquí? Tengo un hambre que me muero.

Piden una botella de Ribera del Duero, un par de entrantes especialidad de la casa y, a pesar de la lubina, recomendación del camarero, por la que se decide él, Lidia se decanta por un solomillo de buey que asegura que no piensa compartir.

—¿Cómo es eso de ser fisioterapeuta? —pregunta Iván.

—Muy útil para todo el que me conoce y le duele algo. Pero estoy segura de que tu trabajo es mucho más divertido. Eres de Homicidios, ¿no?

—Sí... Aunque de divertido tiene poco. Me relaciono a diario con lo peorcito de cada casa.

Lidia nota que se le ensombrece el semblante.

—Perdona. Estoy siguiendo el caso de esas crías y salió tu nombre. Quizá no haya acertado con la palabra. Nada de hablar de trabajo, ¿te parece?

—Me parece. Háblame un poco de ti. ¿Qué te gusta?

—Lo mismo que a todo el mundo, supongo: ver series debajo de una manta que me hizo mi abuela hace años, ir al cine de vez en cuando, leer best sellers, salir con amigas y, aquí viene cuando todo el mundo me mira raro..., soy *menkyo kaiden* de *bōjutsu*, una especie de cinturón negro.

—Perdóname, pero no tengo ni idea de lo que me estás hablando...

—Es un arte marcial en el que se combate con bastones de madera. Dos veces por semana me enfundo un kimono negro, un casco de rejilla y me lío a palos. Tendrías que verme, estoy de lo más sexy.

Iván sonríe al imaginársela.

—¿Y cómo te dio por eso?

—Hay a quien le da por el fitness y a quien le da por los japoneses. ¿Y a ti qué te gusta hacer en tus ratos libres?

—No es que tenga demasiados, pero, cuando consigo quitarme de la cabeza los casos que investigo y Carmen se hace cargo de los niños, lo que más me gusta es perderme con mi perro por el campo.

—Alba, James y Gremlin, ¿no?

—Estás bien informada.

—No veas cómo te vende tu exsuegra. Y, para que la madre de una ex hable así de alguien, tiene que ser cierto.

—Yo lo que creo es que está harta de verme por casa y hace lo posible para tenerme en la calle. A todo esto, ¿de qué os conocéis vosotras?

—Del ambulatorio. Coincidimos una mañana y, cuando ya llevaba un rato notando que me observaba, se sentó a mi lado y me preguntó si tenía pareja.

—Qué vergüenza, por favor.

—A mí me hizo gracia, y más cuando empezó a hablarme de su yerno. Lo único que me dijo es que estuviste a punto de ser alcalde, que eras guapo y muy buena gente, pero que tus demás virtudes debería descubrirlas yo.

—¿Y has descubierto alguna?

—No pienso regalarte los oídos tan fácilmente, Iván Moreno...

Ambos se miran con complicidad, pero, en esta ocasión, Iván no se siente incómodo. La llegada del camarero interrumpe la magia.

—¿Van a tomar postre los señores?

—¿Hay arroz con leche? —pregunta Lidia.

—No, señora.

—Entonces, por mí paso directamente al chupito de hierbas.

—Que sean dos, por favor.

El camarero asiente y se marcha. Lidia se levanta.

—Perdona. Voy un momento al servicio.

Lidia atraviesa el salón e Iván no puede evitar mirarla mientras se aleja.

—Bien por Carmen...

—Me ha parecido fatal, que lo sepas —dice Iván mientras camina por la calle junto a Lidia.

—El trato era que tú pagabas la primera vez y yo la segunda.

—Pero la primera solo fueron un par de raciones.

—Así me aseguro de que hay una tercera... —Se detiene en seco y pega la cabeza en el escaparate de una heladería que ya está cerrada—. No me lo puedo creer. ¿Eso es helado de arroz con leche?

—Qué obsesión tienes tú con el arroz con leche, ¿no?

—Soy asturiana... —Ve a una limpiadora en el interior y llama con los nudillos al cristal—. ¡Oiga! ¿No podría venderme un cucurucho?

—¡Estamos cerrados!

Lidia maldice por lo bajo y mira a Iván.

—Ahora sería la ocasión perfecta para que tú sacases la pistola.

—Me la he dejado en casa.

—Qué decepción...

Ambos se ríen y se miran a los ojos con intensidad. Ella se acerca y lo besa en los labios. Iván se siente algo extraño, pero sigue estando muy a gusto con Lidia y se deja hacer.

—¿Quieres que vayamos a mi casa? —pregunta ella al separarse.

—Nada me gustaría más, pero...

—Te entiendo —lo corta—. Como dicen en mi tierra: el que se va sin que lo echen puede volver sin que lo llamen.

—Te lo agradezco.

Lidia e Iván siguen paseando, muy a gusto el uno con el otro.

37

El agente Fernando Garrido tenía claro que iba a ser policía desde que cumplió ocho años, como si lo llevase en la sangre. Pero lo curioso es que no tiene ningún antecedente en su familia; tanto su padre como sus tíos trabajan en la constructora fundada por el abuelo, su madre es farmacéutica, y la única hermana de esta, veterinaria. Tampoco a ninguno de sus seis primos y primas le ha dado por ahí. Cuando anunció en casa el rumbo que iba a tomar su vida, a su padre no le sentó tan bien como él hubiera querido, ya que el hombre deseaba por encima de todo que su único hijo dirigiese el negocio familiar. Pero su determinación lo obligó a aceptarlo, y ahora es el que más orgulloso se siente de las hazañas de Fernando. Él, por su parte, no puede negar que le encanta que esa anomalía y el que forme parte del equipo que investiga el caso más mediático del momento lo haya convertido en el centro de atención en el cumpleaños de su tía.

—No sé cómo puedes disfrutar tanto con algo así, hijo —dice su madre espeluznada mientras le sirve un trozo de tarta.

—No disfruto de lo que le ha pasado a esa chica ni de que haya otra secuestrada, mamá, pero me gusta ser yo quien persiga a ese asesino.

—¿No es peligroso, Fernando? —pregunta preocupada.

—Mi trabajo siempre lo es, ya lo sabes, pero tengo buenos compañeros que me protegen las espaldas: Iván Moreno está considerado uno de los mejores policías de España desde que trabajó con la inspectora Indira Ramos, la oficial Verónica Arganza es la persona más intuitiva que he conocido nunca, y qué voy a deciros del subinspector Juan de Dios Cortés...

—¿Cómo es en persona el tal Jotadé? —pregunta con curiosidad su prima mayor, de la misma edad que Garrido.

—Majo, impredecible, a veces difícil de trato..., pero es un buen poli.

—Y, además, está como un queso —añade la pequeña, de dieciséis años.

Las dos hermanas se ríen ante la mirada de censura de su madre.

—Por lo que salió en los periódicos el año pasado después del lío que montó con los mafiosos esos —interviene uno de sus tíos—, está como una chota. Lo mejor es que te mantengas lejos de él, Fernando.

—¿Cómo voy a mantenerme lejos de él si estamos en el mismo equipo, tío? Además, ya os he dicho que es un buen policía, seguramente el más valiente que haya conocido.

—Un policía gitano. —Niega con la cabeza el mayor de los primos—. El mundo se va a la mierda.

—¿Es verdad eso que dicen en la televisión de que a la niña de la parada del autobús le han cortado una mano?

—Ya sabes que no puedo hablar de eso, papá.

—¡Si sale en los periódicos, leñe!

—Eso es que le gusta quedarse con partes de recuerdo —dice otro de los primos—. Espérate que la siguiente no aparezca sin un pie.

—No creo que vayan por ahí los tiros —replica Garrido.

—Entonces no entiendo por qué otro motivo querría alguien cortarle la mano a esa criatura —sentencia su tía.

El joven agente no sabe qué responder, tan perdido como el resto.

—¿No podemos hablar de otra cosa? —pregunta su madre.

—Mejor, sí —apoya su padre para enseguida dirigirse a su sobrina pequeña—. Me han dicho que te has echado novio, Laurita.

—¡Mamááá! —protesta la niña por que su madre se haya ido de la lengua.

—Ni que fuera algo tan raro, hija.

—Yo sigo diciendo que a mí me parece muy joven —dice el padre de la chica—. La próxima vez que el hijo de los Menéndez venga por casa, le cojo saliva para que Fernando la lleve al laboratorio de la policía y salga en el ADN si fuma porros.

Al escuchar eso, a Garrido se le enciende la luz. Se levanta apresurado y, para extrañeza de todos sus familiares, besa a sus padres y a su tía.

—Lo siento, pero tengo que irme corriendo. Muchas felicidades, tía.

Antes de que puedan preguntarle qué pasa, Fernando ya ha salido por la puerta.

El agente Garrido entra como un vendaval en la sala de reuniones, donde se encuentra el resto del equipo. El desánimo es generalizado.

—No podía arriesgarse a que analizásemos la mano de Carla Lombardo, por eso se la cortó —anuncia directo.

El inspector Moreno, Jotadé y Verónica se vuelven hacia él.

—¿De qué hablas, Garrido? —pregunta Iván.

—Si el asesino le cortó la mano, no fue para quedársela como trofeo, sino porque en ella podía haber alguna pista que nos condujese hasta él. Quizá restos de ADN.

Los tres se miran, sorprendidos por que algo así no se le haya ocurrido a ninguno de ellos.

—Puede que hubiera piel bajo las uñas —dice Verónica mientras repasa el informe del forense—. En el cuerpo de la chica había señales de lucha. No me extrañaría que hubiese conseguido arañarlo.

—Bien tirado, pimpollo —lo felicita Jotadé—. El problema es que, si no encontramos la mano, y dudo de que a estas alturas lo hagamos, el que tenga restos de ADN en las uñas no nos sirve de mucho.

—Al menos sabemos que el asesino luce unos bonitos arañazos —responde Garrido—. Solo nos queda rezar para que sean en un lugar visible.

Los demás vuelven a asentir, impresionados por su perspicacia.

—Pasad esa información a los compañeros para que sepan que buscamos a un hombre de entre cuarenta y cincuenta años con posibles arañazos en alguna parte del cuerpo —ordena Moreno.

—¿Y si se lo filtramos a la prensa para ponerlo un poco nervioso? —pregunta Verónica.

—Lo último que necesitamos es que se ponga nervioso —la frena Jotadé—. Recuerda que todavía hay una chica secuestrada. No quiero ni pensar en lo que hará con ella si decide quitarse de en medio.

—Jotadé tiene razón. De momento, que no se sepa fuera de aquí. —Iván mira al novato—. Buen trabajo, Garrido.

El chico asiente, contento por su primer gran acierto desde que forma parte del equipo de Moreno.

38

El inspector Osborne se observa los arañazos del cuello en el espejo del baño de su habitación. Ya tienen mucho mejor aspecto y no hay rastro de la infección, aunque siguen destacando demasiado. Sabe que no puede llevar eternamente jerséis de cuello vuelto para ocultarlos y saca de una bolsa un estuche de maquillaje recién comprado en una cadena de perfumerías. Selecciona el color más parecido al tono de su piel y, mientras recuerda, extiende el maquillaje con un disco de algodón hasta hacer desaparecer las marcas casi por completo...

Pedro Osborne vivió el embarazo de Claudia con emoción, como si realmente se tratase de una pareja enamorada a punto de tener su primer hijo y no como un secuestrador que violaba a su víctima menor de edad sistemáticamente. Claudia, por su parte, comprendió que solo ganándose su confianza tendría una oportunidad de recuperar su vida, así que trató de comportarse como la novia que él quería que fuese durante aquellos interminables nueve meses.

El parto fue mejor de lo que ninguno de los dos se hubiese imaginado, y el 13 de diciembre de 2005 Claudia dio a luz a un niño fuerte y sano. Un par de semanas después, Pedro pasó por una floristería al salir del trabajo con la ilusión de darle una sorpresa a la joven madre, pero, tras dejar el coche en el garaje, fue al sótano y se encontró la celda vacía. No había rastro ni de la chica ni del hijo de ambos.

—¿Claudia?

Revisó cada centímetro de aquel lugar sin comprender cómo podía haber escapado, hasta que se apoyó en el lavabo que había instalado para ella y notó que tenía demasiada holgura. Cuando lo movió, descubrió un agujero en la pared que Claudia había tardado en excavar siete meses, desde que él se marchaba al trabajo a primera hora de la mañana hasta que volvía por la noche.

—¡Maldita zorra!

Salió corriendo de la celda y vio que el agujero conducía hasta el garaje. Buscó por dónde había huido y se dio cuenta de que no pudo hacerlo hasta que él mismo abrió la puerta unos minutos antes para meter el coche.

—¡Claudia!

Cogió una linterna y se lanzó a buscarla. La noche era oscura y fría, pero a él le hervía la sangre y no lo sintió a pesar de que iba en mangas de camisa. Al llegar a la verja exterior de su parcela, encontró enganchado un trozo del vestido que le compró a Claudia unos meses antes. La mayoría de las casas eran segundas viviendas que solían quedar vacías durante el invierno, y la única luz que se veía estaba a unos doscientos metros, atravesando un pequeño pinar. Era la casa de los señores Granado, un matrimonio octogenario que había tomado la decisión hacía veinte años de dejar la ciudad para irse a vivir al campo.

Pedro Osborne corrió en aquella dirección temiendo que Claudia diese la voz de alarma a los vecinos, en cuyo caso no dudaría en adoptar la solución más drástica. Pero, por más que la buscaba, seguía sin ver a la chica. Se detuvo y aguzó el oído. Tras unos segundos de silencio, escuchó el llanto leve de un bebé y se dirigió hacia allí. Cuando por fin la localizó, ella ya estaba intentando saltar la tapia de piedra de la casa de los Granado con su hijo envuelto en varias mantas para protegerlo del frío.

—¡¡Soco...!!

Osborne llegó a tiempo de taparle la boca y de ocultarse tras el muro con Claudia y con el bebé. Se abrió la puerta de la casa y un perro ladró, pero, por fortuna para el policía, era en proporción casi tan viejo como sus amos.

—¿Quién anda ahí? —preguntó el anciano.

La chica intentó patalear y pedir ayuda, pero Pedro le apretó el rostro con fuerza, con tanta que Claudia Otero dejó de respirar al cabo de unos instantes. Cuando la mujer le pidió a su marido que volviesen dentro, que hacía mucho frío y seguramente lo que habían escuchado fuese algún gato callejero maullando, Pedro Osborne retiró la mano de la boca y la nariz de su presa y comprobó con horror que estaba muerta. Llevaba muchos años fantaseando con lo que sentiría cuando por fin traspasase esa barrera, pero no sintió nada más que desengaño al verse traicionado.

La llevó en brazos de vuelta a casa y, mientras cavaba una tumba en el jardín, quiso llorar para sentirse humano, pero, por más que se esforzó, no le salió una lágrima. La cubrió de tierra y trasplantó un rosal que había comprado unos días atrás. Después miró a su hijo y se planteó si no debía hacer lo mismo con él. Sería la mejor manera de quitarse de encima el problema, pero era el único ser vivo por el que había sentido algo parecido al cariño en toda su vida.

Trató de cuidarlo él mismo, aunque a los pocos días comprendió que era una tarea imposible y decidió abandonarlo junto a una obra, igual que lo habían abandonado a él. No podría criarlo, pero siempre estaría cerca.

Después de aquello, se sintió solo y abatido, hasta el punto de caer en una depresión por la que causó baja en la Policía durante varios meses. Uno de aquellos días que pasaba sentado en el porche mirando aquel rosal que crecía con un inusitado esplendor, un coche se detuvo frente a su puerta y de él se bajó Victoria Otero. Hacía ya un año y medio que su hermana había desaparecido, pero ella no se daba por vencida.

—Solo venía a ver si habías recordado algo, Pedro. Estoy volviendo a hablar con todo el mundo por si entonces se me escapó algún detalle.

—Me encantaría poder ayudarte, Vicky —dijo mirando fugazmente el rosal—, pero, como ya te dije, solo estuve en Ávila unas horas y no vi nada extraño.

Osborne supo que a su hijo lo había adoptado una pareja de clase media y los dos años siguientes los pasó viendo cómo lo llevaban al parque, pero sentía que su vida estaba vacía. Cada vez le costaba más luchar contra sus instintos, y, aunque él intentaba resistirse con todas sus fuerzas, una mañana se cruzó en su camino otra joven de la que se enamoró perdidamente.

39

—¿Qué tal el viejo?

Lucía mira a Alejandro Nuero, aturdida. Él la observa sentado al otro lado de la mesa, desafiante, disfrutando del daño que le ha hecho con una pregunta tan simple.

—¿Cómo dices?

—Resulta que la ventana de la clase de estudio da al jardín y ayer te vi con tu viejo. Está un poco jodido, ¿no?

Ella no responde, esforzándose por que no se le note flaquear.

—Por cierto, eres un poco tramposa, Lucía. El otro día me dijiste que tenías una relación cordial con él y es una puta mentira. Por lo que pude intuir, hacía tiempo que no os hablabais.

—No tienes ni idea de lo que dices, Alejandro.

—El lenguaje corporal no engaña. Os estabais reconciliando por algo. ¿Qué pasa, que está a punto de palmarla o qué?

El chico estudia la expresión de Lucía y sonríe al saber que ha acertado de pleno.

—No tiene pinta de que le quede mucho, ¿eh? ¿Qué es, cáncer?

—¡Cállate la puta boca!

—Joder, qué poco autocontrol para ser loquera —dice como si la cosa no fuese con él—. Bueno, ¿qué? ¿Hoy no vas a curar mi dañado cerebrito?

—¿Disfrutas siendo como eres, Alejandro?

—¿Y cómo soy, Lucía?

—Alguien a quien todos temen pero nadie respeta y mucho menos aprecia. ¿Alguna vez has tenido un amigo de verdad?

—Tuve uno hace un tiempo. Era un pastor belga que se llamaba Rocky. ¿Quieres saber lo que le pasó?

—¿Que le cortaste la cabeza y la guardaste en tu armario?

A Alejandro le muda el semblante. Lucía enseguida repara en su error.

—¿Has hablado con mi madre?

—Lo he leído en un informe.

—¡Una puta mierda! —Alejandro pierde por primera vez los papeles—. ¡Eso no sale en ningún informe!

—Cálmate.

—¿Ha estado aquí?

—No.

—¿También han venido mis hermanas?

—¿Sabes cuál es tu problema? Que siempre te has salido con la tuya, pero conmigo has pinchado en hueso.

—¿No me digas?

—¿Todavía no te has dado cuenta de que te conviene que nos llevemos bien para que en mis informes ponga que estás preparado para largarte de aquí? Y, con tu actitud, eso cada vez está más lejos.

—¿Te parece profesional amenazar a un paciente?

—Solo constato una realidad. Si me permites un consejo, yo que tú cambiaría de actitud. Hemos terminado por hoy.

El chico la mira con odio y se levanta para marcharse, pero se detiene en la puerta.

—¿Tienes alguna otra pregunta, Alejandro?

—¿Por qué no te hablabas con tu padre? Algo gordo debió de pasar para que solo venga a visitarte cuando está a punto de irse al otro barrio. ¿Te metía mano o algo así?

—Puedes marcharte —responde ella sosteniéndole la mirada.

—Ya lo averiguaré, tranquila.

Alejandro sale y Lucía mira hacia la puerta, preocupada; si ese chico averiguara el verdadero motivo por el que está allí, no lograría pararle los pies.

Al salir al patio, ve a Darío sentado solo, apartado de los demás. Cuando se acerca a él, se tensa.

—¿Va todo bien, Darío?

—Sí, ¿por qué? —pregunta a su vez.

—No lo sé, dímelo tú. ¿Hay algún motivo por el que hoy no estés con tus amigos? —Señala con la barbilla hacia el resto de los chicos.

—Hoy no me apetecía estar con nadie..., y eso te incluye a ti.

—Enseguida me voy, tranquilo. En cuanto respondas a una pregunta.

—¿A cuál?

—El otro día te vi en el patio con Alejandro Nuero. Estabas con varios internos más escuchando lo que decía.

—¿Qué pasa, que ya no podemos ni hablar?

—Por supuesto que sí, pero que solo hablase él me resultó muy extraño. ¿Qué os estaba diciendo?

—No me acuerdo —responde evasivo.

—Por ahí no vamos bien, Darío.

Él la mira y Lucía es capaz de distinguir el terror en sus ojos.

—Será mejor que te apartes de él, Lucía. No sabes de lo que es capaz.

—Dímelo tú.

—Se puede meter en tu cabeza, hostia.

Darío se levanta y se marcha apresurado hacia el edificio. Desde una ventana del primer piso, Alejandro Nuero lo observa alejarse de Lucía con gesto de contrariedad.

40

El comisario habla por teléfono mientras escruta con cara de pocos amigos a Jotadé, que está sentado frente a él, aguantando el chaparrón. Se limita a contestar con monosílabos a su interlocutor, hasta que cuelga comprometido y fusila a su subordinado con la mirada.

—Me lo pones muy difícil, Jotadé. ¿Sabes con quién me he pasado todo el día hablando? —Contesta antes de que él pueda abrir la boca—: Con el director general de la Policía y con el director adjunto operativo. ¿Y sabes para qué?

—¿Para que le filtren las preguntas de mi examen para inspector?

—No te hagas el gracioso conmigo, muchacho —responde con dureza—. Te tengo aprecio, pero no el suficiente como para cubrirte las espaldas con cada cagada que cometes. Y la lista ya es demasiado larga.

—Tiene razón, jefe. Se me fue la pinza con ese pavo, pero, si hubiera visto lo que yo vi ayer en esa casa, también le habría calentado los morros.

—La diferencia entre ellos y nosotros es que nosotros respetamos la ley... —asegura, para enseguida añadir, comprensivo—: Aunque te entiendo, hijo. Esos malnacidos solo hablan un idioma. ¿Se sabe ya de dónde habían salido esas pobres?

—Casi todas eran inmigrantes que tenían deudas con los traficantes que las trajeron de sus países.

El comisario masculla un «cabrones» y mira a Jotadé con indulgencia.

—Me has hecho pedir muchos favores, pero, por esta vez, te has librado. Procura no volver a cagarla, al menos esta semana.

—Me portaré bien, palabra.

—Lárgate, anda, que tu palabra en esto vale menos que cero.

Al regresar a la sala de reuniones, Jotadé se encuentra a Moreno y a Verónica esperándolo nerviosos.

—Ya sabemos dónde está el bebé de Carla Lombardo.

—¿Dónde?

—Lo abandonaron en la puerta de un convento de Valladolid —responde Moreno—. Quiero que vayáis ahora mismo allí para hablar con las monjas y obtener una muestra de ADN que cotejar con la de su madre. Si coincide, también tendremos la del asesino.

En el AVE desde Madrid, Jotadé y Verónica apenas tardan una hora en plantarse en Valladolid, y, veinte minutos después, ya están frente a las cuatro religiosas que encontraron al bebé hace ya una semana.

—Nosotras íbamos como cada día a colaborar con la ONG —se erige en portavoz la mayor de las monjas— y ahí lo vimos, tiradito en la puerta. Al principio pensamos que solo era un fardo de ropa que alguien había dejado allí para los pobres, pero, en cuanto lo cogimos, nos dimos cuenta de que era una criatura.

—Angelito. Ni lloraba del miedo y del frío que debía de tener —añade otra.

—¿Y no vieron a quien lo dejó allí? —pregunta Verónica.

—No, hija.

—Yo sí que vi algo.

Los dos policías y las otras tres monjas se vuelven sorprendidos hacia la más joven, una muchacha de veinticinco años que los mira con timidez.

—¿Qué vio? —pregunta Jotadé.

—Mientras las demás se ocupaban del bebé y telefoneaban a los Servicios Sociales, yo me quedé en la puerta y vi cómo se marchaba un coche que había aparcado en la acera de enfrente. Me llamó la atención porque no había entrado nadie en él, o sea que quien lo conducía ya estaba dentro desde hacía rato.

—Bien tirado, hermana. ¿Y pudo fijarse en la matrícula y en qué clase de coche era?

—En la matrícula, no, porque solo fue un momentín, pero era un coche azul y grande, tipo furgoneta.

Jotadé y Verónica asienten, confirmando que se trata del mismo secuestrador.

—¿Y vio al conductor? —interviene Verónica.

—Tenga en cuenta que era noche cerrada, pero yo diría que era un hombre de unos cuarenta años, aunque sin ninguna característica especial.

—Aun así, si le parece bien, vendrá a hablar con usted un experto en pericia fisionómica.

—¿Eso qué es?

—Un dibujante, hermana —aclara Jotadé—. Aunque ahora ni dibujan ni leches en vinagre porque vienen con ordenador.

—Como quieran...

—¿Te quedas tú esperando al compañero mientras yo voy a por la muestra de ADN al hospital? —le pregunta Verónica a Jotadé.

—Dale.

La oficial Arganza se despide de las monjas y se marcha. Jotadé aguarda a que llegue el dibujante —que por suerte está cerca del convento y ha prometido ir enseguida— y advierte que la más joven lo mira con curiosidad.

—¿Pasa algo, hermana?

—Discúlpeme, subinspector —responde ella avergonzada—, es que nunca había visto a un policía de su etnia.

—Tan poquitos somos que cabemos en un ascensor, eso es palmario. Y yo tampoco había visto a una monja igual de lince que la señora Fletcher.

—Es que a la hermana Carlota le encanta leer novelas a escondidas y se cree que no nos enteramos.

La aludida baja la mirada, cogida en falta, y las demás sonríen con indulgencia.

—Y aquí, aparte de rezar y de leer a escondidas, ¿hacen algo más?

—Valadares. Son unas tartaletas rellenas de crema de almendras, compota de manzana y frutos secos. ¿Quiere probar una?

—Eso ni se pregunta.

Mientras el experto fisonomista —un joven con aire despistado y pinta de recién licenciado en Bellas Artes, a pesar de que todo lo hace con la ayuda de la inteligencia artificial— sigue las indicaciones de la monja, Jotadé da buena cuenta de una caja de dulces. Al cabo de una hora, Verónica regresa con los hisopos que contienen las muestras de ADN dentro de una pequeña nevera semejante a las que se utilizan para transportar órganos.

—¿Cómo va esto?

—Ahí está el Picasso dándole a la tecla, pero la pobre mujer no tiene claro nada. ¿Cómo estaba el bebé?

—Bien de salud, aunque presentaba las mismas carencias que la madre. Si confirmamos que es de Carla, quizá tenga una buena vida con sus abuelos.

—Les vendría que te cagas tanto al chavalín como a ellos... —sentencia Jotadé.

Verónica asiente, conforme.

—Esto ya está —dice el compañero—. No he podido afinar demasiado porque carecía de muchos datos, pero algo es algo.

—A ver...

Jotadé y Verónica se asoman al ordenador y se quedan mirando el dibujo inexpresivos.

III

41

La presión a la que el inspector Osborne se ve sometido desde que el equipo de Moreno le sigue la pista le produce una extraña sensación; por una parte, le incomoda tener que estar siempre alerta y no poder centrarse en ningún otro asunto, pero, por otra, la adrenalina hace que lo esté disfrutando tanto como aquella primera vez, cuando secuestró en Ávila a la hermana pequeña de su compañera de promoción. Pasa junto a la sala de reuniones y, al ver a través del cristal que el agente Garrido está trabajando solo en el ordenador, decide entrar.

—¿Se puede?

—Adelante, jefe.

—Ya me he enterado de lo de la redada en Colmenar Viejo. Menuda habéis organizado.

—Una locura. Hemos liberado a veintidós chicas de una red de prostitución gracias a un chivatazo que recibió Cortés.

—¿Chivatazo de quién?

—No ha soltado prenda, pero ese hombre tiene contactos hasta en el infierno. Lo malo es que entre las chicas liberadas no estaba la secuestrada de El Molar.

—Ya la encontraréis.

—De eso no tenga duda. Cada vez estamos más cerca de dar con el secuestrador.

—¿Hay algún avance?

—Para empezar, creemos haber localizado al bebé de Carla Lombardo.

Osborne siente un escalofrío de la cabeza a los pies. Dejar vivos a sus hijos siempre supuso un riesgo, aunque se los llevase lo más lejos posible de Madrid, pero, hasta ahora, no habían localizado a ninguno. Un avance más del equipo de Moreno.

—¿Lo... habéis encontrado? —pregunta disimulando su inquietud.

—Aún nos falta contrastar el ADN, pero todo indica que lo abandonaron en un convento de Valladolid. Una compañera de allí estaba al tanto de esta investigación y enseguida ha contactado con nosotros por si era el niño que buscábamos.

—Crucemos los dedos... —dice con retranca.

—A mí me da buena espina. En cuanto tengamos la confirmación, tendremos también el ADN del padre y, por tanto, del asesino. Cortés y Arganza han ido a tomar personalmente las muestras.

Osborne asimila la información. En realidad, aún no tiene nada que temer, pero basta con que sospechen de él por algún otro error que haya podido cometer para que contrasten su ADN y el del bebé y todo se vaya al garete. Repasa en su cabeza cada detalle pensando en cómo pueden llegar hasta él, y cree que no ha dado ningún otro paso en falso.

—El problema —comenta tras unos instantes— es que no tenéis un sospechoso con quien comparar ese ADN.

—No tardaremos en tenerlo. —Baja la voz, como buscando confidencialidad—. Acabo de hablar con ellos y me han dicho que hay un testigo ocular.

—¿No me digas?

—Una de las monjas del convento lo vio marcharse, después de abandonar al bebé, en una furgoneta azul, la misma que han identificado varios testigos de otros secuestros. Estamos convencidos de que se trata del mismo hombre.

—¿Podría reconocerlo?

—Han hecho un retrato robot. A mí me han encargado no moverme de delante del ordenador hasta que lo reciba. Ya debe de estar a punto de llegar.

En ese momento, a Garrido le entra el aviso de un correo nuevo.

—¡Aquí está!

El joven policía procede a abrirlo con tanta curiosidad como excitación y se despliega ante ellos el retrato robot del sospechoso que ha descrito la monja. Aunque no es un dibujo muy preciso, Osborne se reconoce en él enseguida; o esa maldita monja es un lince o el fisonomista un genio. Garrido, en cambio, lo mira decepcionado.

—Podría ser cualquiera, la verdad... —Mira alternativamente el dibujo y a su exjefe—. Hasta se parece a usted.

—Mucho me temo que hay cientos de miles de hombres en este país que se parecen a ese dibujo y a mí, Garrido. Yo ni siquiera lo haría público para no crear más alarma social de la que ya hay.

—Eso que lo decida Moreno, pero algo es algo. Al menos podremos descartar a cualquiera con otro tipo de facciones.

—Basar toda la investigación en la descripción de una monja que solo vio al sospechoso de noche y de refilón es un tanto arriesgado, ¿no te parece?

—Este dibujo solo es un detalle más para llegar hasta él. Le apuesto lo que quiera a que lo cogemos en menos de una semana.

—Como decía mi abuelo, «porfía, pero no apuestes».

—Su abuelo era un hombre sabio. Si me disculpa, voy a imprimirlo para llevárselo a Moreno.

Garrido procede a imprimir el dibujo y sale con él en la mano. Osborne se acaricia los arañazos del cuello, sintiéndose cada vez más acorralado.

42

Jotadé y Verónica viajan de vuelta a Madrid en el AVE. Mientras él devora una bolsa de patatas fritas, ella observa con detenimiento el retrato robot del sospechoso en la pantalla de su móvil.

—¿A ti no te resulta familiar?

—*Puefe fer...*

Jotadé salpica la pantalla del móvil con restos de patatas y ella la limpia contra la chaqueta de su compañero, asqueada.

—Mira que eres guarro.

—Qué tiquismiquis te estás volviendo, prima —le resta importancia y mira la foto—. El caso es que sí me suena, pero tipos que se parezcan a ese conozco yo tres o cuatro solo en mi portal.

—Es una cara demasiado común, cierto.

Comienza a sonar el teléfono de Verónica. En la pantalla aparece que quien llama es Laia. Frunce el ceño y rechaza la llamada.

—¿Movidas? —pregunta Jotadé.

—No quiero aburrirte con mis historias.

—No, si a mí las cosas de lesbianas nunca me aburren.

Verónica lo golpea en el brazo con reproche amistoso. Suspira y decide abrirse.

—Resulta que dentro de un par de fines de semana es la comunión de su ahijado.

—¿En pleno invierno?

—Ya ves. El problema es que está empeñada en que vayamos juntas.

—¿Y?

—Que parte de su familia no acepta lo nuestro y yo ya estoy bastante crecidita como para que me toquen los ovarios con indirectas y gilipolleces. Y tampoco pienso disimular más haciendo ver que solo somos amigas.

—O sea, que si vas es para meterle la lengua en mitad del convite, ¿no?

—Más o menos...

—Pues harías de puta madre, Vero. Hay un gitano en mi barrio al que llaman el Lucero que estaba más o menos en las mismas que tú. El tío se hartó y, con dos huevos, se presentó en la boda de su hermana del brazo de un maromo. Soltó que, como le dijeran algo, contaba allí mismo los secretos que sabía de alguno de los presentes y no abrió la boca ni el Tato. El Lucero hasta perreó en mitad de la pista.

Verónica se ríe, pero de pronto le muda el semblante.

—Jotadé...

Él sigue su mirada y ve a un hombre que entra al vagón con un café y se sienta un par de filas más adelante, en una plaza con cuatro asientos enfrentados en la que solo está él. Saca un ordenador portátil y lo pone sobre la mesa central. Verónica vuelve a abrir la foto del retrato robot y resulta que es idéntico a él.

—La leche...

Jotadé hace amago de levantarse, pero Verónica lo detiene.

—¿Dónde vas?

—Habrá que hablar con él, digo yo.

—¿No ves que es imposible? Como tú has dicho, hay un montón de gente que se parece a este dibujo.

—Voy a husmear un poquito, no sea que nos haya venido a ver la Virgen. Tú déjame a mí.

—No le hagas nada, por favor, que no quiero líos.

—¿Tú por quién me tomas, prima? Ahora vengo.

Jotadé se levanta, avanza por el pasillo y señala el asiento que está justo enfrente del sospechoso.

—¿Está ocupado?

—¿Eh? —El hombre alza la vista del ordenador—. No sé, creo que sí. Antes había ahí una chica.

—Solo voy a descansar un rato. Enseguida me largo.

El hombre sigue a lo suyo, pero pronto se incomoda al sentir la mirada del policía clavada sobre él.

—¿Pasa algo?

—Estaba pensando que te conocía de algo, pero ahora mismo no caigo. ¿Eres de Valladolid?

—No.

—Entonces ¿por qué vienes de allí?

—Si no te importa, estoy ocupado —responde con sequedad y vuelve a su ordenador, pero sigue notando la incómoda presencia de Jotadé—. Te recomiendo que busques a otro con quien charlar, en serio. A mí no me interesa.

Jotadé pone su placa encima de la mesa y el pasajero la mira, desconcertado.

—¿A qué viene esto, agente?

—Subinspector, si no te importa. Mi compañera y yo —señala a Verónica con la cabeza, el hombre la mira y ella lo saluda con cara de circunstancias— estamos buscando a un sospechoso y resulta que tiene tu misma jeta.

—¿Un sospechoso de qué? —se acobarda el otro.

—Mejor no quieras saberlo. Solo necesito que me digas qué has ido a hacer a Valladolid y te dejo tranquilo.

—En realidad, no vengo de Valladolid, sino de Gijón, de ver a mi madre.

—¿Te suena el nombre de Ana María Vera?

—No...

Al ver el desconcierto en sus ojos, Jotadé comprende que no es quien están buscando.

—¿A qué te dedicas?

—Trabajo en una inmobiliaria cerca de plaza de Castilla.

—Tendrás una tarjeta o algo así, ¿no?

El hombre asiente y saca una tarjeta de visita de su cartera. Jotadé la observa y lo descarta definitivamente como sospechoso.

—Lo mismo te llamo a ver cuánto me das por mi casa, payo.

Se guarda la tarjeta en la chaqueta y vuelve con Verónica.

—¿Qué?

—Agua. El tío trabaja en una inmobiliaria y viene de Gijón de ver a su vieja.

—Ya decía yo...

—Había que intentarlo, ¿no?

Verónica asiente, aunque sabe que no les va a resultar tan sencillo dar con el monstruo al que buscan.

43

Darío tira a canasta en el gimnasio del centro de menores. Si no se hubiera dejado llevar por la mala vida, podría haber llegado alto en el baloncesto. Su entrenador siempre le decía que poseía talento y unas condiciones físicas extraordinarias, que solo necesitaba tomárselo en serio, pero cuando uno nace en una familia desestructurada, con una madre ausente y un padre al que se le iba la mano cada vez que bebía, solo piensa en sobrevivir. Y eso se logra en la calle, donde no se encuentran precisamente las mejores compañías.

Hacía tiempo que no tocaba el balón, y, aunque los primeros tiros salen despedidos al rebotar con fuerza contra el tablero, no ha perdido el tacto. Eso es como montar en bicicleta, solo hay que ajustar un poco la precisión para volver a escuchar el sonido del balón al tropezar con la red, para él el mejor del mundo. Después de hacer algunas entradas y tiros de media distancia, se pone como reto meter seis triples seguidos. Antes conseguía diez en menos de quince minutos; ahora la racha no pasa de tres y tarda casi cuarenta en llegar a cinco. Se imagina que nunca cometió aquel primer delito y que, al no ser expulsado del equipo, su carrera continuó hasta la cima. Siente el aliento de los miles de aficionados que esperan que firme otro milagro, bota hasta colocarse en diagonal hacia el aro, su lugar preferido, coge aire y se levanta. El balón dibuja una parábola perfecta y el sexto triple entra limpio.

—¡Toma ya!

Unos solitarios aplausos a su espalda lo devuelven a la realidad.

—Muy bien, Darío. —Alejandro Nuero camina hacia él, sin dejar de aplaudir—. Ya sabía yo que, con lo tocho que eres, se te daría bien el baloncesto.

Cuando llega a su lado, Darío intenta aguantarle la mirada, pero enseguida la baja y Alejandro sonríe complacido.

—Llevo buscándote un buen rato.

—¿Qué quieres?

—Solo charlar, tranquilo. ¿Yo te caigo bien, Darío?

—Ya sabes que sí...

—No, no lo sé. No tengo ni puta idea. De hecho, empiezo a pensar que no cuando te veo hacer cosas que me molestan un huevo.

—¿Qué cosas?

—Hablarle a Lucía de mí, por ejemplo.

—Yo no he hablado de ti con nadie, Alejandro. —Se esfuerza por parecer convincente—. Ella alguna vez me ha preguntado, pero yo la he cortado en seco.

—¿Qué te ha preguntado exactamente?

—Nada, que de qué hablamos. Una vez nos vio en el patio y por lo visto la tía se quedó espiando. Pero yo no le conté nada.

—Tampoco hay mucho que contar, ¿no?

Darío niega con la cabeza y ambos se encaminan hacia el vestuario.

—A mí Lucía empieza a tocarme bastante las pelotas —le dice en confianza—. ¿No te mosquea muchísimo?

—¿El qué?

—Que no se comporte como una persona normal. Nunca la he visto salir de aquí, ni para quedar con algún tío. Y eso que está buena de cojones.

—Lo mismo no le mola nadie.

—Pero es que ni siquiera va al cine o a darse un paseo. Llevo semanas observándola y de vez en cuando le llega algún paquete con ropa o comida, pero es raro que ni siquiera vaya ella en persona al súper.

—Visto así, sí que es raro.

—A mí me da que oculta algo muy chungo.

—¿Algo como qué?

—Es lo que tú me vas a ayudar a descubrir.

—Yo preferiría no tener que...

—Me suda la polla lo que prefieras, Darío —lo interrumpe con dureza—. Decide si estás de mi parte o de la suya.

Por un segundo, Darío piensa en hacerle frente; físicamente podría con él sin demasiados problemas, pero los ojos negros de Alejandro siguen poniéndole los pelos de punta y se somete a él una vez más.

—¿Qué quieres que haga?

—De momento —contesta satisfecho— quiero que empieces a tratarte con ella. Búscate la vida para que te meta en sus sesiones y le cuentas tus mierdas. Gánate su confianza y cuéntame todo lo que averigües sobre su vida.

—¿Y después?

—Después, lo mismo te pido que te manches un poquito las manos. ¿Sabes qué es lo bueno de ser menor de edad? Que, hagamos lo que hagamos ahora, cuando cumplamos los dieciocho no constará en ningún sitio. Es lo que llaman la Ley de Protección al Menor. Casi casi que tenemos impunidad.

—Se te va la cabeza.

—Escúchame bien. —Lo coge con violencia por la nuca—. Si no haces lo que te digo, dejaremos de ser amigos. ¿Es eso lo que quieres?

—Suéltame.

—Piénsatelo bien, porque yo solo doy una oportunidad. —Lo suelta—. Y ahora deberías ir a ducharte, Darío. Hueles a mierda.

Alejandro se marcha. Su compañero lo mira alejarse, atemorizado. Desde que lo conoce, su sola presencia le provoca un nudo en el estómago.

44

Iván está profundamente dormido cuando unos ruidos metálicos en la cocina lo despiertan. Mira el reloj y ve que solo son las seis de la mañana.

—No me lo puedo creer...

Se tapa la cara con la almohada, pero los ruidos continúan y se levanta mosqueado. Se pone los pantalones del pijama y baja por las escaleras.

—Carmen, no es normal que a estas horas...

Pero se interrumpe cuando abre la puerta de la cocina y ve que no es Carmen quien está allí, sino Lidia. La fisioterapeuta solo lleva puesto un delantal que apenas le tapa nada.

—L-lidia... ¿Qué haces tú aquí? —pregunta perplejo.

—Arroz con leche —responde ella sonriente—. Perdona si he hecho ruido, pero no encontraba la cacerola adecuada.

Iván la mira de arriba abajo. No puede negar que le encanta lo que ve, pero se siente muy incómodo pensando que Carmen o los niños pueden aparecer en cualquier momento. Lidia le lee el pensamiento.

—No te preocupes. Carmen se ha llevado a los niños al pueblo para que podamos estar solos unas horas.

—¿Cómo que al pueblo?

—A Villafranca de los Barros, donde estuviste a punto de ser alcalde. —Pone la cacerola con la leche, el arroz y la canela al fuego—. Pues esto ya casi está. Solo queda esperar para que puedas probar el mejor arroz con leche de tu vida. ¿Se te ocurre de qué manera podemos hacer tiempo?

Iván se limita a negar con la cabeza. Lidia se quita el delantal, bajo el que no lleva nada. Él es incapaz de reaccionar, sin saber dónde mirar. Ella se acerca y lo besa en los labios.

—Tranquilo, Iván. Todo está bien. Solo déjate llevar.

Ahora sí, Iván toma la iniciativa. La tumba sobre la mesa y comienza a besarle el cuello, pero, cuando levanta la vista, descubre a Indira mirándolo con censura desde la puerta y se da un susto de muerte.

—¡¡Aaaahhhh!!

Iván se despierta, de nuevo sobresaltado. Todo era un sueño.

—Joder...

Mira el reloj y ve que son las ocho de la mañana. Se va a levantar, pero Alba entra apresurada con un papel y un boli en la mano, y se vuelve a tapar, apurado, para que la niña no vea el estado en el que lo ha dejado el sueño.

—¡Papá! —dice Alba—. Tienes que firmarme la autorización para ir de excursión al Museo de Ciencias Naturales.

—Tú ni los buenos días, ¿no, hija?

—Buenos días. Y también me tienes que dar dinero porque después nos vamos a comer una hamburguesa a un restaurante que hay cerca.

—¿Y todo esto no podías habérmelo dicho anoche?

—Es que se me olvidó.

Alba le va a besar, pero Iván la aparta de la cama.

—Ya me besarás luego, cuando me lave los dientes. Ahora alcánzame la cartera, que está en los pantalones que hay sobre la silla.

Mientras Iván lee la autorización por encima y la firma, Alba le lleva la cartera.

—Con veinte euros vas que chutas, ¿no?

—Supongo.

Le está dando la autorización y el billete cuando llegan la abuela Carmen y James. El chico se muestra más taciturno que de costumbre. Iván se tapa hasta el cuello.

—¿Qué haces todavía acostado, Iván? —pregunta Carmen—. ¿Te encuentras mal?

—No...

—Pues hay que levantarse ya, que van a pasar las burras de leche.

La mujer entra en la habitación y levanta la persiana. La luz deslumbra a Iván, que todavía no está en condiciones de destaparse y los mira con cara de circunstancias.

—Iván... —pregunta James muy serio—. ¿Tú ya has sacado los billetes para ir de viaje a Colombia?

—Qué pesadito estás con los billetes, James. Tú no te preocupes, que los saco en cuanto pueda, ¿vale?

—Eso hay que hablarlo con calma, hijo —interviene la abuela—, porque los niños y yo tenemos que hacernos el pasaporte. ¿Tú lo tienes en regla?

—Sí, creo que sí.

—¿Dónde está? Déjame verlo, que me fío menos de ti que de un mono con dos pistolas.

—Soy policía, Carmen —responde armándose de paciencia—. No te preocupes, que si tengo algún problema llamo a los compañeros de Extranjería.

—¿Por qué no te levantas ya, papá? —se extraña Alba—. ¿Es que hoy estás de vacaciones?

—No, pero hoy resulta que me apetece quedarme más rato en la cama. ¿Salís de mi habitación, por favor?

—¿Seguro que te encuentras bien, Iván? —insiste Carmen—. Tenemos la calefacción a toda potencia y tú estás tapado hasta el cuello.

—Ya te he dicho que me encuentro perfectamente. ¿Me podéis dejar un poquito de intimidad? —reclama con sequedad.

—Vámonos, niños, que hoy Iván se ha levantado con el pie izquierdo.

—Adiós, papá —dice Alba lanzándole un beso.

—Adiós, niños. Pasadlo bien.

Carmen, Alba y James salen de la habitación y cierran la puerta. Una vez a solas, Iván suspira y se asoma por debajo de la manta. Parece sorprenderse con lo que ve.

—Por Dios...

Se queda en la cama, mirando al techo, aguardando a que desaparezcan los efectos del sueño erótico que ha tenido con Lidia. No puede evitar mirar hacia la foto que tiene de Indira en la mesilla, sintiéndose culpable.

45

Jotadé estudia muy concentrado en la mesa del comedor. Tiene desplegados frente a sí algunos libros y toma apuntes con bolígrafos de diferentes colores. Por su cara de cansancio, parece que ya lleva despierto varias horas. Se quita las gafas y se frota los ojos cuando Lola sale del interior, ya arreglada para marcharse a trabajar.

—Mira tú, qué apañadito.

—Ven aquí, gitana. —La coge por la cintura, la sienta en sus rodillas y la besa—. Cada día estás más cañón, ¿lo sabías?

—Cada día estoy más vieja. —Lo aparta—. Y basta de meterme mano, que yo aún sigo mosqueada contigo por dejarme colgada en la clínica.

—Te lo compensaré, palabra. ¿Has vuelto a pedir hora?

—Prefiero que te centres en encontrar viva a la chica de El Molar, Jotadé. Eso ahora es lo importante. Para lo otro ya habrá tiempo.

Él le sonríe, agradecido por su comprensión. Ella mira los apuntes desperdigados sobre la mesa.

—¿Cómo llevas eso?

—Los payos se complican demasiado la vida, Lola —dice abrumado—. Como si no fuera ya chungo trincar a los malos y ponerlos a la sombra, se meten en mil jaleos que lo enredan todo aún más.

—Me barruntaba que de eso ya te habías enterado cuando fuiste a la Academia...

—Sí, pero cada día es peor. Y, si quiero ascender, me tengo que aprender más reglas que un árbitro de críquet. Ah, por cierto, ya me ha llegado el soplo de que están a punto de convocar las oposiciones.

—Pues a estudiar, que mi fantasía desde siempre es meterme en la cama con un inspector gitano de la Policía Nacional.

—Dame un adelanto, mujer...

Jotadé vuelve a besarla y ella se deja hacer. Joel sale del interior y finge que vomita.

—Qué cringe. Que no vivís solos.

—No tiene nada de malo demostrar cariño, Joel —dice Lola levantándose.

—Entonces ¿yo puedo traerme a la Vanessa a casa para demostrarle cariño por el bul y las chucháis que Dios le ha dado?

Por toda respuesta, Lola le calza una fuerte colleja.

—En esta casa, a las mujeres se las respeta.

Joel se frota la nuca, dolorido. Jotadé se ríe.

—Vuelve a por otra, atontao.

—Vamos, no me jodas —dice Joel mirando los rotuladores de su padre—. Te ven en mi clase con tanto colorín y te corren a leches, papa.

—Así me apaño mejor, así que chitón.

—Venga —le dice Lola a su hijo—. Si quieres que te deje en el insti, tenemos que irnos ya.

—Si todavía no he desayunado. Me lleva el papa después.

—Haberte levantado antes —contesta Jotadé—, que el Cadillac está en el taller para que le arreglen las ventanillas.

Lola se despide de su marido con un beso, Joel chocándole la mano, y ambos se marchan. Jotadé vuelve a los apuntes, pero solo pasan unos minutos cuando llaman a la puerta. Resopla y va a abrir. Se encuentra al agente Lucas Melero en el umbral, apoyado en sus muletas y con la cara llena de marcas debido a una paliza. Jotadé lo mira en silencio y su compañero aguanta avergonzado.

—¿No me vas a preguntar qué hago aquí?

—Los hermanos de Margarita te han acariciado el lomo, y tú vienes a pedirme ayuda porque estás hasta las trancas por ella.

—Pareces la bruja Lola.

—Pasa, anda... ¿Un café, cerveza...?

—No, gracias. Además, estoy con antiinflamatorios y no puedo beber.

—Más desgraciado no se puede ser.

Ambos entran en el salón y se sientan a la mesa.

—Me toca las pelotas decirte que sabía que esto iba a pasar —dice Jotadé—, pero lo tenía claro.

—Igual soy gilipollas y no me entero.

—Igual. ¿Cómo ha sido exactamente?

—Jonás y Arsenio me pidieron que manipulase sus fichas policiales y, como me negué, se cabrearon bastante y me han prohibido volver a ver a su hermana.

—Lo mejor que te podía pasar. Has tenido tu aventura con una banda de gitanos para contársela a tus nietos, así que ahora te largas lo más lejos posible a recuperarte de la pierna y a buscarte una payita con la que formar una familia.

—Yo a quien quiero es a Margarita, no a ninguna paya.

—¡Que mi prima solo va a traerte complicaciones, tontolaba! —se desespera—. Mientras sus hermanos estén cerca...

—Quizá la solución sea quitarlos de en medio —lo corta con determinación.

—Te recuerdo que somos policías, Melero —señala con seriedad—. No podemos ir liquidando al personal así como así.

—No quisiera llegar hasta esos extremos, pero yo voy a hacer lo que sea para estar con ella, Jotadé.

—¿Tú te estás escuchando? Sácate esa idea de la cabeza, porque ni eres un asesino ni tendrías los huevos suficientes para apretar el gatillo.

—Tú no me conoces.

—Mejor que mi prima, alma de cántaro —replica condescendiente—. Y sé que, si se te cruzasen los cables y les disparas, vas a fallar, que te he visto en la galería de tiro.

—Pues me escapo con ella y a tomar por saco.

—No tardarían ni una mañana en encontrarte. Si además no puedes ni andar.

181

—Échame una mano, Jotadé —ruega a la desesperada—. Tú piensa en Lola.

—¿Qué tiene que ver Lola con esto?

—Tú por ella harías lo que fuera, ¿a que sí? Pues no me pidas que me quede de brazos cruzados cuando estoy a punto de perder a la mujer de mi vida.

—¿Me estás intentando manipular, Melero?

—Dios me libre. Solo te pido que me ayudes a deshacerme del problema que tengo con Arsenio y con Jonás.

—¿Cómo?

—Eso ni idea, pero seguro que a ti se te ocurre algo...

Jotadé le perdona la vida con la mirada y duda; por una parte, le parece buena idea quitar de la circulación a dos delincuentes como sus primos segundos, pero, por otra, jugársela con esos tipos es un riesgo demasiado grande.

—Tiene huevos los líos en que me metéis entre unos y otros...

—¿Eso es un «sí»?

No responde, pero, por su cara, parece dispuesto a ayudar a su amigo.

46

El inspector Pedro Osborne observa a la joven Ana María a través del ventanuco de la puerta. La chica ya se ha cansado de llorar y de suplicar y permanece sentada en el catre, con la cabeza gacha y la mirada perdida. Osborne descorre los cerrojos y entra con una palangana de agua templada, jabón, una esponja y ropa limpia.

—Es hora de asearse.

—No me apetece.

—Me da igual lo que te apetezca. Hueles a puerca y a mí no me gustan las chicas así.

—¿Quién te ha dicho que quiero gustarte?

La mirada asesina que le dedica Osborne hace que Ana María se acobarde. Él se acerca al lavabo y deja la palangana encima.

—Lávate bien.

El policía da media vuelta y sale. La chica musita un «puto pervertido», se quita la ropa y comienza a asearse, sin ser consciente de que Osborne la está observando desde detrás de la puerta. No le quita ojo de encima, complacido por lo que ve. A sus quince años, Ana María ya se ha desarrollado por completo y sus formas son redondeadas y suaves. De repente, Osborne se fija en una gran cicatriz que tiene en el vientre y vuelve a entrar en la celda. Ella se tapa apresurada.

—¿Por qué tienes ahí una cicatriz?

—Me operaron.

—¿De qué?

—Nací con una malformación congénita y tuvieron que extirparme los ovarios.

—¿Cómo que los ovarios? —pregunta desconcertado—. ¿No puedes tener hijos?

—No, pero tampoco tenía ningún interés.

Osborne crispa el gesto: si secuestra a esas chicas no es únicamente para sentirse su amo, sino también para procrear con ellas. Y una mujer estéril no le sirve de nada. Sin que Ana María comprenda por qué, se vuelve a marchar dando un portazo.

Cuando llega a la comisaría, ve que Verónica habla por teléfono en el interior de la sala de reuniones mientras Jotadé y Garrido están junto al escritorio del primero, revisando una carpeta. Se acerca a ellos con cautela.

—¿Alguna novedad?

—Acaban de confirmarnos que el ADN del bebé de Valladolid coincide con el de Carla Lombardo, jefe —contesta Garrido satisfecho—. Ya tenemos la huella genética de su asesino. Ahora solo nos falta dar con un sospechoso para poder compararla.

—Eso es algo demasiado genérico, ¿no?

—Poquito a poco, Bertín —interviene Jotadé—. Ya tenemos su careto y su ADN. En dos días te digo hasta su número de la Seguridad Social.

Verónica termina la llamada y sale de la sala de reuniones.

—¿Y Moreno? —pregunta Cortés.

—No tengo ni idea de en qué anda metido este hombre, pero me ha pedido que nos ocupemos nosotros de hablar con los padres de Carla Lombardo. ¿Vamos?

Jotadé y Verónica se despiden de Osborne y de Garrido y se marchan. El joven agente se fija en la camisa de su exjefe.

—Se ha manchado.

—¿Qué?

—El cuello de la camisa, que se lo ha manchado de algo. Parece... ¿maquillaje?

—No... —responde Osborne tapándose—. Es una crema que me echo para la alergia. Disculpa.

Garrido se encoge de hombros y vuelve a su mesa mientras el inspector se dirige apresurado hacia el baño de la comisaría.

Jotadé y Verónica siguen a una chica de servicio hasta el salón de casa de los padres de Carla Lombardo y aguardan sentados en el sofá mientras ella los va a avisar. Miran en silencio la foto de la joven, que continúa presidiendo el salón, cubierta ahora con un crespón negro. El matrimonio no tarda en bajar por las escaleras. Ambos acusan en su rostro la tragedia que les ha tocado vivir. Los policías se levantan para recibirlos.

—Disculpen por hacerles esperar, agentes... —El marido les estrecha la mano—. ¿En qué podemos ayudarles?

—Traemos noticias, señor Lombardo.

—¿Han atrapado a ese asesino? —pregunta la mujer, esperanzada.

—Todavía no —responde Verónica—, pero hemos localizado al bebé que su hija tuvo con él.

Los padres de Carla se sientan en el sofá, cogidos de la mano, y los invitan con una seña a sentarse de nuevo frente a ellos.

—¿Están seguros de que...? —La mujer deja la pregunta en el aire, sin terminar de creérselo.

—El ADN no falla, señora —afirma Jotadé—. Aunque no podremos confirmar que el padre sea el desgraciado que se la llevó hasta que lo trinquemos, no hay ninguna duda de que la madre de esa criatura es Carla.

Los dos guardan silencio, procesando la información.

—¿Dónde lo han encontrado? —vuelve a preguntar la señora.

—Lo abandonaron en un convento de Valladolid.

—¿Está bien de salud?

—Tiene carencia de alguna vitamina a causa del encierro —contesta Verónica—, pero es un niño fuerte y sano. Saldrá adelante.

Se produce un nuevo silencio, que rompe el señor Lombardo cuando ya se hace demasiado denso.

—Nos alegramos muchísimo por ese niño, agente, pero no llegamos a comprender qué podemos hacer nosotros.

—Es su nieto, señor —subraya Jotadé directo—. Solo hace falta mirar este casoplón para saber que aquí tendría un futuro. Y seguramente a ustedes también los ayudaría a salir adelante después de todo lo que están pasando.

—Nosotros ya somos demasiado mayores y...

—¿Les gustaría verlo? —lo interrumpe Verónica—. Le grabé un vídeo yo misma.

Les muestra el teléfono, esperando su autorización. Él se dispone a rechazar el ofrecimiento, pero su esposa se adelanta.

—Sí, por favor...

La oficial Arganza busca el vídeo y les tiende el móvil. En cuanto los abuelos ven al bebé, se desmoronan.

—Míralo, Roberto —dice la señora, sin poder contener la emoción—. Tiene su misma carita.

—Sí que se parece, sí —concede él.

Por primera vez en los últimos días, el matrimonio se permite sonreír, e incluso se ríen con alguna monería que hace el bebé. Jotadé intenta mantenerse entero, pero le cuesta horrores.

—Cago en la puta... —Busca a su alrededor—. Aquí hay algo que me está dando mazo de alergia, ¿eh?

Verónica saca un pañuelo de papel para ella y le tiende otro a su compañero, que se suena los mocos como un niño chico.

47

Iván detiene su coche frente al cementerio de Villafranca de los Barros. Mira la fachada con remordimiento; desde que regresó a Madrid, no había vuelto a aquel sombrío lugar, convencido de que no soportaría retomar la misma dinámica de meses atrás, cuando más de una noche iba allí a dormir y regresaba a casa antes de que sus hijos y su suegra se despertasen. Al fin supera sus dudas y se dispone a bajar del coche, pero suena su teléfono y mira con cara de circunstancias el nombre que aparece en la pantalla.

—La ley de Murphy... —dice para sí antes de contestar—. Dime, Carmen.

—Hola, Iván. Perdona que te moleste. Solo quería saber si vienes a comer.

—Hoy no llego. Ando un poco lejos.

—¿Cómo de lejos?

Iván duda sobre si contarle que ha venido al pueblo, pero lo descarta.

—Estoy en... Alcorcón. Nos vemos a la noche, ¿vale?

—Cómete un menú, hijo, que te vas a quedar desnutrido.

—Descuida. Dales un beso a los niños de mi parte.

Sale del coche y camina titubeante hasta situarse frente a la puerta del cementerio. Siente que alguien lo observa y se fija en una señora mayor que vende flores junto a la tapia pintada de blanco con una franja amarilla. Se acerca a ella.

—¿Cuánto valen? —pregunta sacando la cartera.

—Depende del ramo que te lleves.

—Ese mismo. —Señala uno de ellos al azar.

La mujer niega para sí, contrariada.

—¿Qué?

—Cada uno de estos ramos tiene un significado, hijo. No puedes llevarte uno cualquiera. ¿Amor, añoranza o culpabilidad?

—De todo un poco... —responde amargado.

—Entiendo.

La señora selecciona varias flores de diversos ramos y confecciona uno especialmente colorido.

—Con este vas bien cubierto. —Se lo tiende—. Son veinte euros.

—Gracias. —Coge el ramo y le entrega un billete.

—De nada..., alcalde.

Iván le guiña el ojo con complicidad y entra en el cementerio. Avanza entre las hileras de tumbas hasta que llega a la zona ocupada por la familia Ramos. Junto a su padre, fallecido durante la pandemia que asoló el mundo en 2020, descansa Indira. Ambas tumbas están perfectamente cuidadas, como si la propia inspectora saliese todas las noches a fregarlas y a eliminar cualquier atisbo de suciedad. Iván sabía que la abuela Carmen iba una vez al mes con la excusa de vigilar su casa, preocupada por una posible okupación, pero ahora se da cuenta de que solo viene a pasar el día con los suyos. Retira unas flores a punto de marchitarse y coloca el ramo recién comprado.

—Hola, Indira... —Se siente estúpido al hacer una pausa, como si ella le fuera a responder—. Perdona que lleve tanto tiempo sin venir a verte, ya sabes que a mí este lugar es capaz de volver a hundirme... Los niños están bien. Se pasan el día discutiendo, pero te encantaría ver cuánto se quieren. Y tu madre... No sé qué habría sido de nosotros sin ella. Se desvive por cuidarnos a los tres.

Iván aguarda a que se aleje un jardinero que pasa cerca conduciendo las hojas secas con un soplador que hace un ruido infernal. Después, vuelve a mirar la foto de Indira que preside la tumba.

—Pero hoy no he venido a hablarte de los niños ni de tu madre, Indira, sino de mí. Ya sé que es ridículo venir para esto, pero necesito decirte que..., bueno..., he conocido a alguien. No tengo ni idea de si llegaremos a algo, lo más seguro es que se largue corriendo en cualquier momento, pero no me quedaba tranquilo sin venir a contártelo. Tú... —carraspea y baja la voz—, ¿no podrías mandarme alguna señal para decirme que todo está bien?

Iván afina el oído, esperando la señal, y se pega un susto de muerte cuando escucha una voz a su espalda:

—El muerto al hoyo y el vivo al bollo.

—¡Me cago en la leche! —Se vuelve sobresaltado para encontrarse con la señora que le acaba de vender el ramo de flores—. ¿Qué hace usted ahí, señora?

La anciana se sitúa a su lado y mira la lápida de Indira.

—¿Sabes que el antiguo cura de Villafranca quiso negarse a enterrarla aquí porque se había quitado la vida? Menuda le montó Carmen. Por poco no salen ardiendo él y la iglesia entera.

—Conociéndola, me lo creo —esboza una sonrisa—, pero nunca me contó nada de eso.

—Supongo que quería ahorrarte dolor. Viene cada mes a verla y se tira la tarde entera aquí de cháchara.

—Lo sé...

—Después siempre tiene un ratito para mí. Es que fuimos juntas al colegio, ¿sabes?

—¡No me diga!

—Anda que no ha llovido desde entonces... —asiente nostálgica—. Carmen suele hablarme de sus nietos, que los quiere a los dos con locura, de la vida que lleva en Madrid, que no es que le entusiasme, pero peor llevaría ver a esos críos de Pascuas a Ramos, también me habla de ti... e incluso me ha hablado de esa muchacha que quiere presentarte, la masajista. Eso es lo que te ha traído, ¿verdad?

—Más o menos...

—Si me permites un consejo, líate la manta a la cabeza, que antes de lo que te imaginas estarás en este mismo lugar criando malvas. E Indira, si aún sigue pululando por aquí, querría verte feliz.

Iván asiente, convencido de ello.

—Qué puñetera era, ¿eh? —continúa la anciana mirando la foto de Indira.

—Era especial, sí —concede Iván.

—Especial es mi hijo, que tiene cuarenta años y colecciona peluches. Indira era una puñeta andante, que la jodía denunció la caldereta municipal porque decía que no cumplía los mínimos sanitarios y nos la quitaron.

Iván sonríe abiertamente, recordando que ese era el tipo de cosas que le encantaba hacer y que la enemistaba con todo el mundo. Y, sin embargo, es lo que más echan todos de menos de ella.

48

Lucía está sola en la sala de estudio, poniendo al día sus informes. Lleva un rato largo con los ojos clavados en la pantalla del ordenador y se la nota agotada. Cuando levanta la cabeza para descansar la vista y estirarse, sorprende a Darío observándola desde la puerta.

—Darío..., ¿buscas a alguien?

—No sé.

—Pues si no lo sabes tú...

—Lo que no sé es si va a servir para algo, aunque en realidad te buscaba a ti. Pero vamos, que si estás ocupada ya hablaremos otro día —añade haciendo amago de marcharse.

—Ahora me viene de maravilla —lo frena—. Pasa y siéntate, anda.

El chico entra y se sienta frente a ella. Se revuelve incómodo en la silla.

—Tranquilo, Darío. Tú solo dime en qué puedo ayudarte.

—Que conste que yo no estoy puto loco ni hostias en vinagre —aclara—, pero algunos dicen que contigo se puede hablar y eso.

—¿Lo que quieres es que sea yo quien te trate? —pregunta disimulando lo feliz que le hace que sean los propios chicos quienes la busquen.

—Es que con Germán no me entiendo una mierda.

—Esto tengo que hablarlo con Marisa, pero podemos probar. Aunque para ello necesito que te relajes un poquito. Visitar a una psicóloga no es algo por lo que avergonzarse. Te escucho.

—¿Quieres que empecemos ahora?

—Ya que estamos, ¿por qué perder el tiempo? Hagamos una simple toma de contacto, ¿te parece?

Aunque Darío termina asintiendo, no se le ve del todo cómodo.

—¿De qué hablamos?

—De lo que tú quieras. Me he enterado de que eres bueno al baloncesto. Altura no te falta, desde luego. ¿Cuánto mides?

—Uno noventa y cuatro o por ahí. Pero ya no juego.

—¿Y eso por qué?

—¿Para qué? Como dice Germán, ese tren ya pasó para mí.

—Eso lo dice porque no conoce a Dennis Rodman. ¿Sabes quién es?

Darío niega.

—Uno de los lugartenientes de Michael Jordan en los Chicago Bulls. A ese supongo que sí lo conoces, ¿no?

—¿Por quién me tomas, tía? —pregunta ofendido mientras levanta una de sus zapatillas, muy desgastada, pero con el famoso logo de Jordan.

Lucía alza las manos a modo de disculpa.

—Verás, Michael Jordan era el mejor, entre otras cosas, porque supo rodearse de jugadores que lo complementaban. En la temporada 95/96 tuvo a su lado a Steve Kerr, que era un base muy inteligente y con un acierto increíble desde el triple; a Scottie Pippen, que era muy versátil y técnicamente insuperable; a Toni Kukoč, la sensación croata, con una visión de juego extraordinaria..., y, por supuesto, a Dennis Rodman, el Gusano, el mejor reboteador de todos los tiempos, a pesar de que los había más altos y fuertes que él. Era un auténtico guerrero. Pues bien, la historia de Dennis Rodman quizá te pueda servir de inspiración.

—¿Qué tendrá que ver el pavo ese conmigo?

—Te sorprenderías. Para empezar, Rodman también era propenso a meterse en líos y su madre terminó echándolo de casa. Lo más normal era que acabase en la cárcel o tiroteado, pero ¿sabes qué lo salvó?

—¿El baloncesto?

—Exacto. Y esto te va a encantar: a tu edad, Rodman casi no había jugado al baloncesto. La primera vez que tocó un balón en serio tenía veintiún años, así que eso de que el tren ha pasado para ti es una tontería como un piano. Aún estás a tiempo de conseguir lo que te propongas, Darío.

—¿Incluso jugar en la NBA? —pregunta con incredulidad.

—¿Por qué no? Mira al Gusano. Eso sí, espero que no seas tan pendenciero como él, que se pasó más tiempo sancionado por meterse en peleas que jugando.

El mensaje ha calado en el chico, que mira a Lucía con curiosidad.

—¿Y tú cómo sabes tanto de baloncesto?

—Porque hace mucho tiempo tuve un novio que era un flipado de los Chicago Bulls y de Michael Jordan. Tenía hasta calzoncillos.

Darío se ríe, relajado. De repente, recuerda el motivo por el que se ha acercado a la psicóloga y endurece el gesto.

—Mola hablar contigo..., siempre y cuando no me preguntes por lo mismo que todos los putos loqueros.

—Dime qué es para no hacerlo.

—Lo único que necesitas saber de mi viejo es que se ponía hasta el culo y después se le iba la mano. Punto y final.

—Lo siento. Nadie tendría por qué pasar por eso.

—A ti tu viejo te vino a ver el otro día, ¿no?

—¿Cómo lo sabes?

—Os vi en el patio —responde evasivo—. ¿Por qué viene él a verte aquí y no vas tú a su casa? De hecho, ¿por qué tú nunca sales del centro?

Lucía ata cabos y sonríe decepcionada para sí.

—Alejandro Nuero te ha mandado a que vengas a sonsacarme, ¿no?

—A mí no me manda ni Dios, ¿de qué coño vas? —reacciona a la defensiva.

—Puedes marcharte, Darío. Hemos terminado.

El chico la mira muy molesto y se levanta.

—Que te den.

Sale de la sala de estudios dando un portazo. Lucía suspira, sintiéndose completamente estúpida.

49

Jotadé atraviesa el mercadillo saludando a la mayoría de los tenderos, a los que le unen diferentes grados de consanguinidad. Uno de ellos le lanza una manzana y Jotadé la atrapa al vuelo. La limpia en sus pantalones y se la va comiendo hasta que llega al puesto de su familia, donde atienden su hermana Lorena y sus padres, Paco y Flora. Chasquea la lengua al ver a su padre intentando bajar una pesada caja de una pila.

—Manda cojones... Déjame eso a mí, papa, que te vas a *eslomar*.

Jotadé le quita la caja de las manos y la pone en el suelo.

—La hostia —dice llevándose la mano a los riñones—. ¿Ahora en lugar de bragas y calcetines aquí vendéis pesas de gimnasio?

—Es que las prendas vienen muy comprimidas y pesan. —Paco lo mira extrañado—. ¿Qué haces aquí, hijo?

—No te habrán vuelto a suspender de empleo y sueldo, ¿verdad? —doña Flora se suma al interrogatorio.

—Mata a un perro y te llaman mataperros... —responde mientras la besa—. Pero aquí el que pregunta soy yo: ¿no habíamos quedado en que lo de dejarse los cuernos en el mercadillo ya se había acabado?

—Este es nuestro trabajo —replica su madre.

—Si casi me manda al hoyo una banda de mafiosos fue precisamente para conseguir guita y sacaros de esta mala vida, mama.

—Esta mala vida es la que os ha dado de comer a ti y a tus hermanos desde críos, Juan de Dios —se suma Paco—, así que respeta.

—Si es que además nos gusta, hijo. Aquí vemos a la familia y a las clientas. ¿Prefieres que nos quedemos encerrados en casa echándonos a perder delante de la tele?

—¿Y por qué no os buscáis un hobby?

—¿Tú te escuchas, hermano? —interviene Lorena, divertida—. Va a tener razón el Joel cuando dice que nos quieres convertir a todos en payos.

—No digas chuminadas, Lorena. Yo solo quiero que estéis bien.

—Y lo estamos, así que tú a lo tuyo.

—¿Cómo llevas los estudios para inspector, Juan de Dios? —pregunta Paco cambiando de tema.

—Malamente, no te voy a engañar. Pero ya te contaré. He venido a hablar con la prima Nayara. ¿Sabéis dónde para?

—Esta mañana la he visto en la floristería del tío Curro.

—Gracias. A ver si me paso a veros después de cenar...

Jotadé besa a sus padres y a su hermana y continúa su camino hasta un puesto de flores muy bien surtido en el que atienden media docena de personas, entre ellas una gitana de alrededor de treinta años, muy guapa, aunque con cara de tristeza. Al ir a coger una maceta de una estantería, se le sube ligeramente la camiseta y Jotadé descubre que varias marcas moradas le atraviesan las lumbares. Cuando se da la vuelta y lo ve, sonríe.

—¡Jotadé! Qué alegría, primo. —Le da dos cariñosos besos.

—Hola, Nayara... ¿Cómo estás?

—Bien, ¿y tú?, ¿qué te trae?

—Venía a preguntarte si seguías viendo al Arsenio, pero ya te he visto las pinturas en la espalda y sospecho que sí.

A la chica le muda el semblante.

—¿Qué quieres?

—Quitarte a ese mierda de encima de una vez por todas.

Nayara duda, mirándolo antes de girarse hacia una compañera.

—Me voy a tomar un piscolabis.

Nayara y Jotadé entran en una cafetería y se sientan en una mesa junto a la ventana. Se ponen al día mientras el camarero les sirve un par de cañas y, de aperitivo, una tapa de ensaladilla rusa sobre pan reblandecido. Cuando se aleja, el policía la mira con lástima y decide abordar el tema que lo ha llevado hasta allí.

—¿Por qué permites que ese cabrón siga sacando el cinturón a pasear, prima?

—¿Qué otra cosa puedo hacer? Yo no tengo un hermano que vaya a darle de hostias como hiciste tú con el Manu.

—Que los gusanos se hayan empachado de él.

Ambos brindan y beben.

—Déjalo.

—A alguien como el Arsenio no se le deja, Jotadé. Llevo años esperando que se canse de mí, pero sigue apareciendo cuando le viene en gana. No puedo ni hablar con un hombre porque todos le tienen miedo.

—De eso vive ese mierda, del miedo. Pero me da que se le ha acabado la suerte. A él y a su hermano Jonás.

—Escúpelo ya, primo.

—¿Sabes quién es el payo que ronea con Margarita?

—Un pestañí como tú al que no quieren ver porque no les da lo que buscan.

—Pues me he propuesto allanarle el camino, y, ya de paso, a ti también.

—¿Cómo?

—Por eso he venido a hablar contigo, prima, para que me alumbres. Seguro que en la cama te habrá contado algo que yo pueda utilizar.

—¿Hablas de traicionarlo? —Baja la voz, asustada.

—Yo lo llamo quitarlo de la circulación.

—¿A qué viene esto, Jotadé? No tendrás un micro para grabarme, ¿no?

—¿Qué coño voy a grabarte, Nayara? Solo necesito algo con lo que encalomarlos a él y al Jonás, y todos contentos.

—Si hablo, les podrás encalomar por mi asesinato. —Se levanta—. Ahora tengo que volver al puesto. Me convidas a la caña, ¿no?

—Claro. Cuídate mucho.

Ella asiente con tristeza y, tras besarlo en la mejilla, se marcha. Jotadé va a la barra a pagar y sale de nuevo a la calle. De pronto, se le hiela la sangre cuando ve pasar un coche. En su interior, en el asiento del copiloto, viaja alguien a quien conoce a la perfección: se trata de Pablo, el ex de Lola que la dejó en la ruina meses atrás. Aprieta los dientes, resentido.

—Me cago en sus muertos pisoteaos...

Memoriza la matrícula antes de que el coche desaparezca calle abajo.

50

El inspector Iván Moreno, la oficial Verónica Arganza y el agente Fernando Garrido están en la sala de reuniones, alrededor de la pizarra donde han colgado las fotografías de las víctimas y el resto de los detalles del caso. En el centro, junto al retrato robot del sospechoso, hay dos imágenes ampliadas de los trozos de papel encontrados dentro del estómago de Carla Lombardo.

—LIC y RO... —dice Verónica pensativa—. Sigo pensando que esa es la clave del caso. ¿Qué querías decirnos, Carla?

—He buscado en la RAE —contesta el agente Garrido—, y en castellano hay decenas de palabras que empiezan por «LIC», pero ninguna tiene un significado especial. O al menos yo no se lo he descubierto. Y eso por no hablar de las que empiezan por «RO», que hay cientos y de todo tipo.

—Va a ser muy complicado sacar algo de ahí —dice Moreno, frustrado, cuando comienza a sonar su teléfono—. Id a comer y seguimos por la tarde.

—¿No vienes con nosotros, jefe?

—Hoy no puedo, pero pasadme después la factura y la metemos en gastos del departamento.

Moreno contesta la llamada mientras sale de la sala de reuniones.

—Qué majo, ¿no? —dice Garrido.

—Demasiado, me parece a mí —contesta Verónica con suspicacia, mientras lo mira alejarse—. ¿De Jotadé sabemos algo?

—Lo he llamado antes para consultarle una cosa y me ha dicho que está liado con asuntos personales.

—Miedo me da en lo que pueda andar metido. En fin, vámonos tú y yo.

Ambos recogen sus cosas y se disponen a salir a comer cuando una mujer de alrededor de cincuenta años se planta en la puerta y mira con muchísima atención la pizarra de pruebas.

—¿Podemos ayudarla en algo? —pregunta Verónica.

—Quiero hablar con el equipo que lleva el secuestro y asesinato de Carla Lombardo y el, hasta el momento, secuestro de Ana María Vera. —Sin apartar los ojos de la pizarra—. Supongo que es aquí.

—¿Quién es usted?

—Inspectora Victoria Otero. —Muestra su identificación—. ¿Quién está al mando de la investigación?

—El inspector Iván Moreno, pero acaba de marcharse a comer. Quizá podamos ayudarla nosotros.

—Quizá...

La inspectora Otero se acerca a la pizarra y señala la fotografía de una de las víctimas, bajo la cual hay escrita una fecha: 18/02/2010.

—¿Quién es?

—Amaya Núñez. La secuestraron en 2007 con catorce años y su cadáver lo encontraron tres años más tarde. Creemos que fue su primera víctima.

—Se equivocan. La primera fue mi hermana Claudia. Desapareció en Ávila tres años antes que esa chica.

Verónica y Fernando la miran, sorprendidos.

La oficial Arganza y el agente Garrido se han sentado frente a la inspectora Otero, que se calienta las manos con una taza de café.

—¿El cadáver de su hermana también tenía signos de...?

—El cadáver de Claudia nunca ha aparecido —aclara la recién llegada—. Llevo más de veinte años buscándolo, pero aún no he tenido suerte.

—Lo sentimos en el alma, inspectora —responde Verónica—, pero el hombre que buscamos tiene un *modus operandi* muy definido; secuestra a chicas de entre trece y dieciséis años, las mantiene vivas durante varios años, las deja embarazadas y, después de que den a luz, las mata y abandona sus cuerpos en un lugar concurrido. Quizá su hermana corrió otra suerte.

—No. Estoy segura de que fue el mismo asesino.

—¿Por qué? —interviene Garrido—. Discúlpeme, pero lo único similar es la edad, y, aun en eso, el rango es demasiado amplio. ¿Qué motivo puede haber para que, justo en esta ocasión, no abandonase el cadáver a la vista de todos?

—Porque fue el primero, agente —contesta ella con determinación—. Siempre he pensado que su asesino la conocía, y ahora, al estudiar este caso, he tenido la certeza de que se llevó a Claudia tres años antes que a Amaya. A ustedes les puede parecer una simple coincidencia, pero yo sé que estoy en lo cierto.

Arganza y Garrido cruzan sus miradas. La inspectora Otero se da cuenta.

—No me creen, ya veo.

—No es que no la creamos, inspectora —responde Verónica con delicadeza—, pero comprenda que solo tenemos algunos indicios para relacionar la desaparición de su hermana con la de las otras cinco víctimas.

—Supongo que la intuición de una policía que lleva un cuarto de siglo pensando en este caso no les basta...

Verónica y Fernando no saben qué decir. La inspectora Otero se levanta y se acerca a la pizarra.

—¿Qué significan estas letras?

—No lo sabemos todavía. Las encontramos en el estómago de la última víctima, pero los ácidos gástricos destruyeron el papel en el que estaban escritas.

—¿Es él? —pregunta mirando el retrato robot.

—Nos ha dado su descripción la única testigo, una monja del convento de Valladolid en el que abandonó al hijo que tuvo con Carla Lombardo. Pero lo vio de noche y, como puede comprobar, no hay ningún rasgo característico que nos ayude a identificarlo.

—Al menos sabemos que no es rubio ni tiene el pelo largo...

El inspector Osborne sale del ascensor distraído y, al pasar por delante de la sala de reuniones, ve a la inspectora Victoria Otero en el interior, mirando con detenimiento el retrato robot. Siente una sacudida y consigue esconderse justo a tiempo de evitar que ella lo vea a través del cristal.

51

Iván entra en El Retiro por la puerta de la calle Alcalá y sortea runners, turistas, familias, parejas de enamorados y dueños de perros, cuyas mascotas corretean felices entre las piernas de todos ellos, hasta llegar a las inmediaciones del Estanque Grande. Aunque el sol de mediodía hace que la temperatura sea bastante agradable, solo algunos incautos se atreven a alquilar una barca y deambulan a remazos sobre las frías aguas, deseando que se agote cuanto antes el tiempo para regresar con dignidad al embarcadero. El inspector Moreno deja atrás el estanque y atraviesa el césped evitando pisar la sombra de los árboles más resguardados, donde aún quedan restos de escarcha. Sonríe al ver a Lidia preparando un pícnic en la explanada que hay frente al Palacio de Cristal, construido en 1887 para albergar una exposición de plantas tropicales filipinas. Cuando ella lo ve, le devuelve una amplia sonrisa.

—¡Iván!

—¿Sabes que en El Retiro están prohibidos los pícnics? —pregunta él llegando hasta ella.

—Me gusta hacer locuras...

—Ya veo, porque solo a ti se te ocurriría hacer uno en pleno invierno.

—En lugar de gazpacho, traigo caldo calentito, que no estoy tan chalada.

Iván se ríe y la coge por la cintura.

—¿Te parecería demasiado comer, cenar y dormir conmigo el mismo día? —pregunta de sopetón.

—Me parecería un plan perfecto. ¿Cuándo va a ser eso?

—Si tú quieres, hoy.

—Vaya... —La fisioterapeuta se sorprende—. ¿Este cambio se debe a algo en especial?

—Es hora de que siga con mi vida, Lidia. Y no se me ocurre mejor compañía que la tuya. Si a ti te parece bien, claro.

Ella asiente ilusionada. Él la atrae hacia sí y la besa.

La abuela Carmen refunfuña mientras recoge la ropa de los niños que hay tirada en el suelo del baño.

—Madre mía, cómo está esto. Parece una pocilga. Cualquier día me harto y a ver qué hacen estos calaveras sin mí...

Abre la papelera para llevarse la bolsa y algo en su interior le llama la atención. Deja extrañada la ropa sobre el lavabo y saca de dentro de la papelera varios trozos de papel rotos con saña. Al identificar de qué se trata, se dirige con paso decidido hacia la habitación de los niños.

—¿Se puede saber quién ha hecho esto?

Alba y James, que estaban haciendo los deberes con Gremlin a sus pies, miran lo que les muestra la abuela Carmen. La cara de culpabilidad del chico lo delata.

—¿Qué es, yaya? —pregunta Alba.

—El pasaporte de tu padre roto en mil pedazos.

—Lo mismo se le ha caducado y ya no le servía...

La abuela busca entre los restos del documento hasta que encuentra la fecha de caducidad.

—Era válido hasta 2030, así que él no ha sido.

—Pues seguro que ha sido Gremlin, que se lo come todo.

—Tampoco, porque estaba bien escondido en el fondo de la papelera... —Mira al chico—. ¿James?

El niño evita su mirada.

—Has sido tú, ¿no?

—No...

—No me mientas, que la tenemos, James.

—Pues sí, he sido yo —se envalentona.

—¿A ti se te ha ido la chaveta o qué te pasa? Prepárate, porque, cuando venga Iván de trabajar, te espera una buena.

—¡Me da igual porque él no es mi padre, ¿te enteras?! —responde furioso—. ¡Y tú tampoco eres mi abuela ni Alba mi hermana! ¡No sois mi familia!

Se marcha corriendo ante la perplejidad de la abuela Carmen y de Alba, que no saben qué mosca le puede haber picado.

Iván y Lidia almuerzan sentados sobre el mantel mientras charlan animados, con mucha complicidad.

—En realidad, aún me faltan un par de asignaturas para terminar la carrera —dice Lidia llevándose una uva a la boca—, pero no encuentro tiempo para ponerme a hincar los codos. Y, cuanto más mayor me hago, más me cuesta.

—O sea, que estás ejerciendo como fisioterapeuta de manera ilegal.

—Espero que no me detengas...

—Esas cosas no deberías tomártelas a broma, Lidia. Manipulando articulaciones y músculos, podrías hacerle daño a algún cliente y meterte en un lío.

—Tengo cuidado, te lo aseguro.

—Yo, en tu lugar, me plantearía muy seriamente parar durante un tiempo y licenciarte.

—¿Y el alquiler me lo pagas tú?

La pregunta de Lidia ha sonado un poco seca e Iván se queda cortado. Ella se da cuenta y recula.

—Perdona, Iván. Si sé que tienes razón, pero dejar de ingresar ahora mismo no es una opción para mí. Quizá en unos meses me lo pueda permitir.

—Perdona tú —dice él—. Paso tanto tiempo con Alba y con James que al final siempre me sale la vena paternal. Espero que tú no me veas así.

—Un poquito...

Iván se ríe y la intenta inmovilizar, pero Lidia se las ingenia para quedar a horcajadas sobre él y lo sujeta por las muñecas.

—Recuerda que sé artes marciales...

—Me rindo.

Ella se inclina para besarlo cuando comienza a sonar el teléfono de Iván. Mira la pantalla.

—Carmen, ¿cómo no? Ya la llamaré después.

—Cógelo, no vaya a ser importante.

Cuando Lidia lo libera, acepta la llamada.

—Dime, Carmen... —Se asusta—. ¿Cómo que se ha ido? Vale, estate tranquila. Enseguida voy para allá.

—¿Qué ha pasado? —pregunta Lidia cuando cuelga.

—James se ha escapado de casa. Perdóname, pero tengo que irme. Nunca había hecho algo así.

—Te acompaño.

Entre los dos recogen la comida y el mantel, y se marchan corriendo.

52

Lucía sale de la biblioteca y atraviesa el pasillo hasta el despacho de la directora del centro. Llama a la puerta y, tras recibir permiso desde el interior, se asoma para descubrir a Marisa mirándola con censura desde detrás de su escritorio. Hace ya tiempo que la conoce y sabe distinguir sus estados de ánimo de un simple vistazo. Y el de hoy, sin duda, no es de los buenos.

—¿Me has mandado llamar, Marisa?

—Sí, pasa, por favor.

Al abrir del todo la puerta, Lucía ve que, frente a la directora, está sentado Darío con el pelo teñido de cinco colores diferentes, cada cual más llamativo.

—¿Y ese pelo, Darío? —se sorprende.

—Dice que ha sido idea tuya —contesta Marisa por él.

—¿Mía?

—Le dijiste que tenía que imitar a uno que, por lo visto, llevaba el pelo así de estrafalario. ¿Cómo se llamaba?

—Dennis Rodman —responde Darío—, el Gusano.

Lucía suelta una carcajada.

—A mí no me hace ninguna gracia, Lucía —dice Marisa—. Tu labor aquí es orientar a los chicos, no hacer que se tiñan los pelos de colores para ir por la vida como mamarrachos.

—Discúlpame, Marisa, pero no encuentro tan grave dejar que los chicos se expresen como les apetezca. Además, es estupendo que admire a un deportista que salió adelante a pesar de las adversidades.

—A mí alguien al que apodan el Gusano no me parece digno de admiración.

—Pues, según pone en internet —interviene el chico—, ganó cinco anillos de la NBA, tres de ellos con Michael Jordan.

—La NBA, lo que me faltaba por oír —dice la directora cortante—. Ya hablaremos de esto, Lucía. Ahora llévalo a clase, por favor, que tengo una videollamada con el Ministerio de Cultura.

Lucía sale con Darío al pasillo y vuelve a mirarle el pelo, sonriente. Ninguno de los dos se da cuenta de que Alejandro Nuero los observa desde la puerta del baño.

—¿Cómo se te ocurre, Darío?

—Conseguir lo mismo que el Gusano va a ser chungo, pero al menos puedo parecerme a él en sus peinados. Y, cuando tenga algo de pasta, en sus tatus.

—Lo que tienes que imitar es su determinación... —le revuelve el pelo—, pero lo cierto es que no te queda mal.

—¿Ya no estás mosqueada por lo del otro día?

—No..., pero ya lo hablaremos en la próxima sesión. ¿Qué te parece el jueves después de clase?

—Guay. ¿Te sabes más cosas del Gusano?

—De Rodman hay mil anécdotas. Pero ahora vete a clase, anda.

Lucía esboza una sonrisa al ver al chico alejarse por el pasillo mientras bota un balón imaginario y tira a canasta, mucho más animado de lo que lo ha encontrado nunca. Cuando la psicóloga entra en la biblioteca, Alejandro Nuero le sale al paso a Darío.

—Qué amiguito te has hecho de esa zorra, ¿no?

—¿No era lo que querías? —pregunta él tenso.

—¿Qué has averiguado?

—Nada, en realidad.

—No me toques los cojones.

—Yo creo que no oculta nada, bro. Solo es una ralladura de las tuyas. Si no sale del centro es porque no le apetecerá, pero a mí me parece que la tía es legal. Deberías dejarla en paz.

—¿Ahora vas a decirme lo que tengo que hacer?

—No, pero...

—Cierra la puta boca y escúchame, Darío —lo corta—. Ha llegado el momento de demostrar que puedo fiarme de ti.

—¿Cómo? —pregunta temeroso.

—La quiero fuera de aquí.

—Eso no va a ser tan fácil. A mí me da que Lucía no es de las que se dejan intimidar así como así.

—Pues, si no se va por las buenas, tendremos que hacer que salga con los pies por delante, ¿no?

La sonrisa ambigua de Alejandro hace que Darío se estremezca. Está a punto de ceder, pero, por primera vez, consigue resistirse.

—No pienso hacerle nada, Alejandro. Si tienes tantos cojones, házselo tú.

—¿Estás seguro de que quieres darme la espalda?

—Olvídame.

Al marcharse, Darío lo golpea con el hombro y sigue su camino, sintiéndose de maravilla por haberse rebelado. Alejandro afila la mirada.

—No, Darío —dice para sí—, no pienso olvidarte...

53

Jotadé pocas veces pierde el control, pero, cuando esto ocurre, cualquier cosa puede suceder. Con los años ha aprendido a contar hasta diez antes de dejarse llevar por la ira, aunque ahora de nada le serviría ni contar hasta mil. Después de ver por casualidad al payo que rompió el corazón y dejó en la ruina a Lola haciendo que rehipotecara su casa para luego desaparecer con el dinero, llamó a un compañero de Tráfico y le pidió que comprobara la matrícula del coche en el que viajaba. Así se enteró de que el dueño es un exboxeador que trabaja en un gimnasio dando clases a ejecutivos y a amas de casa. Ha pensado en interrogarlo directamente sobre el paradero de Pablo, pero, si te enfrentas a un maromo de metro noventa y cien kilos que además sabe utilizar los puños, tienes todas las de perder. Además, prefiere pasar desapercibido para hacer lo que debe sin que nadie lo señale como culpable.

Tras varias horas de espera, ve salir al exboxeador, esta vez en moto, y lo sigue a través de medio Madrid, hasta que la deja cerca de la glorieta de Cuatro Caminos. Jotadé aparca el Cadillac y no lo pierde de vista hasta que se adentra en un parque, donde se reúne con un grupo de amigos, entre los que está Pablo.

—Ya te tengo, desgraciado...

Todavía ha de esperar media hora más para ver cómo Pablo se despide del resto y se marcha. Va tras él y le ve entrar en una fábrica abandonada. Charla durante unos minutos con unos magrebíes y sube por unas escaleras medio derruidas. Cuando tiene vía libre, Jotadé entra en el edificio y sigue sus pasos, pero, al llegar al piso superior, no hay rastro de Pablo. Saca la pistola y revisa cada estancia de la fábrica, casi todas ellas llenas de papeles y de basura. Cuando está a punto de rendirse pensando que se le ha escapado, lo localiza. Está tumbado en un colchón cochambroso debajo de una escalera, solo iluminado por la luz de su teléfono móvil.

—Al fin te encuentro, sabandija...

Al verlo, Pablo se incorpora de un salto y levanta las manos, con el corazón a punto de salírsele por la boca.

—No me mates, por favor. Te juro que tengo un motivo para hacer lo que hice.

—Empieza a largar.

—Yo a Lola y a Joel los quería. Aún los quiero.

Jotadé amartilla su arma y le pega el cañón en la frente.

—Por ahí no vas bien.

—No, por favor —repite aterrorizado—. Solo lo hice para protegerlos.

—¿Para protegerlos de qué?

—Baja la pistola, joder.

—Tienes un minuto exacto para convencerme de que no decore la pared con tus sesos.

—Está bien, está bien... Joel estaba empezando a frecuentar malas compañías y quise sacarlos de aquel barrio. Me metí en un negocio para conseguir el dinero, pero salió mal y me amenazaron con hacerles daño si no pagaba.

—¿Me estás vacilando, payo?

—¿Qué coño te voy a vacilar? ¿Tú te crees que si tuviera los doscientos mil euros iba a estar viviendo como una puta rata debajo de una escalera?

Pablo suena tan desesperado que Jotadé empieza a pensar que dice la verdad.

—Si me mientes...

—No te miento, te lo juro —lo corta—. Me presionaron y tuve que hacerlo.

—¿Quién?

—No puedo decírtelo.

Jotadé le pega un culatazo en la frente que lo tira de espaldas sobre el colchón y le abre una brecha, por la que enseguida comienza a brotar sangre.

—Si no te he liquidado ya es porque sé que durante años trataste bien a mi mujer y a mi hijo, Pablo. Pero no acabes con mi paciencia.

—Si te lo digo, me matarán.

—Si no, te mato yo. Decide.

Al ver la determinación en la cara de Jotadé, Pablo se rinde.

—Anahí, hostia. La que maneja el tráfico en el barrio.

Jotadé no se sorprende al escuchar ese nombre.

—No puedes haber sido tan gilipollas de enredarte con esa. Tienes que estar de coña.

—Mi situación no es para estar de coña, ¿no crees?

Jotadé vuelve a apuntar a la cabeza de Pablo.

—Lo mejor será que dispare. Muerto el perro, se acabó la rabia.

—Tú no eres un asesino, lo sé.

—No tienes ni puta idea de lo que soy yo. Quiero que me cuentes todos los detalles y después decidiré si te mato o solo te destierro.

—Para mí es lo mismo... ¿Dónde voy a ir?

—Eso a mí me la suda. Habla.

Pablo asiente, dispuesto a contárselo todo.

54

Iván, con la sirena centelleando sobre el salpicadero, detiene el coche con un frenazo frente al garaje de su casa y sale a toda prisa. Lidia se baja tras él y aguarda en segundo plano, discreta. En la puerta del chalé los están esperando la abuela Carmen, con un disgusto de campeonato, y Alba, que lleva a Gremlin sujeto por la correa.

—¿Qué ha pasado? —pregunta Iván preocupado.

—Que me encontré tu pasaporte en la basura y, al ir a preguntarle, se puso como una fiera. —La abuela se atropella, agobiada—. Al principio ha negado haberlo hecho él, pero al final ha confesado y acto seguido se ha marchado dando un portazo.

—No entiendo nada, Carmen. Intenta tranquilizarte y explícamelo despacio. ¿Qué dices de mi pasaporte?

—Que James se lo ha cargado y lo ha tirado a la papelera del baño, papá —interviene Alba—. Para mí que se le ha desatornillado el *celebro*.

—Yo no quería regañarle, Iván —dice la mujer muy disgustada—. Pero es que últimamente está de un raro que no te imaginas; cuando no está mustio, está enfadado, pero el caso es que siempre le pasa algo. Yo no sé si será la adolescencia.

—No es culpa tuya, Carmen, así que cálmate. ¿Hace cuánto que se ha marchado?

—Hará unos veinte minutos, justo antes de llamarte a ti.

—No puede estar muy lejos.

Alba se fija en Lidia, que se mantiene callada.

—¿Y tú quién eres?

—Es una amiga mía que se llama Lidia —responde Iván por ella—. A Carmen ya la conoces, y ella es mi hija Alba.

—Encantada, Alba. —Lidia la saluda con timidez.

—No has elegido un buen momento para venir, hija —asegura la abuela—. No sé dónde se habrá podido meter ese chiquillo.

—Tranquila, Carmen. Seguro que entre todos lo encontramos.

—Yo he cogido uno de sus calzoncillos del cesto de la ropa sucia —dice Alba mostrándolos—. Así Gremlin podrá seguirle la pista.

—Deja esos calzoncillos y concéntrate, Alba —dice Iván—. Si alguien sabe dónde puede estar, eres tú. Piensa, hija, es muy importante. Si tuvieras que apostarte todos tus juguetes, ¿dónde dirías que ha ido?

Alba piensa y, de repente, se le ocurre algo.

—Puede que se haya escapado para volver a Villafranca de los Barros.

—¿A qué viene eso, Albita? —pregunta Carmen desconcertada.

—A él no le gusta vivir en Madrid, yaya. Dice que es demasiado grande y que estaba más feliz en el pueblo. Y yo también, que aquí no tienen perrunillas en ninguna parte. Y tú más, no lo niegues, que James y yo a veces te escuchamos hablar por teléfono con tu amiga Marita y dices que echas muchísimo de menos tu casa. Si el otro día hasta te pusiste a llorar.

La abuela no sabe qué decir para no incomodar a Iván, que se ha quedado planchado al escucharlo.

—Ya hablaremos de ese asunto —trata de centrar la conversación—. Aparte de a Villafranca de los Barros, ¿dónde más puede haber ido, Alba?

—A lo mejor al parque donde sacamos a Gremlin. O al Bernabéu, que siempre dice que le haría ilusión meter un gol en la portería del norte.

—Vamos a hacer una cosa... Vosotras dos id a preguntar casa por casa a ver si alguien lo ha visto, mientras yo voy con Gremlin al parque por si está allí.

—Si me das las llaves del coche —le dice Lidia a Iván—, me doy una vuelta por si lo encuentro deambulando por alguna calle.

—Si tú no sabes cómo es James —responde Alba.

—Tienes razón. Quizá podría llevarme una foto suya para reconocerlo. ¿Tienes alguna en la que se le vea bien?

—Buena idea —interviene la abuela Carmen—. Ve a vuestro cuarto y coge la foto que se hizo en el Parque de Atracciones el otro día.

Alba corre hacia el interior. Iván coge la correa de Gremlin y le entrega las llaves del coche a Lidia.

—Tened los móviles conectados, por favor —dice sin poder ocultar su preocupación—. Si alguien se entera de algo, que me llame inmediatamente, ¿de acuerdo?

Carmen y Lidia asienten e Iván se marcha corriendo con Gremlin. La abuela Carmen está a punto de llorar. Lidia le pone la mano en el hombro.

—No te agobies, Carmen. Seguro que vuelve enseguida.

—Está a punto de anochecer.

—¿Sabes si llevaba dinero encima?

—¿Qué va a llevar el pobre? Como le pase algo, no me lo podré perdonar.

Alba regresa con la foto de James.

—Aquí está. —Se la tiende a Lidia.

—Muchísimas gracias, Alba. ¿Te acuerdas de qué ropa llevaba puesta?

—Su chándal negro con el logo de la calavera de *One Piece*.

—Genial. Ahora vamos a encontrarlo.

Lidia se dirige hacia el coche de Iván, y Carmen y Alba se disponen a interrogar a los vecinos.

55

La inspectora Victoria Otero siente que, tras veinticinco años de incertidumbre, por fin está en el buen camino. Aunque el equipo del inspector Moreno no confía demasiado en su intuición, ella sabe que lo que dice es cierto: Claudia, su querida hermana pequeña, fue la primera víctima de ese asesino que tan famoso se ha hecho ahora. Cuando piensa en ello, siente un cosquilleo que le indica que algo gordo está a punto de suceder.

Hace quince años, al morir su madre de la misma enfermedad que se llevó a su padre al poco de la desaparición de Claudia, vendió la casa familiar de Ávila. Aunque se embolsó una buena cantidad, la ha ido dilapidando a lo largo del tiempo en una búsqueda infructuosa, así que ahora, cuando necesita desplazarse a Madrid, se ve obligada a alojarse en hoteles que cada año van perdiendo categoría. En esta ocasión, es uno de dos estrellas en la autovía de Barcelona frecuentado por camioneros y algunas parejas de amantes.

Conduce mientras habla a través del manos libres con el inspector jefe, su exmarido, el mismo al que conoció en la Academia a la vez que a Pedro Osborne y con el que se casó y se marchó a vivir a Tenerife. Solo cinco años más tarde, él la dejó, cansado de verse arrastrado a una investigación que acababa poco a poco con su matrimonio. Tras el divorcio, Victoria estuvo a punto de pedir el traslado a Madrid, pero en aquella isla había encontrado el lugar donde quería envejecer.

—No puedo seguir cubriéndote siempre que crees haber descubierto algo, Victoria —dice su ex, mosqueado.

—Esta vez es distinto, Marcos.

—¿Tan distinto como cuando el año pasado estabas convencida de que el asesino de tu hermana era un alemán que vivía en Ibiza?, ¿o como cuando hace cinco años tenías claro que era un abogado de Salamanca?, ¿o a lo mejor como cuando hace diez le diste una paliza a un pobre desgraciado en Orense para que te confesara dónde la había enterrado? ¿Quieres que siga?

—No hace falta —contesta fastidiada—. Si no quieres ayudarme, allá tú y tu conciencia, pero estoy segura de que Claudia fue la primera víctima del asesino de Carla Lombardo y secuestrador de Ana María Vera. Y yo no pienso moverme de aquí hasta que lo detengamos.

—¿Y qué se supone que tengo que decirle al comisario?

—Algo se te ocurrirá.

—Tienes cinco días, Victoria. Si no estás de vuelta el próximo lunes, yo mismo te abriré un expediente disciplinario.

Su exmarido corta la llamada.

—Que te den...

La inspectora Otero aparca el coche junto a dos camiones de fruta que han venido a descargar a Mercamadrid. Al pasar cerca de los conductores, estos interrumpen su conversación y la miran de arriba abajo, con deseo; aunque los años y la vida la han llevado a descuidarse, sigue conservando su atractivo. Cuando uno de ellos se dispone a piropearla, ella lo frena levantando la mano.

—Quieto ahí, artista, que no tengo el chichi pa farolillos.

—No seas arisca, mujer. Te invitamos a una copa.

—Otro día...

Victoria se aleja sonriendo por la insistencia de los camioneros y sube en el ascensor hasta el tercer piso. Aunque siempre le han deprimido las habitaciones de hotel, aquella no está del todo mal. Se quita la cartuchera con la pistola y la deja sobre el aparador. Después se desnuda y se mete en el baño. Mientras se ducha, piensa en volver a la comisaría a primera hora de la mañana para hablar con el inspector Moreno. Ha estado preguntando por él y le han hablado maravillas, así que tiene la esperanza de que la creerá.

Sale del baño secándose el pelo con una toalla y con otra enrollada en el cuerpo, y lo primero que ve es que su cartuchera sigue sobre el aparador, pero la pistola ya no está en su interior.

—¿Buscas esto, Victoria?

La inspectora se da la vuelta y ve que hay un hombre sentado en una butaca, junto a la cama, apuntándola con su propia pistola, a la que le ha acoplado un silenciador. El desconocido se ha puesto unos guantes y viste ropa oscura.

—¿Quién cojones...? —empieza a decir, pero enseguida se interrumpe al encontrar ella misma la respuesta—. ¿Osborne?

—¿Cómo estás, compañera? —pregunta el inspector esbozando una sonrisa—. Llevábamos un montón de tiempo sin vernos. Desde que viniste a preguntarme si sabía algo de tu hermanita, si no recuerdo mal.

Ella comprende y endurece el gesto.

—Siempre supe que ocultabas algo, Osborne. Nunca me fie de ti.

—Lo sé. Esta tarde casi me da un infarto al pensar que me reconocerías en el retrato robot y por fin atarías cabos.

—¿Por qué? —pregunta ella tocada—. ¿Por qué te la llevaste justo a ella?

—Esto no te va a gustar, Victoria, pero en realidad la culpa fue tuya. Si tú no me hubieras traicionado con ese canario de mierda, yo no me habría vengado de ti a través de tu hermana.

—¡Yo no te traicioné! ¡Entre tú y yo no había nada!

—Tú me hiciste creer que sí.

—Solo fui amable contigo.

—Ups. —Se lleva tres dedos a la boca, jovial—. Entonces me colé.

La policía lo mira con odio.

—¿Qué hiciste con ella?

—Tuvimos un hijo, ¿sabes? ¡Mi primer hijo!

—Eres un hijo de puta... ¡¿Qué hiciste con ella?!

—Está enterrada en el jardín de mi casa, debajo de un rosal precioso.

La inspectora aprieta los dientes y se abalanza sobre él, pero, antes de que lo pueda alcanzar, Osborne vacía todo el cargador sobre su cuerpo. Victoria Otero cae al suelo y se queda apoyada contra la pared, escupiendo bocanadas de sangre mientras la toalla que tiene alrededor del cuerpo se tiñe de rojo.

—¿Quieres que te cuente un secreto antes de que te marches, Victoria?

Se acerca a ella y le dice algo al oído. Ella abre mucho los ojos, horrorizada, y después deja de respirar. Osborne le quita el silenciador a la pistola, se lo guarda en la chaqueta y abandona el arma junto al cadáver.

56

Lidia ha colocado la foto de James sobre el volante y conduce muy despacio, fijándose en todos los peatones con los que se cruza. Va tan lenta que un coche se sitúa detrás de ella y le da luces. Cuando encuentra un hueco para adelantarla, se coloca a su lado y el conductor baja la ventanilla.

—¡Vas pisando huevos, guapa!

Lidia enciende la sirena que aún sigue sobre el salpicadero.

—¡Circula, gilipollas!

Al conductor le muda el semblante al ver las luces policiales y acelera.

—Qué a gusto me he quedado... —dice para sí.

De pronto, al pasar por una bocacalle, cree ver algo y da marcha atrás. Sentado en los escalones de un local cerrado al público, ve a James, enfundado en ese inconfundible chándal negro con el dibujo de una calavera con un sombrero de paja y dos tibias cruzadas. Lidia le manda un wasap a Iván con su ubicación, diciendo que ya lo ha encontrado, se baja del coche y se acerca al chico.

—¿James?

Él la mira, en tensión.

—¿Tú quién eres?

—Me llamo Lidia. Soy amiga de Carmen y de Iván. ¿Puedo sentarme?

James se encoge de hombros y Lidia se sienta a su lado.

—Los tienes muy preocupados, ¿lo sabías?

—Me da igual.

—Yo solo te conozco de oídas, pero sé que eso no es verdad, James. Carmen no hace más que hablarme de lo cariñoso que eres siempre con ella.

—Eso era antes.

—¿Antes de qué? ¿Qué ha cambiado?

El chico la mira en silencio, sin tener claro si debe fiarse de ella. Comienza a sonar el móvil de la fisioterapeuta y contesta.

—Hola, Iván. Sí, tranquilo. Estoy con él y se encuentra perfectamente. Deja que te llame en cinco minutos, ¿de acuerdo?

Cuelga y vuelve a mirarlo.

—Si me dices por qué estás enfadado, tal vez pueda ayudarte. Yo a veces también me pillo unos cabreos que no veas y me da mucha rabia que nadie me entienda.

—¿Tú sabes de dónde soy yo? —pregunta el chico.

—De Colombia, ¿no?

—Y si todavía tengo familia allí, ¿qué?

—No te entiendo.

—Que Iván, la abuela Carmen y Alba quieren que vayamos de vacaciones a Colombia para encontrar a mi familia y dejarme allí tirado.

Lidia lo mira con lástima y lo comprende todo.

—Por eso has roto el pasaporte de Iván, ¿no?

—Me la voy a cargar... —dice bajando la cabeza.

—De un castigo seguramente no te escapes, pero te prometo que ninguno de ellos quiere librarse de ti.

—¿Y eso cómo lo sabes?

—Porque para Carmen eres su nieto, para Iván su hijo y para Alba su hermano mayor, James. Ellos mismos me lo han dicho. Eso del viaje a Colombia son solo unas vacaciones. Si no te apetece ir o tienes alguna pregunta, lo mejor es que lo hables con ellos.

—Ni que fuera tan fácil...

—Si quieres, yo puedo ayudarte a explicárselo. Seguro que, entre los dos, conseguimos que lo entiendan.

James vuelve a mirarla, ahora con curiosidad.

—Tú eres la novia de Iván, ¿no?

—Bueno, «novia» yo no lo llamaría —responde cortada—. Simplemente nos estamos conociendo.

—Pues está que no caga por ti. El otro día a Alba y a mí nos dio la chapa hablando de animalitos y de parejas, y al final solo era porque quería pedirnos permiso para salir contigo.

Lidia sonríe.

—¿Qué te parece si volvemos a casa, James?

—Me voy a quedar sin Play hasta que cumpla dieciocho, ya verás.

—No será para tanto... ¿Vamos?

Lidia se levanta y le tiende la mano. El chico duda, pero al fin se la coge.

En cuanto Lidia aparca frente al chalé, la abuela Carmen, Iván, Alba y Gremlin se precipitan hacia el coche. Iván abre la puerta trasera y abraza al chico, aliviado.

—¿Dónde te habías metido, James? ¿Tú sabes qué susto nos has dado?

—Lo siento... —contesta él avergonzado.

—No vuelvas a hacernos esto, por favor. —Carmen se abre paso para abrazarlo—. Por poco no me da un infarto pensando que no volvería a verte.

—Perdóname por haberte hablado mal, abuela Carmen.

—No te preocupes ahora por eso, criatura. Lo importante es que has vuelto de una pieza.

Alba se adelanta y lo mira con el ceño fruncido.

—Que sepas que, aunque tú digas que no, para mí sí eres mi hermano.

—Tú para mí también.

—¿Por qué rompiste el pasaporte de mi padre?

James busca la ayuda de Lidia con la mirada.

—Bueno —interviene esta—, eso es algo de lo que tendréis que hablar con calma, pero, por resumir, me da a mí que a James ahora mismo no le apetece mucho ir de vacaciones a Colombia.

—¿Y si allí tienes más familia?

—A lo mejor no necesita más familia que vosotros, Alba —zanja Lidia.

Tanto Iván como Carmen la miran y comprenden.

—¿Me vas a castigar mucho por lo del pasaporte, Iván?

—No te preocupes. Si creo que lo tenía caducado.

—¿Qué dices? —lo corrige Alba—. La fecha de...

Pero la abuela la interrumpe tapándole la boca.

—Vámonos dentro, niños, que aquí hace un frío que pela. —Mira a Lidia—. Muchísimas gracias por devolvérnoslo.

—No hay de qué, Carmen.

La abuela y los dos niños regresan al interior, seguidos por Gremlin.

—No sé cómo podré agradecerte esto, Lidia —dice Iván.

—Seguro que se me ocurre la manera... Pero creo que hoy debes quedarte en casa y hablar con James. Está bastante preocupado por si queréis devolverlo a su familia biológica.

—Eso es una tontería.

—Tú y yo lo sabemos, pero él no lo tiene tan claro. Solo está asustado.

Iván asiente, se acerca a ella y la besa.

57

El inspector Osborne llega a casa igual que cualquier otro día, como si no acabase de liquidar a una compañera en un hotel de segunda en la autovía de Barcelona. Al entrar en el jardín, se fija en el rosal bajo el que enterró a su primera víctima, que, a pesar de que en invierno tiene una mínima actividad vegetativa, parece más mustio que de costumbre. Le vendrá bien el abono que tiene pensado para él.

No le agrada tener que ejecutar tan pronto a Ana María, pero es lo único que puede hacer ahora que sabe que no le puede dar un hijo, como todas las anteriores. Sería el séptimo, y, con ello, habría cumplido el objetivo vital que se había fijado. Tendrá que buscar otra madre que lo ayude a completar su peculiar familia. Por un momento, pensó en dejar abandonado su cadáver en un lugar público, pero ahora es demasiado arriesgado, así que su destino no es otro que acompañar a Claudia Otero en su jardín.

Entra en el garaje y se pone unos guantes de goma y un mono de plástico para no mancharse de sangre. Se hace con un cuchillo de grandes dimensiones; sin embargo, enseguida se arrepiente y coge una de sus pistolas particulares. Normalmente, le gusta matar con sus propias manos, pero no puede arriesgarse a más arañazos o heridas que lo comprometan de cara al incómodo equipo del inspector Moreno. En esta ocasión será algo más frío, pero apenas ha tenido relación con Ana María y es lo que corresponde. Desplaza el armario tras el que está la primera puerta y atraviesa el angosto túnel. Antes de descorrer los cerrojos de la puerta de la celda, se asoma al ventanuco y ve a la chica postrada de rodillas contra la pared, rezando. A su mente acude como un puñetazo un recuerdo que tenía enterrado en lo más profundo...

Tres días después del atentado de ETA en Madrid en el que murieron seis militares y un conductor civil, su madre recibió el alta en el hospital por la herida de la pierna y regresó a casa. La mujer intentó tratar a su hijo adoptivo como siempre hacía desde que lo conoció en aquel orfanato de Mallorca, pero algo se había roto entre ellos tras darse cuenta de su excitación al ver los restos humanos desperdigados por el asfalto. El primer día que pudo salir de casa, fue a buscarlo al colegio y lo metió en el coche.

—¿Adónde vamos?

—A ver a alguien.

Al entrar en aquel lugar, el joven Pedro se impresionó. No era una iglesia como las que había visitado hasta entonces, llenas de luz, de cristaleras de colores, de capillas laterales y representaciones de la Virgen María o el propio Jesús. Aunque se trataba de un templo, era oscuro, con bancos desgastados, paredes desconchadas y una simple cruz sin figura alguna sobre el altar.

—Espérame aquí.

Su madre se perdió por un lateral y regresó a los pocos minutos acompañada de un cura vestido con una raída sotana acorde con el escenario. Aunque seguramente fuese la percepción de un niño, Pedro pensó que medía más de dos metros. Sus manos eran largas y huesudas, y su cabeza, una calavera cubierta de piel y un matojo de pelo canoso sobre las orejas que se unía sin el menor orden en la nuca. Cuando se acercó a él, percibió un intenso olor a cera quemada e incienso.

—Así que tú eres Pedro...

El niño se limitó a mirarlo en silencio, con los ojos muy abiertos.

—Contéstale —ordenó ella.

—Sí... —dijo acobardado.

—Tu madre me ha dicho que ve algo maligno en ti, Pedro. —Le puso la enorme mano sobre la cabeza—. ¿Es eso cierto?

—No..., no lo sé.

—¿Crees en Dios?

El niño nunca antes se había planteado esa pregunta. Sus padres adoptivos no eran demasiado religiosos, pero sí acostumbraban a ir de cuando en cuando a misa, sobre todo su madre. A él simplemente le parecía lo normal.

—Supongo que sí...

—Eso no es algo que deba suponerse. Dios existe, y, por tanto, también el diablo. ¿Qué sentiste al ver esos cadáveres delante de ti?

—No lo sé.

El bofetón que le dio el cura resonó en toda la iglesia.

—Cuando yo te haga una pregunta, respondes. ¿Está claro?

Él asintió frotándose la mejilla.

—¿Y bien?

Fue entonces cuando el joven Pedro comprendió que su mejor camuflaje en la vida era mostrarse como querían verlo los demás, no como realmente era. De haber sido sincero, le habría contado a aquel cura que sintió un indescriptible placer al ver aquellos cuerpos desmembrados tirados en la calle, que desde entonces soñaba con ellos cada noche, pero no se despertaba con miedo ni repulsión, sino con una grata sensación de paz. Pero decidió ocultarlo y apretó fuerte los ojos hasta lograr que se le empañasen.

—Nunca había visto a una persona muerta y sentí mucho miedo, padre. Pensé que podía haber sido yo o incluso mi madre y me asusté mucho, por eso no podía dejar de mirarlos. Lo siento.

La señora Osborne experimentó un gran alivio al escuchar aquello. El cura sonrió complacido y volvió a ponerle la mano en la cabeza.

—No te preocupes, hijo. No hay nada que la oración no pueda solucionar.

Desde aquel día, la señora Osborne llevaba cada tarde a su hijo para que rezase en compañía de aquel sacerdote. Pasaba las horas muertas de rodillas frente al altar, lo que para él era el peor castigo del mundo. No le pesaba perderse su programa favorito de la televisión, sino que allí, a solas consigo mismo y con Dios, miraba de frente a su propia naturaleza.

Cuando el inspector Osborne regresa de sus recuerdos, Ana María sigue rezando en silencio frente a la pared. Por primera vez en su vida, siente algo parecido a la piedad por esa chica que permanece en la misma postura en la que él pasó tardes enteras. Intenta quitárselo de la cabeza y continuar con sus planes, pero no se ve con fuerzas para matarla y vuelve sobre sus pasos, confundido.

58

Sentados en uno de los bancos del jardín del centro de menores, Jotadé y Lucía toman un café y unos cruasanes que el policía ha llevado para desayunar. A su alrededor, algunos chicos charlan y fuman en corrillos, y varios vigilantes hacen la ronda con desgana.

—¿Crees que decía la verdad? —pregunta ella.

—Yo qué sé. Por una parte, no creo que tenga huevos de mentirme a la cara con una pipa en la frente...

—¿Le pusiste la pistola en la cabeza? —alucina.

—Toma, claro... —responde Jotadé como si fuese lo más normal del mundo y continúa—: Pero, por otra, algo me dice que soy un pringado al creerme que Pablo quería ayudar a Lola y a Joel a salir del barrio y simplemente la cagó y perdió la pasta. Eso no lo se lo traga nadie.

—¿No te la has jugado tú para, entre otras cosas, solucionarles la vida económicamente a tus padres y a Lola?

—¿Eso qué tiene que ver?

—Que todos hacemos gilipolleces de vez en cuando por la gente que queremos.

—No es lo mismo, no enredes.

—Sea como fuere, lo mejor es que te olvides.

—Mi sesera no funciona así, prima —replica agobiado.

—Hay algo que no me estás contando, Jotadé —afirma ella con suspicacia.

El policía libra una profunda lucha interior. No le gusta que nadie lo vea en ese estado, pero si hay alguien ante quien no tiene que disimular es precisamente Lucía. Baja la voz para evitar que alguien los escuche.

—¿Y si no miente?

—¿Qué quieres decir?

—Imagínate que el puto payo en serio se llevó la pasta para proteger a Lola y a Joel. Lo deberían saber, ¿no?

—Pues díselo.

—Tócate los cojones. ¿Y si la Lola me manda a tomar por saco para volver con él? Yo recuerdo que estaba superpillada, y si encima sus espermatozoides no están desganaos, apaga y vámonos.

Lucía se ríe.

—Yo no le veo la gracia... —se mosquea.

—Vamos a ver, Jotadé. ¿Tú de verdad piensas que Lola te dejaría? Me da igual que sea por Pablo, por Brad Pitt o por Farruquito. ¿Crees que lo haría?

—¿No? —pregunta inseguro.

—¡Claro que no, imbécil! Lola te quiere más que a nadie. Si no fuera así, ya te habría mandado a paseo hace mucho, porque es muy complicado aguantarte.

—¿Y lo de los espermatozoides?

—Tenéis que seguir intentándolo y, si los tratamientos no dan resultado, os planteáis adoptar. Anda que no hay niños en el mundo que buscan una familia.

—Gitanos, pocos.

—Pues payo, Jotadé. No seas cerrado de mente. O mira, mejor negro, que en África hay muchísimos niños necesitados.

—Es que un gitano negro es ponerle palos en las ruedas. Solo falta que salga del Atleti y terminamos de arreglarlo.

—Deja de decir tonterías, haz el favor. Y, sobre todo, ni se te ocurra volver a dudar del amor que siente Lola por ti. Estáis hechos el uno para el otro.

—Eso sí —admite más tranquilo.

A Jotadé le entra un mensaje de móvil. Lo mira y le cambia la cara.

—¿Todo bien?

—No parece. La Vero dice que me espera en un hotel de la A-2, que por lo visto se han cargado a alguien.

—¿Cómo lleváis la investigación de la chica secuestrada?

—Malamente.

—Bórrate todo de la cabeza y encuéntrala, anda.

Jotadé asiente y ambos se abrazan. Una vez que el subinspector se marcha, Lucía regresa hacia el edificio principal. Darío la está espiando y se esconde detrás de un árbol para no ser descubierto, pero ella se ha dado cuenta y se detiene al pasar cerca de él.

—Un tío de dos metros con el pelo de colores llama demasiado la atención como para convertirse de pronto en un espía...

El chico sale de su escondite y la mira preocupado.

—¿Qué pasa, Darío? —pregunta al ver su rictus.

—Tienes que pirarte, Lucía.

—¿Pirarme dónde?

—De aquí. Pírate antes de que sea demasiado tarde. Yo que tú cogía las cosas y hoy mismo ya dormía lo más lejos posible.

—¿De qué estás hablando, Darío?

Un grupo de chavales salen del edificio y él se tensa. Mira hacia todas partes, vigilante y muy alterado.

—Ahora no puedo hablar, es muy peligroso. Te veo después de comer en el bosque de pinos.

—Pero...

Darío se marcha corriendo, dejándola con la palabra en la boca. El estado en el que ha encontrado al chico ha conseguido ponerla nerviosa también a ella.

59

El agente Melero está tirado en el sofá con un aspecto lamentable; a su escasa movilidad tras la operación de rodilla hay que sumarle la desesperación que le causa no poder comunicarse con Margarita por la prohibición de sus hermanos, lo que se traduce en un fuerte decaimiento y una notable falta de higiene. En la mesa que hay frente a él, recipientes de comida china, restos de una pizza y varias latas de refresco vacías. Intenta ver una serie de la que le han hablado maravillas, pero es incapaz de concentrarse y la quita. Coge el teléfono y marca. Tras un par de tonos, Jotadé contesta.

—Hombre, el Cojo Manteca... ¿Cómo estás?

—Hola, Jotadé. ¿Ya sabes cómo vamos a trincar a tus primos?

Se produce un silencio al otro lado de la línea.

—Jotadé, ¿estás ahí?

—Estoy —responde seco—, pero mordiéndome la lengua para no llamarte bocachancla y cagaprisas. Estas cosas llevan su tiempo y no se hablan por teléfono.

—No entiendo por qué no podemos ir a por ellos de una vez. Sabemos que están metidos en mil trapicheos, ¿no?

—No sabemos una mierda, Melero —afirma muy serio—. Escúchame bien, porque solo voy a decírtelo una vez: si juegas con esa gente, terminarás en un puto hoyo junto a las vías del tren, ¿te has enterado? Esos dos no se andan con gilipolleces. Un solo paso en falso y tendremos problemas.

—Yo ya los tengo, Jotadé. No me dejan hablar con Margarita.

—Mejor para ti. Hasta que no encontremos la manera de trincarlos, ni se te ocurra acercarte a ella, ¿me has oído?

—Pero...

—Ni peros ni pollas —lo interrumpe—. Déjame a mí, que ya te avisaré cuando llegue el momento. Tú dedícate a ver la tele y a arreglarte la avería de la pierna. Te cuelgo, que tengo lío.

Jotadé corta la llamada y Melero mira el teléfono, decepcionado con su amigo.

—Gracias por nada, primo.

Se harta de estar de brazos cruzados y se levanta con toda la determinación que le permite la pierna. Se asea y sale de casa. Cuando entra en la comisaría, varios compañeros se acercan a saludarlo y a preguntarle por su recuperación. Él dice que mejora poco a poco y, en cuanto consigue darles esquinazo, sube al tercer piso, donde opera la UDYCO, el departamento especializado en drogas y crimen organizado. Entra en la sala de reuniones y se fija en el enorme corcho de la pared, cubierto por un entramado de fotografías de sospechosos. En la parte superior, como cúspide de la pirámide delincuencial, está la joven traficante gitana Anahí. Varios escalones por debajo, los hermanos Jonás y Arsenio Heredia.

—¿Qué haces aquí?

Melero se vuelve y ve a una policía de mediana edad que lo observa con curiosidad desde la puerta.

—Tú eres Melero, ¿no? Del equipo de Moreno.

—Así es. La subinspectora García, supongo... —Suelta una muleta y le tiende torpemente la mano—. Encantado.

—Deberías estar en casa recuperándote —dice al tiempo que se la estrecha—, que después los jefes pretenderán que sigamos currando aunque estemos hechos polvo.

—Lo sé. Solo he venido por un asunto personal. —Señala con la muleta las fotos de Arsenio y de Jonás—. ¿Qué puedes decirme de estos dos elementos?

—Son hermanos y lugartenientes de Anahí. ¿Por qué quieres saberlo?

—Porque he tenido el tino de enamorarme de su hermana Margarita.

La subinspectora se sorprende.

—Siendo así, no es adecuado que tratemos este tema, Melero. Lo mejor será que hables con...

—Solo necesito saber a lo que me expongo teniendo que ver con esa familia, compañera —la corta—. No me gustaría ir a ciegas.

Al verlo tan desvalido, la subinspectora García se ablanda. Busca una carpeta en el archivador y la abre para consultar los documentos que hay en el interior.

—No sé cómo será tu Margarita, pero sus hermanos son de lo peorcito que te puedes echar a la cara: drogas, agresiones, robos y, por supuesto, pertenencia a banda criminal. Actualmente se les investiga por la desaparición de un tal Eusebio Díaz, apodado el Longaniza. Un camello local que cortó de más una partida y se llevó a un chaval por delante.

—Supongo que estará en busca y captura, ¿no?

—Donde sospechamos que está es a dos metros bajo tierra.

—¿Se lo han cargado? —se sorprende.

—Quizá. Pero no puedo decirte nada más sobre este asunto, Melero. Y menos siendo parte interesada. —Cierra la carpeta y la devuelve al archivador—. Si necesitas algo más, será mejor que hables con mi jefe.

—No, tranquila —reacciona él—. Me has ayudado mucho. Solo quería saber con quién me la estoy jugando.

—Con gente muy chunga. Yo, en tu lugar, me alejaría de ellos.

—Eso me va a resultar complicado, compañera. Mi intención es pedirle matrimonio a su hermana.

La subinspectora García lo mira con cara de circunstancias. No dice nada, pero se nota que está convencida de que comete un grave error. En el fondo, Melero piensa lo mismo, pero su vida ya no tiene sentido lejos de Margarita. Desde que la conoció, supo que era ella, a pesar de que sus constantes rechazos y lo diferentes que eran sus mundos auguraban un fracaso estrepitoso. Y, aunque ahora los peores pronósticos estén a punto de cumplirse, él está dispuesto a luchar hasta las últimas consecuencias.

60

Congregados en el aparcamiento del hotel hay camiones, coches patrulla de la Policía Nacional, otros dos de la Policía Local de San Fernando de Henares y un Land Cruiser de la Guardia Civil. Rodeando el perímetro han puesto cintas de los tres cuerpos de seguridad, y los respectivos agentes encargados de la vigilancia se miran con recelo mientras contienen a los curiosos. Jotadé aparca su Cadillac y se baja. Un camionero se acerca a él y lo mira de arriba abajo.

—¿Es usted policía?

—Eso depende. ¿Qué necesita?

—Coger el camión, que tengo que estar en Murcia para cargar a las tres de la tarde.

—¿Qué le ha dicho la Guardia Civil?

—Que me espere.

—Pues yo que usted obedecía, que los picoletos son muy porculeros.

Jotadé le deja con la palabra en la boca y, tras enseñar su placa a uno de los agentes, sortea la cinta y se reúne con Iván y con Verónica, que aguardan junto a la entrada del hotel.

—Vaya chocho hay formado, ¿no? —dice a modo de saludo.

La seriedad con que lo miran sus compañeros le hace ponerse en lo peor.

—¿Quién es el muerto?

—La muerta —corrige Moreno—. La inspectora Victoria Otero. Estaba destinada en Tenerife. La mataron ayer y la ha encontrado esta mañana la señora de la limpieza.

—¿Debería decirme algo ese nombre?

—Ella te lo cuenta —dice por Verónica—. Daos otra vuelta por la escena, a ver si se nos ha escapado algo. Yo me vuelvo a comisaría para informar.

Moreno se marcha hacia su coche. Jotadé se gira hacia Arganza, esperando sus explicaciones.

—Ayer, a la hora de comer, la inspectora Otero vino a la comisaría para decirnos a Garrido y a mí que estaba convencida de que su hermana Claudia, desaparecida hace veintidós años en Ávila, había sido la primera víctima de nuestro asesino.

—No jodas...

—La verdad es que no le dimos mucha credibilidad, sobre todo porque, a diferencia de las demás víctimas, el cadáver de Claudia nunca apareció.

—Entonces ¿por qué estaba segura de que había sido el mismo asesino?

—Intuición. Y, visto lo visto, no iba muy desencaminada.

La habitación está tomada por la Policía Científica y por el equipo del forense. Garrido examina sobre la cama una gran cantidad de papeles hallados dentro del maletín de la víctima. Jotadé entra con Verónica y se santigua cuando ve que la inspectora Otero está sentada contra la pared, sobre un charco de sangre, solo cubierta por una toalla que apenas conserva algunas zonas blancas. En su cara está impresa la misma mueca de horror que tenía cuando se marchó su asesino. Uno de los agentes recoge la pistola del suelo y la mete en una bolsa de pruebas. Jotadé se la pide y la observa de cerca.

—¿Es el arma del crimen?

—Eso creo —responde el agente—. Se trata del arma reglamentaria de la víctima.

—¿Y nadie escuchó los disparos?

—No —Verónica niega con la cabeza—, y eso que, a la hora que el forense sitúa el crimen, varias habitaciones de esta planta estaban ocupadas.

—Raro de cojones... ¿Quizá utilizó un silenciador?

—Pudiera ser.

—Si el tío se tomó tantas molestias, dudo de que haya dejado huellas, pero miradlo bien por si acaso.

Le devuelve la bolsa de pruebas al agente y este sale con ella. Después, ambos se acercan a Garrido.

—¿Hay algo interesante?

—Son informes, apuntes y todo tipo de documentación sobre la desaparición de Claudia Otero. Y algunos están fechados hace más de veinte años. Estaba obsesionada.

—¿Tú no lo estarías si fuese tu hermana la desaparecida, Garrido? —pregunta Verónica.

—Sí, supongo que sí. Analizar todo esto nos va a llevar siglos.

—No hay nada mejor que hacer... —dice Jotadé—. ¿Tenéis idea de dónde fue desde que salió de la comisaría?

—Según varios testigos, aproximadamente media hora después llegó al hotel, así que debió de venir directa.

—¿Y por qué sabía el asesino que había hablado con vosotros?

—Igual no lo sabía —responde Garrido.

—O sea, que la tía llevaba más de veinte años viniendo desde Tenerife para investigar la desaparición de su hermana y justo ahora, cuando cree haber descubierto lo que pasó y nos lo dice, se la cepillan. Mucha casualidad, ¿no?

—La siguió hasta aquí —asegura Verónica.

—Y, si su última parada fue en la comisaría, tuvo que ser desde allí —remata Jotadé—. Hay que comprobar dónde aparcó y si hay cámaras cerca. Lo mismo hasta nos encontramos una furgoneta azul rondándola.

—Yo me encargo —se ofrece Garrido.

—¿Habéis mirado su teléfono?

—No hemos podido desbloquearlo porque no va por huella ni por reconocimiento facial. Se lo han llevado los de Informática.

—A estas alturas de la vida, no entiendo por qué la gente sigue utilizando claves numéricas —dice Garrido.

—Porque con la jeta se te puede desbloquear sin querer y llamas a quien no debes —explica Jotadé—. A mí con numeritos eso ya no me pasa.

—Y que a ti te cambian la cara a diario —remata Verónica—, depende de las palizas que te den.

—Eso también.

Los tres se vuelven para ver cómo el equipo del forense mete el cadáver de la inspectora Victoria Otero en una bolsa.

—¿Cuántos tiros le ha pegado?

—Hay al menos ocho agujeros de bala. Quería asegurarse de que no sobrevivía.

—¿Se conocerían? —pregunta Jotadé pensativo.

Sus dos compañeros se encogen de hombros, pero, sin duda, es una posibilidad que deben tener en cuenta.

61

Lucía busca entre los alumnos que terminan de almorzar, pero no ve a Darío. El sitio que suele ocupar está vacío y se acerca a la mesa.

—¿Habéis visto a Darío?

Todos niegan sin prestarle demasiada atención y comienzan a levantarse con sus bandejas para dejarlas en un carro habilitado para ello junto a la entrada. La psicóloga aguarda a que el comedor se vacíe y sale al patio. En el exterior hace frío y se arrepiente de no haber cogido algo de abrigo, aunque tiene la impresión de que no puede perder tiempo. Aprieta el paso hacia la parte trasera temiendo que Darío se haya cansado de esperarla, pero, al llegar al lugar de la cita, no ve a nadie.

—Darío, ¿estás aquí?

El chico no responde y ella camina hacia el banco de piedra, frotándose los brazos para entrar en calor. De pronto, percibe un llamativo pelo de colores entre los árboles.

—¿Eres tú, Darío? Deja de hacer el tonto, por favor. Estoy congelada.

Se acerca poco a poco y distingue con más nitidez la silueta del joven entre las ramas... Pero lo encuentra aún más alto que de costumbre. Cuando comprende el motivo, corre hacia él.

—¡No, por Dios! ¡Socorro!

Mientras espera a que los vigilantes vengan en su ayuda, Lucía le abraza las piernas y levanta su cuerpo, procurando aflojar la cuerda que le rodea el cuello.

—¡Que alguien me ayude, maldita sea!

Los vigilantes enseguida llegan corriendo y miran desconcertados la escena.

—¿Qué está pasando aquí?

—¡Ayudadme a bajarlo!

Los dos se quedan en shock al ver a Darío colgando del árbol.

—¡Vamos, joder! ¡No os quedéis parados!

—¡Sube a quitar la cuerda, Jacinto! —reacciona uno de ellos.

Mientras Jacinto trepa al árbol e intenta desatar la cuerda, el otro vigilante ayuda a Lucía a alzar el cuerpo de Darío a la vez que da el aviso por el walkie-talkie para que sus compañeros llamen a Urgencias. Tras unos angustiosos segundos, consigue soltarlo y el chico cae como un fardo. Lucía le retira la cuerda, que le ha dejado una intensa marca de color granate alrededor del cuello.

—Tumbémoslo.

Entre los tres, tumban al chico boca arriba.

—Aguanta, Darío, por favor. Ya llega la ayuda...

A pesar de los desesperados intentos de Lucía por reanimarlo, Darío no reacciona. Los dos vigilantes miran la escena con gravedad, conscientes de que ya nada se puede hacer por salvarle la vida.

62

Iván termina de comer con Carmen y los niños. Parece que la normalidad ha vuelto a la familia, aunque el policía revuelve la comida con el tenedor, taciturno.

—¿Alguien quiere más salchichas? —pregunta la abuela Carmen.

—A mí ya me salen las salchichas por las orejas, yaya —contesta Alba.

—¿Y tú, James? —Se sitúa a su espalda y acompaña la pregunta con unos sonoros besos en las mejillas—. ¿Quieres unas poquitas más?

—No, gracias —responde mientras intenta quitársela de encima—. Me estás llenando de babas...

—Son babas de abuela, así que te aguantas.

Alba se parte de la risa mientras la abuela Carmen se come a besos al chico y este se resiste, aunque encantado.

—Es hora de que hablemos en familia. —Iván corta el buen rollo.

—Yo la bronca ya me la he llevado —protesta James—, y he prometido que no volveré a escaparme nunca más.

—No vamos a hablar sobre tu fuga de Alcatraz, James —lo tranquiliza—. Me basta con saber que has entendido que formas parte de esta familia y que nadie te va a dejar tirado ni en Colombia ni en ninguna otra parte. Quiero que hablemos sobre otra cosa. Siéntate, Carmen, por favor.

La abuela se sienta, intranquila.

—¿Qué pasa, Iván?

—Estoy un poco molesto con los tres, sinceramente. Ha tenido que pasar lo de James para que yo me entere de que no sois felices aquí. ¿No tenéis la suficiente confianza conmigo para decírmelo o qué?

—Yo no te voy a negar que echo de menos el pueblo, Iván —admite Carmen—, pero soy feliz donde estéis tú y los niños.

—Ya... ¿Y vosotros? —Mira a Alba y a James.

—¿Puedo decir lo que quiera? —pregunta Alba.

—Sí, hija. Di lo que te dé la gana.

—Yo sí que era mucho más feliz en Villafranca de los Barros, papá. Aquí casi no podemos salir de casa porque, según tú, Madrid está lleno de peligros. Allí estábamos guay pudiendo ir donde quisiéramos, y esto es como una cárcel de las pelis. Y, además, en el pueblo hay...

—... perrunillas, ya lo sé, hija —se adelanta Iván, paciente.

—Y el cole también es diferente —interviene James—. A mí me gustaba más el de allí. Aquí los profes son más bordes y solo tengo un amigo, pero el finde nunca lo veo porque vive superlejos.

—Y Gremlin allí estaba todo el día suelto —continúa Alba—, que la yaya decía que parecía un perro callejero, y aquí el pobre solo sale al parque cinco minutos.

—Pero tenéis que comprender que mi trabajo está aquí.

—¿Y si vuelves a hacer la campaña para ser el alcalde? —pregunta la niña.

Iván se agobia. Carmen se da cuenta y decide echarle un capote.

—Nuestro lugar ahora es este, chicos. Villafranca siempre existirá y podremos volver en verano y algún fin de semana suelto. Lo que tenemos que hacer es esforzarnos por adaptarnos, que aquí tampoco se está tan mal.

Iván se lo agradece con un gesto, pero se ha quedado tocado. La abuela Carmen le aprieta el hombro, dándole ánimos.

—¿Quién quiere postre?

—¿Qué hay? —pregunta Alba.

—Hoy he hecho un arroz con leche en honor de James, que para eso es su postre favorito.

—También es el postre favorito de Lidia... —responde Iván.

—¿Ah, sí? ¿Y por qué no le llevas uno?

—¿Ahora?

—¿No te pilla de camino a la comisaría?

—No mucho...

—No te cortes, papá —dice Alba—. A mí me cayó top.

—A mí también —se suma James—. Me mola que sea tu novia.

Iván llega al portal de Lidia con el arroz con leche en la mano. Va a pulsar el telefonillo, pero una vecina sale para pasear a un pequeño perro y aprovecha para entrar. Sube en el ascensor y llama a la puerta. Enseguida abre Lidia, vestida con una bata bajo la que no parece llevar nada. Se queda pálida al verlo y se tapa todo lo que puede.

—Iván... ¿Q-qué haces aquí?

—Hoy Carmen ha hecho arroz con leche y no puedes perdértelo. No sé si estará mejor que el que comes en tu casa, pero...

Iván se calla cuando ve salir a un hombre del interior, recién duchado y anudándose la corbata. Se trata de un ejecutivo de algo más de cincuenta años que saca la cartera y le tiende a Lidia tres billetes de cincuenta euros.

—Aquí tienes, Estrella. Nos vemos la semana que viene.

Saluda a Iván con la cabeza y se mete en el ascensor. El policía digiere lo que acaba de ver, demudado. Lidia no sabe dónde meterse, abochornada.

—No es lo que parece, Iván.

—No tienes que darme explicaciones.

—Quiero hacerlo.

—Explícame entonces por qué me abres la puerta medio desnuda, un tío te llama Estrella y te da dinero. Reconoce que suena un poquito sospechoso.

—Yo no me acuesto con nadie, eso que quede claro. Solo hago masajes.

—Déjalo estar, Lidia, o Estrella, o como quieras llamarte. Siento haberme presentado sin avisar.

Iván le entrega el arroz con leche y se marcha, dejándola hundida en la miseria.

63

Lucía, aún en shock por lo vivido unas horas antes, aguarda en el despacho de la directora agarrando con ambas manos una taza de té. Mira atormentada por la ventana, torturándose por no haber podido evitar la muerte de Darío. Enseguida entra Marisa.

—No recuerdo una mañana como esta desde hace mucho tiempo. No quiero ni pensar en el papeleo que me espera.

Lucía la mira con intención de reprocharle que le importe más el papeleo que la muerte de un chico con toda la vida por delante, pero no tiene fuerzas y calla.

—No te molesta que fume, ¿no?

Lucía niega. Marisa abre la ventana y se enciende un cigarrillo junto a ella. Después de la primera calada, se vuelve hacia la psicóloga con seriedad.

—Tienes mucho que explicarme, Lucía. Para empezar, ¿qué hacías en el exterior cuando, según el cuadrante, tenías hora de estudio?

—Darío me citó allí.

—Eso ya lo has dicho, pero quiero saber el motivo.

—Esta mañana vino a decirme que yo corría peligro. Cuando quise indagar más, aseguró que era muy arriesgado hablar a la vista de todos y quiso que nos viésemos sin testigos. El resto ya es historia.

—¿Y no tienes ni idea de por qué creía que corrías peligro?

—Seguramente porque averiguó que Alejandro Nuero tenía intención de hacerme algún daño.

—Esa es una acusación muy grave —dice arqueando las cejas—. ¿Tienes alguna prueba?

—No me hacen falta, Marisa. Y, si quieres saber mi opinión, tampoco creo que Darío se ahorcase solo.

La directora apaga el cigarrillo y se sienta tras su escritorio, sobrepasada. Mira a Lucía, temiendo que en el fondo lleve razón.

—¿Hablas de un asesinato? —pregunta conteniendo la voz, como si allí hubiese alguien más—. ¿Tú sabes lo que supondría eso para todos nosotros? Ten por seguro que nos cerrarían el centro y yo me tendría que ir a mi casa, pero no creo que deba recordarte dónde te mandarían a ti.

Lucía sabe que eso es lo peor que podría pasarle, pero ella nunca ha abandonado una investigación por temor a las consecuencias y no piensa empezar ahora. Suena el teléfono fijo de Marisa y esta descuelga.

—¿Dígame? Enseguida vamos.

Marisa y Lucía entran en la garita de vigilancia del centro, en la que hay varias pantallas con imágenes de seguridad. Uno de los vigilantes que ayudaron a Lucía a descolgar a Darío está sentado frente a ellas.

—Ya hemos analizado las imágenes y le hemos enviado una copia a la Policía. No es que se vea demasiado, pero confirman que el chico se suicidó.

—No puede ser —balbucea Lucía.

—Mírelo usted misma... —Señala la pantalla, donde se reproduce la grabación—. Aquí se ve claramente a Darío bajar por las escaleras, coger la cuerda del cuartito de la limpieza y salir con ella al patio. Luego se dirige hacia la parte trasera del centro y se adentra en el bosquecito de pinos. Veinte minutos después, se la ve a usted hacer el mismo recorrido.

—Está claro, entonces —asegura Marisa con un punto de alivio—. El chico se quitó la vida. Es una desgracia, pero esas cosas pasan, y más entre jóvenes que provienen de familias desestructuradas. Confiemos en que el Ministerio no nos responsabilice a nosotros y podamos continuar con nuestra labor.

—¿Dónde estuvo antes de hacer todo eso? —pregunta Lucía, sin terminar de creerse la hipótesis del suicidio.

—Subió a su habitación cuando acabaron las clases, pero en el interior no hay cámaras.

—Quiero verlo todo.

—Lucía...

—No me quedaré tranquila hasta que lo vea, Marisa —zanja con determinación.

La directora se resigna y asiente al vigilante de seguridad, que procede a buscar las imágenes. En la pantalla aparece el pasillo del centro, donde los chavales charlan. Darío pasa entre ellos y sube por las escaleras. En la esquina superior derecha pone la hora: 13.42.

—Ahí está. —El vigilante señala a Darío, fácilmente reconocible por su estatura y por el pelo de colores. Avanza las imágenes unos minutos y lo ven hablar con otros internos en la sala de la televisión—. Ahí charla con unos compañeros. Y... —vuelve a avanzar las imágenes— ahí entra en el baño. Todo normal.

—Eso es lo extraño —comenta Lucía—, que todo era normal. Está como si nada y quince minutos después se está colgando de un árbol.

—Nunca sabemos lo que pasa por la mente de esos chicos —se lamenta Marisa.

En la pantalla se ve a varios chavales saliendo del baño.

—¿Qué pasó allí dentro, Darío? —se pregunta Lucía pensativa.

De pronto, se intuye una sombra que se desliza hacia el interior del baño.

—¡Ahí! —apunta con el índice—. Eche para atrás.

El vigilante obedece y se distingue a un chico que entra en el baño. Parece que sabe dónde está la cámara y trata de evitarla, pero se le ve durante un instante. Tras varios intentos, el vigilante detiene la imagen en el fotograma preciso.

—¿Es Alejandro Nuero? —se sorprende Marisa.

—Adelántelo, despacio.

El vigilante obedece y, unos minutos más tarde, Alejandro sale del baño. Justo detrás de él lo hace Darío. Su cara se ha transformado. Va hacia las escaleras y baja, completamente ido.

—¡Maldito hijo de puta! —exclama la psicóloga antes de salir corriendo, desquiciada.

—¡¿Dónde vas, Lucía?! ¡Espera!

Marisa y el vigilante corren detrás de ella. La alcanzan en el patio, mientras se dirige directamente hacia Alejandro, que charla con unos compañeros.

—¡¿Qué le dijiste?!

Todos los chavales se callan y la miran avanzar decidida hacia el interno. Nuero la sonríe, provocador.

—Buenas tardes, Lucía. ¿Un mal día?

—¡¿Qué le dijiste, hijo de puta?!

—No sé a qué te refieres...

Se tira a por él.

—¡Estate quieta, Lucía!

—¡Está loca! —dice Alejandro, haciéndose la víctima—. ¿Qué clase de psicólogas contratan en este centro?

—¡Soltadme!

Hacen falta varios vigilantes para sujetar a Lucía, que ha perdido totalmente los papeles. Alejandro parece encantado, como si provocar esa reacción en ella fuera exactamente lo que estaba buscando.

64

Jotadé toma un café en la sala de reuniones mientras Verónica repasa los documentos que han encontrado en el maletín de la inspectora Otero. Resopla abrumada ante la avalancha de información.

—¿Por qué bufas tanto?

—Porque aquí hay hasta recortes de periódico de hace dos décadas, y no tenemos tiempo de profundizar en nada si queremos rescatar a Ana María con vida.

—Y lo peor es que ese malafatiga igual ahora desaparece tres o cuatro años —se lamenta Jotadé—, o al menos lo que dure el embarazo de la chiquilla.

—¿Crees que piensa hacer lo mismo con ella? —Verónica se horroriza ante esa posibilidad.

—Para mí que ya le ha cogido el gusto y, si no le cortamos los huevos, va a seguir hasta que monte un equipo de fútbol. Diarrea caldosa le dé —masculla.

Iván entra con pinta de no haber podido pegar ojo en toda la noche tras lo sucedido con Lidia la tarde anterior.

—Buenos días...

—Vaya careto, jefe.

—No he dormido demasiado —responde evasivo mientras va directo hacia la máquina de café. Se sirve una taza y mira los papeles desperdigados sobre la mesa—. ¿Hay algo?

—Aquí todavía queda mucho por analizar, pero las primeras conclusiones son que la inspectora Otero abrió un sinfín de líneas de investigación para encontrar a su hermana, aunque todas ellas fueron agotándose tarde o temprano.

—Hasta esta última. ¿No hay nada en sus anotaciones?

—Solo algunos recortes de periódico del caso. Supongo que ya buscaba a la desesperada y, por lo que sea, acertó.

—Por lo que sea no me vale, Verónica. Tenemos que averiguar qué la llevó a relacionar a su hermana con las siguientes víctimas.

—En ello andamos. Lo que está claro es que, después de tanto tiempo y sin un cadáver, cualquiera menos esa pobre mujer hubiésemos abandonado hace tiempo.

Tras llamar a la puerta, el inspector Osborne se asoma a la sala de reuniones.

—¿Se puede?

—Adelante, Osborne —dice Iván—. ¿Necesitas algo?

—Acabo de enterarme de lo de la inspectora Victoria Otero. ¿Es cierto que ha aparecido muerta?

—La acribillaron en un hotel con su propia pistola, sí. ¿Por qué? ¿La conocías?

—Somos de la misma promoción, pero desde que nos licenciamos no había vuelto a tener ninguna relación con ella... —hace como que recuerda algo—, salvo...

—¿Salvo?

—Hace más de veinte años vino a verme. Resulta que había desaparecido su hermana y estaba desesperada buscándola. Cuando sucedió aquello, yo estaba investigando un homicidio cerca de Ávila y quería saber si había visto algo raro. Por desgracia, no fue así.

Verónica encuentra entre los papeles una fotografía de la promoción de Victoria Otero. Todos ellos, salvo dos, están tachados con un rotulador rojo. Osborne posa justo al lado de la inspectora Otero.

—Aquí estás... —dice la oficial—. Qué jovencito.

—Han pasado muchos años... —responde Osborne nostálgico.

—¿Qué significan esas cruces? —pregunta Jotadé.

—Supongo que nos visitó uno por uno para preguntar por su hermana y nos iría marcando en la foto. De los dos que faltan por tachar, Jiménez murió al poquito de salir de la Academia y a Duque lo destinaron a Bruselas, y tengo entendido que sigue allí.

Entra Garrido con unos documentos en la mano y cara de excitación.

—Tenemos algo...

Iván, Verónica y Jotadé lo miran esperanzados.

—¿Habéis visto algo en las cámaras de la comisaría?

—No, no es eso. La inspectora Otero había aparcado a varias calles y ha sido imposible rastrearla a ella o a algún coche que pudiera estar siguiéndola. Está relacionado con el ADN del bebé de Carla Lombardo. Tenemos una coincidencia que no pertenece a la familia materna.

Osborne se tensa.

—¿Sabemos ya quién es el padre? —se sorprende Verónica.

—No exactamente, pero hemos encontrado a un familiar de primer grado de la línea paterna. Casi seguro que es su madre.

—Lo tenemos... —asegura Iván—. ¿Dónde está esa mujer?

—En Mallorca. Se trata de una exprostituta identificada como Rocío Oriol.

—Jotadé, Verónica, quiero que vayáis a hablar con ella.

—¿Ir a dónde?, ¿a Mallorca? —pregunta el subinspector, pálido—. ¿Y cómo vamos a ir hasta allí?

—En avión, no vais a ir a nado. Sacad los billetes para mañana a primera hora.

Jotadé traga saliva. Eso sí que no se lo esperaba. Osborne los mira en silencio, disimulando su inquietud.

IV

65

Lucía camina nerviosa de un lado a otro de su habitación, preocupada por las consecuencias que tendrá para ella haber intentado agredir a Alejandro Nuero, y, lo que complica las cosas, delante de varias decenas de testigos. Su impulsividad es lo que la llevó a la cárcel de Alcalá Meco, y ahora la ha vuelto a meter en un problema muy serio, pero no podía dejarlo pasar, convencida como está tras ver las imágenes de las cámaras de seguridad de que ese chico es el responsable del suicidio de Darío. Lamenta no haber sido más perspicaz para desenmascararlo antes de llegar a este punto, pero ya es tarde para torturarse con eso. Ahora toca prepararse para un futuro que no parece nada halagüeño.

Marisa entra en el cuarto sin llamar a la puerta. Más que cabreo, lo que rezuma su mirada es una profunda decepción.

—Lo has estropeado todo, Lucía. Una psicóloga que trabaja en un centro de menores no puede perder así los nervios.

—Lo siento.

—De nada sirve sentirlo. ¿En qué estabas pensando, maldita sea?

—Alejandro Nuero empujó a Darío a suicidarse, Marisa.

—¡Eso no lo sabes! —La directora explota—. ¡No es más que una maldita teoría de la que no tienes ni una sola prueba!

—Para mí es suficiente prueba que estuviese en el baño a solas con él y que unos minutos después Darío se colgase de un árbol. Y más cuando nunca antes había mostrado tendencias suicidas. Algo le tuvo que decir para que reaccionase así.

—Pensaba que en la Policía te habían enseñado que las cosas no siempre son lo que parecen, Lucía.

—En esta ocasión sí que lo son. Ese chico es capaz de meterse en la cabeza de los más débiles. No es la primera vez que lo escucho de él.

—Dime que no estás hablando de algo... —busca la palabra— demoníaco.

—En absoluto. Es simplemente un psicópata con rasgos extremos de manipulación coercitiva. Un manipulador nato que, a base de hacer luz de gas persistente, consigue que sus víctimas duden de sí mismas hasta el punto de llegar a quitarse la vida. Lo ha logrado antes, y por desgracia volverá a hacerlo si no le paramos los pies.

En el fondo, Marisa también cree que Nuero tiene algo muy oscuro en su interior, pero la manera de actuar de Lucía no ha sido la adecuada y su obligación como responsable del centro es reprenderla.

—Si eso es así, lo que deberíamos hacer es tratarlo, no agredirlo, ¿no te parece?

—Estoy totalmente de acuerdo y lamento haberme comportado así —concede Lucía—. No pude controlarme.

—Por lo visto, eso es una constante en tu vida...

Lucía no puede decir nada al respecto, consciente como es de que la directora tiene razón. Marisa enseguida se arrepiente.

—Disculpa, no he debido decir eso.

—¿Qué va a pasar ahora? —pregunta reconduciendo la conversación.

—Eso ya no está en mis manos, Lucía. He comunicado lo sucedido al Ministerio y es allí donde tienen que tomar una decisión. Supongo que nos dirán algo en los próximos días. De momento, quedas relevada de todas tus funciones.

—Algunos chicos se han abierto conmigo después de meses de tratamiento y esto les perjudicará —protesta tímidamente.

—Le he pasado todos los expedientes a Germán, no me has dejado otra. Ahora procura descansar.

Marisa se marcha y Lucía se sienta sobre la cama, derrotada. Se le ocurre algo y abre el armario. Saca el móvil y se conecta a internet. Entra en la página de Instagram de la hermana mayor de Alejandro Nuero y, tras introducir las claves del usuario que se creó la última vez, escribe un mensaje:

Hola, Judith. No nos conocemos personalmente, pero me urge hablar contigo. Dime cómo podemos ponernos en contacto, por favor.

Le da al botón de enviar y aguarda. En cuanto la chica acepta el mensaje, Lucía puede ver un pequeño punto verde junto a su nombre, señal de que está conectada. Enseguida contesta con un escueto:

Quién eres?

Piensa en cómo debe afrontar la situación y decide ser lo más directa posible:

Me llamo Lucía. Soy terapeuta en el centro en el que está internado tu hermano Alejandro. Estoy segura de que es responsable del suicidio de un compañero y necesito hablar urgentemente contigo. Dame un teléfono al que poder llamarte, por favor.

Lucía envía el mensaje y aguarda conteniendo la respiración, pero la contestación no llega. Después de unos segundos de espera, ve que el punto verde junto al usuario de Judith ha desaparecido y va a visitar su muro, pero la aplicación le dice que el usuario no existe, señal de que la acaba de bloquear.

—¡Mierda!

66

Verónica y Jotadé hacen la cola para pasar el control policial del aeropuerto. Mientras se quita los objetos metálicos para dejarlos en la bandeja, la chica se fija en su compañero, que está más inquieto que de costumbre, mirando hacia todas partes con impaciencia. Cada viajero que ve le resulta sospechoso.

—¿Pasa algo, Jotadé?

Verónica nota cómo varios goterones de sudor le bajan por la frente y se alarma.

—¿Te encuentras mal?

Por toda respuesta, Jotadé la coge del brazo y se la lleva a un aparte, sacándola de la fila.

—¿Qué haces? ¡Que estaba a punto de tocarnos!

—Es importante, prima...

Verónica comprende a su manera y se asusta.

—¿No traerás marihuana ni nada por el estilo?

—¿Qué marihuana ni qué niño muerto? ¿Tú te acuerdas de cuando me viniste a visitar al trullo mientras estuve encerrado por lo de los Garza?

—Sí, claro.

—¿Y recuerdas lo que te conté?

—Hablamos de muchas cosas. Ahora mismo no caigo.

—Que yo nunca me he subido en un cacharro de esos. —Baja la voz mientras señala acongojado la cristalera, a través de la cual se ve cómo un avión recorre la pista, preparándose para el despegue.

Verónica ahoga una risa.

—No te descojones que te vas sola, me cago en la puta —se mosquea.

—Perdona, perdona. Pero tú no te agobies, que volar es muy seguro. Recuerda que mi novia es piloto. ¿Tú crees que yo seguiría tan tranquila cada vez que ella sale a trabajar si hubiese algún peligro?

—Si Dios quisiese que los gitanos volásemos, nos habría dado alas.

—¿Tú confías en mí?

—En lo que no confío es en que un cacho de hierro se mantenga en el aire. Eso es antinatural.

—Relájate y disfruta de la experiencia, que yo voy a estar a tu lado. Te aseguro que te va a encantar. Vamos.

Ahora es ella la que lo coge del brazo y lo conduce hacia el control. Allí, muestran las cartulinas blancas que señalan que van armados y dos guardias civiles se las sellan tras comprobar que todo es correcto. Después, entregan las pistolas para que el comandante las guarde en la cabina durante el vuelo. Al entrar en el avión, el estado de nervios de Jotadé es más que evidente.

—¿Tú sabes lo que puede pesar un bicho de este tamaño, Vero? Y la gente con maletas como si estuvieran de mudanza. ¿Es que no tienen seso?

—Está todo controlado, tranquilo... ¿Prefieres pasillo o ventanilla?

—¿Cuál es la diferencia?

—Que en uno ves el pasillo y en el otro te puedes asomar por el cristal. Mejor eso, que te va a molar más.

Jotadé no lo tiene tan claro, pero se deja llevar y se acomoda junto a la ventanilla. Se santigua y besa compulsivamente una estampita de María Santísima de las Angustias Coronada, Virgen de los Gitanos, lo que incomoda a los viajeros que hay a su alrededor.

—¿Te quieres estar quieto? —susurra Verónica—. Tú fíjate en todo porque esto no lo vas a olvidar.

—Eso no lo jures.

Los veinte minutos que tarda el pasaje en subir y acomodarse, Jotadé los pasa aferrado a la mano de su compañera, que tiene que advertirle en un par de ocasiones de que le está cortando la circulación. Enseguida, el avión se empieza a mover.

—¿Ya nos echamos a volar?

—En unos minutitos. Ahora el avión saldrá a la pista, cogerá velocidad y ni te enterarás de cuando despegue.

En esos primeros metros en el aire, Jotadé no sabría decir si es la mejor o la peor experiencia de su vida. No separa la nariz del cristal hasta que el avión atraviesa unas pequeñas turbulencias. Su cara de susto lo dice todo.

—Solo son las turbulencias por atravesar las nubes —lo tranquiliza Verónica—. Mira ahora.

Jotadé vuelve a mirar y se queda extasiado al comprobar que sobrevuelan un espeso manto de nubes.

—La Virgen...

—¿Subinspector Juan de Dios Cortés?

Jotadé mira a la azafata.

—Soy yo, ¿qué pasa?

—Tenemos entendido que es su primer vuelo, ¿cierto?

—¿Tanto se me nota?

—Un poquito, pero nos lo ha comentado su compañera y al comandante le gustaría saludarle. ¿Me acompaña, por favor?

Jotadé mira a Verónica, pero ella lo tranquiliza.

—Tú solo disfrútalo...

Jotadé se queda impresionado al entrar en la cabina y ver tantos botones iluminados en el cuadro de mandos. Los dos pilotos lo saludan con la cabeza mientras hacen diversas comprobaciones.

—Siéntese aquí, por favor —le dice la azafata bajando un transportín.

El policía obedece y los pilotos enseguida se vuelven hacia él.

—Subinspector Cortés, ¿verdad? Bienvenido a nuestro puesto de mando. ¿Está disfrutando de la experiencia?

—Mientras volemos, va bien la cosa. ¿No deberían mirar al frente?

—Está puesto el piloto automático, descuide. ¿Cómo está siendo su primer vuelo?

—Pues... al despegar se me pusieron los huevos de corbata y todavía no han bajado del todo. Y tampoco es que mis

huevos estén para mucho tute, que tengo a los espermatozoides desganaos.

Los dos pilotos se ríen.

—¿Tiene usted a mano su móvil?

—Sí, ¿por qué?

—Porque una ocasión como esta habrá que inmortali-
zarla, digo yo.

Jotadé disfruta como nunca mientras se hace selfis con
los pilotos y lo fotografía todo, pero el momento más emo-
cionante es cuando vive desde dentro de la cabina su primer
aterrizaje.

67

El sol comienza a asomar por detrás de la sierra de Tramontana e ilumina la serpenteante carretera que discurre junto a la costa. El inspector Osborne conduce un coche alquilado en silencio, atento a todo lo que lo rodea. Un todoterreno de la Guardia Civil seguido por un camión de bomberos, ambos con las luces y las sirenas encendidas, se cruzan a toda velocidad con el policía, que los sigue a través del espejo retrovisor sin variar su expresión.

Rocío Oriol solo ha tenido un golpe de suerte a lo largo de sus sesenta y cuatro años: el día que el Consell Insular le adjudicó una casa baja con un huertecito a las afueras de Manacor, muy cerca de donde el extenista Rafael Nadal tiene su academia. Después de abandonar a su único hijo en un contenedor de obra, continuó durante muchos años drogándose y prostituyéndose, pero ni ella misma sabía cuál de las dos cosas era consecuencia de la otra. Hace ya quince años que le diagnosticaron VIH y, paradójicamente, eso fue lo que la salvó. Dejó la mala vida que llevaba y se trasladó a ese lugar, donde por primera vez se sintió respetada.

Maldice por lo bajo cuando ve que la plaga de caracoles ha vuelto a aparecer para mordisquear las hojas de las acelgas, lo único que le crece en esta época del año. Se arrodilla, los quita uno a uno y los echa en un capazo. Más tarde los purgará con harina y los guisará de la manera tradicional, con sus puntas de jamón del bueno.

—¿Señora Oriol?

Rocío se levanta y mira hacia la puerta exterior, donde espera un hombre al que no cree haber visto en su vida.

—¿Sí?

—Soy el inspector Osborne —responde en tono neutro, enseñando su identificación—. He venido a hacerle unas preguntas.

—¿Unas preguntas sobre qué?

—Es un asunto rutinario, señora. Si me deja pasar, terminaremos enseguida.

La mujer finalmente abre la puerta.

—Adelante. ¿Quiere tomar algo?

—No, gracias.

El interior de la casa es humilde, pero está limpio. Osborne mira la escasa decoración, pensando que, si las circunstancias hubiesen sido otras, quizá él habría crecido en un lugar parecido a ese.

—Siéntese, por favor.

Él se sienta en un sofá más aparente que cómodo y deja que su madre ocupe la butaca que hay enfrente.

—Tiene una casa preciosa...

—Muchas gracias, inspector —responde con orgullo—. Dígame, ¿en qué puedo ayudarle?

—Verá, señora Oriol, al reabrir un caso antiguo he sabido que dio usted a luz a un niño hace cuarenta y cinco años, al que abandonó y que fue adoptado por una familia de la península, ¿es cierto?

A la mujer se le ensombrece el semblante al recordar aquel doloroso momento.

—¿A qué viene esto después de tanto tiempo?

—Contésteme y terminaremos antes, señora. Si no colabora, tendré que llevarla a la comisaría. Pero estese tranquila, porque, pasara lo que pasase en aquel entonces, ya está prescrito. ¿Fue o no fue usted la madre de aquel niño?

—Sí, señor. —Baja la mirada, avergonzada—. Yo era joven y no me vi capaz de hacerme cargo de un bebé.

—Ya me imagino. ¿Quién era el padre?

—Un camello de barrio al que llamaban Jimmy. Ni siquiera recuerdo su apellido. Por aquel entonces yo estaba muy enganchada a las drogas y a veces compraba mis dosis con lo único que tenía.

—¿Qué clase de hombre era?

—Un mal tipo, del que convenía alejarse. Lo último que supe de él es que había muerto en un tiroteo con unos colombianos.

Osborne siente una repentina decepción. Siempre tuvo curiosidad por saber quién era su padre, pero no la suficiente como para indagar y descubrir que era un don nadie, como acaba de suceder. A su madre solo la había visto un par de veces cuando, siendo más joven, se interesó por sus raíces, aunque nunca se había acercado para conocerla. Temía sentir apego por esa mujer, pero lo cierto es que, ahora que la tiene delante, comprueba que no despierta en él ninguna simpatía.

—¿Y de su hijo? ¿Alguna vez se preocupó por saber qué fue del crío?

—Como usted ha dicho, se lo llevaron a la península. Según tengo entendido, a una familia bien. Seguro que ha estado mejor que conmigo.

—Eso no lo dude —asegura Osborne con frialdad—. Pero, aunque no le faltó de nada y fue a los mejores colegios, su hijo, seguramente debido a la mierda de genes que heredó, se ha convertido en el secuestrador y asesino que sale en la tele.

—¿De qué está hablando, inspector? —pregunta ella desconcertada.

—Hablo de que no le ha salido cirujano, señora, sino criminal. Y de los más despiadados, según dicen. ¿No está orgullosa de él?

Rocío Oriol lo mira aturdida, sin llegar a comprender por qué ese desconocido le habla en ese tono. De pronto, al fijarse en sus ojos, se sobresalta.

—¿Quién es usted?

—Ya se lo he dicho: soy el inspector Osborne... Pedro Osborne —responde, disfrutando—. Porque, aparte de asesino, su hijo también se hizo policía. ¿No me reconoces..., mamá?

A ella le da un vuelco el corazón.

—No... No es posible.

—¿No te alegras de verme? Estoy algo más crecidito que cuando te deshiciste de mí, pero, si te fijas bien, soy el mismo.

—Yo... no pude hacer otra cosa —balbucea, paralizada.

—Claro que pudiste —masca las palabras—. Podrías haberme dejado en un hospital o en una iglesia, pero decidiste tirarme a la basura.

—Me he arrepentido toda la vida...

—Lo dudo mucho. Pero ha llegado la hora de que pagues por aquello.

El inspector Osborne se levanta con determinación.

—¿Qué vas a hacerme? —pregunta ella, temerosa.

—Por desgracia, no vamos a poder llevar una relación madre-hijo tradicional. Adiós, mamá.

Osborne se abalanza sobre su madre y la estrangula con rabia. La mujer apenas lucha, rindiéndose a un destino que, por los ojos con que lo mira, cree merecer. Cuando deja de respirar, la acomoda en el sofá y se marcha sin mostrar ningún tipo de remordimiento.

68

Iván pasea a Gremlin por el parque. En su cara aún se nota el desencanto tras descubrir la verdadera ocupación de Lidia. Lleva desde entonces dándole vueltas a eso, y, aunque sabe que no tiene derecho a reprocharle nada, se había ilusionado y lo siente como una traición. El perro percibe una silueta en el otro extremo del parque y ladra hacia allí con las orejas erguidas.

—¿Qué te pasa, Gremlin?

Sale corriendo hacia la figura e Iván corre detrás.

—¡Gremlin, para!

La figura se agacha para recibirlo e Iván llega apurado.

—Lo siento, no suele... —Se interrumpe al ver que se trata de Lidia, que lo mira mientras acaricia al perro en cuclillas. Al igual que Iván, a ella también se le nota la amargura de las últimas horas.

—Solo nos hemos visto una vez, pero parece que le caí bien —intenta romper el hielo.

Gremlin se cansa de la recién llegada y continúa con su exploración. Lidia se levanta.

—Te he llamado un par de veces, pero se ve que estabas ocupado.

—Perdona —responde él, huidizo—. Seguimos a tope con el caso del secuestrador y no he tenido tiempo para nada.

—Ya me imagino.

Se produce un incómodo silencio entre ellos.

—Iván, yo... Siento mucho lo que pasó.

—¿Qué es lo que sientes exactamente? ¿Hacer lo que haces o que yo lo descubriera?

—No estoy orgullosa de ganarme la vida así, pero, como tú bien dijiste, no podía anunciarme como fisioterapeuta sin haber terminado la carrera, así que solo atendía a conocidos por unos pocos euros y necesitaba compaginarlo trabajando de camarera. Lo malo es que ni aun así me llegaba para vivir. Siempre había alguien que intentaba propasarse, y, aunque yo sabía cómo pararles los pies, un día...

—No tienes que darme explicaciones, Lidia —la corta Iván.

—Quiero hacerlo. Después mándame a la mierda o haz lo que te dé la gana, pero déjame explicártelo. Lo necesito.

Él calla, dándole la oportunidad de hablar.

—Como te decía, iba muy apurada y no tenía suficientes horas en el día para trabajar en más sitios y poder cubrir los gastos. Un mes me retrasé en el alquiler y el casero me amenazó con echarme, así que esa tarde, cuando le estaba tratando una lesión en el cuádriceps a uno de mis pacientes habituales y me insinuó que podía pagarme algo más por darle un masaje más sensual, en lugar de cortarlo en seco como solía hacer siempre, accedí. Y, aunque desde entonces me siento una mierda, el miedo de tener que dormir en la calle ha desaparecido.

Iván sigue en silencio. Ella lo mira, avergonzada.

—¿No tienes nada que decir?

—¿Qué quieres que te diga? Siento muchísimo por lo que has tenido que pasar y yo no soy quién para juzgarte por lo que haces, pero no estoy preparado para compartir mi vida con alguien que se dedique a... eso.

—Tampoco es algo que pensase hacer durante mucho más tiempo. Solo mientras pasase la mala racha.

—Vamos, Lidia —dice él condescendiente—. Es muy difícil volver a desempeñar un trabajo normal una vez que has aprendido cómo ganar dinero fácil.

Ahora es ella la que lo mira decepcionada.

—¿Consideras que tener que masturbar a tíos por los que no siento nada más que rechazo es fácil, Iván?

—Lo siento, lo he expresado mal.

—No, no lo has expresado mal. A los tíos os parece que el que todo el mundo quiera acostarse contigo es cojonudo. Pero, y lo mismo te llevas una sorpresa, no es así. No tiene nada de cojonudo sentirse un trozo de carne al que no ven más que como unas tetas y un culo al que agarrarse. Y, por más que te esfuerces por demostrar que eres más que eso, notas en su mirada que lo único que quieren saber es cuánto les cobrarías por hacerles una paja; y, si accedes, después querrán saber cuánto les costaría que se la chupes, y al final solo pretenderán metértela por el mismo precio. Y después de eso, si lo consiguen, para ellos solo serás una puta que ha aprendido cómo ganar dinero fácil. Pero yo no soy ninguna puta, Iván.

—Nadie ha dicho tal cosa.

—Pues, si no te importa, deja de mirarme como si lo fuera. Porque para los demás tengo la coraza perfecta, pero para protegerme de las miradas de la gente que me importa no hay nada.

Él vuelve a quedarse callado y Lidia comprende que no tiene sentido alargar la conversación.

—Ha sido un placer, Iván. Ya nos veremos por ahí.

Da media vuelta y se marcha, mucho más afectada por lo que ha pasado de lo que pretende demostrar. Iván también se queda hecho polvo mirando cómo la oportunidad de rehacer su vida después de Indira se aleja para siempre.

69

Verónica se incorpora a la carretera de Manacor conduciendo un coche de alquiler. Jotadé, en el asiento del copiloto, sigue emocionado por su experiencia en el avión.

—Qué pasada el aterrizaje. Yo creía que nos comíamos la pista y ha entrado más suave que un supositorio.

—¿Tienes que poner siempre esa clase de ejemplos? —pregunta ella asqueada.

—Y yo que pensaba que todos los pilotos eran unos estirados.

—Gracias de parte de Laia...

—Si hasta me han invitado a jugar con ellos al golf —continúa, pasando de su compañera—, que por lo visto son un mazo de colegas que después de cada partido se van de marcha.

—¿Qué sabes tú de jugar al golf, Jotadé?

—Muy difícil no puede ser.

—Ya te digo yo que sí. Pero ahora vamos a centrarnos, ¿te parece? Comprueba la dirección de Rocío Oriol, a ver si vamos bien por aquí.

—Vamos divinamente, tranquila —responde tras mirar el navegador de su móvil—. Tenemos que seguir cuarenta kilómetros por esta carretera hasta Manacor. Allí se supone que nos están esperando los polis de aquí, ¿no?

—Confío en que sí. Garrido se ha encargado de avisarlos.

Tras repasar cada detalle del caso sin encontrar ninguna respuesta a los numerosos interrogantes que tienen abiertos, llegan a Manacor. El navegador los conduce a la calle donde vive Rocío Oriol y comprenden que algo no va bien cuando descubren aparcados en la puerta de la casa baja a varios coches de Policía y una ambulancia.

—Esto pinta regular. —Verónica se teme lo peor.

Ambos se bajan del coche y se les acerca un policía de paisano.

—Supongo que sois Cortés y Arganza... —Les estrecha la mano cuando ellos se lo confirman—. Yo soy el inspector Robleda. Os estábamos esperando.

—¿Qué ha pasado? —pregunta Jotadé.

—Será mejor que lo veáis vosotros mismos.

El inspector los conduce hacia el interior de la vivienda, tomada por la Policía Científica y por los paramédicos, que no pueden hacer nada por la propietaria de la vivienda, cuyo cadáver continúa sentado en la butaca del salón.

—¿Es Rocío Oriol? —pregunta Jotadé al verla.

—Eso parece.

—¿Cómo ha muerto?

—Las marcas en el cuello indican que fue estrangulada.

Jotadé y Verónica se miran. No necesitan decirlo en voz alta para evidenciar su preocupación por que el asesino se esté anticipando a todos sus pasos. Sin decir nada a los demás, Jotadé se dirige hacia el interior de la casa. Robleda pide explicaciones a Verónica con un gesto, aunque esta solo atina a encogerse de hombros. Cortés recorre la diminuta habitación con la mirada, pero en las pocas fotos que adornan el aparador no parece haber ninguna del asesino.

—Subinspector Cortés —dice Robleda desde la puerta—. Salgamos fuera para que mis compañeros hagan su trabajo.

Jotadé cede y los tres salen al huerto.

—¿Podrían decirme para qué venían a hablar con la señora Oriol? El compañero que nos ha llamado desde Madrid no nos ha dicho más que formaba parte de una investigación abierta.

—Y así es —confirma Verónica, discreta.

—Verá, oficial Arganza, por aquí no solemos enfrentarnos a este tipo de casos, así que, si tengo un asesino al que buscar, les agradecería que me dieran toda la información posible.

—El asesino que tienen aquí es el mismo que llevamos buscando nosotros desde hace semanas —informa Jotadé—.

La señora Oriol es, al menos que nosotros sepamos, su séptima víctima, incluyendo cinco chicas secuestradas previamente y una inspectora de Tenerife. Supongo que lo habrá visto en la tele.

—¿No me digan que se trata de...?

—Eso creemos, sí —responde Verónica.

—¿Por qué querían hablar con Rocío Oriol?

—Su nombre saltó al encontrar una coincidencia con el ADN del asesino. Creemos que era su madre.

—Vaya... —Se sorprende, impresionado—. En su ficha no consta que esta mujer tuviera ningún hijo.

—Ya lo hemos visto, y lo único que se nos ocurre es que lo abandonase al nacer. Es lo mismo que hizo el asesino con el hijo que tuvo con su última secuestrada. Sabemos que no ha sido el único y sospechamos que puede ser una costumbre de lo más cabrona.

—Recapitulando —dice Verónica—, se trata de un hombre a quien con toda probabilidad esta mujer abandonó aquí en Mallorca hace unos cuarenta y cinco años. ¿Sabe si hay algún registro sobre ese tipo de cosas?

—Hace medio siglo no estaba informatizado y será difícil encontrar algo, pero no imposible. Si lo abandonó, seguramente llevaron al crío a... —Se calla de pronto—. Dios mío...

—¿Qué pasa, inspector?

—Que yo sepa, los dos mayores orfanatos que operaban en Mallorca en aquella época eran Llars El Temple y la Fundación Nazaret, ambos en Palma. Pero al hijo de Rocío Oriol lo llevaron a este último.

—¿Por qué está tan seguro?

—Porque esta mañana a primera hora alguien ha provocado un incendio que ha destruido todos los archivos que se conservaban de los años ochenta. Blanco y en botella.

Los dos policías vuelven a mirarse, contrariados. A estas alturas, ambos tienen claro que el asesino maneja información de primera mano sobre sus movimientos, pero no se les ocurre quién podría ser su fuente.

70

Margarita nunca lo ha tenido fácil. Ser la hermana pequeña de dos de los gitanos más temidos en el barrio ha impedido que pudiese relacionarse con normalidad, en especial con chicos, puesto que ninguno de los que le han gustado se ha atrevido nunca a rondarla. Y los que sí eran de la misma calaña que Arsenio y Jonás. Por eso, cuando conoció a Lucas Melero, pensó que por fin había tenido el golpe de suerte que tanto esperaba, pese a que enamorarse de un payo y además policía era sumar complicaciones a su vida. Rizar el rizo, como le dijo su prima Lorena, aunque fue la que más le animó a intentarlo: que Melero sea compañero y amigo de Jotadé le hacía gozar de cierta protección en el barrio. Pero, desde el mismo día en que sus hermanos le prohibieron volver a verlo y la golpearon con saña cuando les rogó que lo reconsiderasen, supo que todo se había acabado. Por eso se sobresalta cuando abre la puerta y lo ve en el umbral.

—¡¿Qué haces aquí, orate?! —se asusta—. Vete antes de que mis hermanos te vean y te saquen las tripas.

—Hola, Margarita. —Melero aprieta los dientes al verla magullada—. ¿Qué te han hecho esos desgraciados?

—Menos de lo que te harán a ti si el Arsenio o el Jonás te encuentran aquí. Márchate o te matarán.

—Nadie va a matar a nadie, tranquila. ¿Están en casa?

—No, pero ya les habrá ido alguien con el cuento de que has venido y pueden aparecerse en cualquier momento.

—En lo que llegan tenemos un rato para hablar. ¿Me dejas pasar?

—No, márchate.

—Vamos, mujer. ¿No te vas a compadecer de un tullido como yo?

Margarita se ablanda y finalmente le franquea el paso. Una vez que cierra la puerta, Lucas la coge por la cintura con determinación y la besa. Ella se deja hacer, aunque sin poder ocultar los nervios.

—Estás loco...

—Loco por ti, Margarita. No sabes cuánto te echaba de menos.

—Yo también a ti, Lucas. Pero mis hermanos...

—Olvídate de ellos —la corta—. Si todo va como espero, pronto dejarán de ser un estorbo.

—¿Cómo vas a conseguir tal cosa?

—Yo solo necesito saber qué sientes exactamente por mí.

—Te quiero más que a nadie, ya lo sabes, pero lo nuestro es imposible.

—Quizá no tanto...

Jonás y Arsenio, este último acompañado de Nayara, entran en la casa familiar. En cuanto ven a Melero, les hierve la sangre.

—¡Me cago en tus muertos! —Jonás lo arrastra hasta el salón y lo acorrala contra la pared—. ¡Espero que tengas un buen motivo para estar aquí a solas con nuestra hermana!

—Lo tengo, Jonás, tranquilo. —Melero intenta mantener la calma—. He venido a contaros algo que os interesa.

—¿De qué?

Él se resiste a hablar en presencia de Margarita y Nayara. Jonás le quita una de las muletas y lo golpea con ella en la pierna mala.

—¡¿No has oído a mi hermano, malparido?! ¡Larga o te juro que te tragas la puta muleta!

—¡Dejadle, por favor! —suplica Margarita protegiéndolo con su cuerpo.

—¡Quítate de en medio o te la llevas tú también, hermana!

—De acuerdo, tranquilos... —Melero pone paz—. Supongo que habréis oído hablar de uno al que llaman el Longaniza...

A los dos hermanos les cambia la cara.

—No tenemos ni idea de quién es ese —asegura Jonás.

269

—Ah, ¿no? Pues mis compañeros de la UDYCO no piensan lo mismo.

—Dejadnos solos —ordena Arsenio a Nayara y a Margarita.

En cuanto las dos mujeres salen del salón, Arsenio y Jonás miran a Melero, amenazantes.

—Habla.

—He desayunado con un compañero de la comisaría y me ha dicho que están detrás de vosotros por la desaparición de un camello de poca monta llamado Eusebio Díaz, aunque todo el mundo lo llama el Longaniza.

—Ya te hemos dicho que no lo conocemos.

—Pues ellos están seguros de que lo liquidasteis porque tenía algún tipo de deuda con vosotros...

Los dos Heredia se miran inquietos.

—¿Cómo cojones se han enterado de eso, hermano? —le pregunta Jonás al mayor, muy nervioso.

—Alguien ha tenido que irse de la lengua en el barrio —responde Arsenio, furioso—. Pero, por mucho que larguen esos desahogados, no tienen nada contra nosotros.

—Todavía... —matiza Melero.

Ambos se vuelven hacia él.

—El equipo de investigación está centrando sus esfuerzos en localizar el cadáver del Longaniza —explica Melero—. Y, en cuanto den con él, los de la Científica seguro que encontrarán alguna fibra o algún pelo de los asesinos.

—Me cago en la hostia puta...

—Espero que lo hayáis enterrado bien profundo, porque, si lo desenterrase algún perro o lloviese de más y saliera a la superficie, estaríais bien jodidos.

—Te dije que teníamos que habérselo dado de comer a los cerdos, joder —le espeta Jonás a Arsenio, paseando de un lado para otro—. ¡Yo no pienso volver al trullo!

—¡Cállate la boca, hermano! —le ordena Arsenio mirando a Melero—. A ver si este payo cabrón nos la está pegando.

—Ni se me ocurriría —dice Melero, demudado.

—Regístralo.

—Yo solo intento ayudaros —asegura el policía—. No llevo nada.

—Por tu bien...

Jonás le arranca la camisa sin miramientos, pero no ve ningún micrófono. Después, busca en los bolsillos del pantalón y comprueba que tampoco esconde ningún aparato ni tiene el móvil grabando.

—Quítale la venda.

—No me puedes hacer eso, Arsenio —ruega Melero—. El médico ha dicho que...

—Enséñale a mi hermano la puta pierna si no quieres que te la arranquemos de cuajo —lo corta Arsenio, sacando la pistola y apuntándole con ella.

Melero se deja hacer mientras Jonás le examina con detalle el vendaje y la rodillera articulada. Cuando termina, se dirige a su hermano, aliviado.

—Está limpio.

—Os lo dije.

—¿Por qué nos ayudas?

—Porque quiero que me dejéis casarme con vuestra hermana sin tener que escaparme con ella.

Arsenio y Jonás se miran y deciden creerle.

—¿Por dónde están buscando al Longaniza? —pregunta Arsenio mientras vuelve a guardarse la pistola.

—Por lo que yo he escuchado, están convencidos de que lo habéis enterrado por los alrededores de las chabolas que hay en la zona norte del barrio.

—Pues van a encontrar un mojón...

—Solo es cuestión de tiempo que afinen un poco más.

—¿Qué vamos a hacer? —le pregunta Jonás a su hermano.

—No tengo ni puta idea —responde Arsenio.

Melero aguarda en silencio mientras el nerviosismo entre los dos hermanos aumenta por momentos. Ninguno de los tres se da cuenta de que Nayara lo está escuchando todo desde detrás de la puerta.

71

Lucía sigue confinada en su habitación. Se ha creado un nuevo usuario en Instagram y ha vuelto a escribir a Judith Nuero, pero el resultado ha sido el mismo que la vez anterior, así que comprueba que los internos están cenando y los educadores haciendo guardia en el comedor, baja por las escaleras con sigilo y se cuela en el despacho de Marisa. Consulta la ficha de los Nuero en el ordenador y apunta un número de teléfono en un pósit. Nada más salir, cuando se dispone a regresar al piso superior, se encuentra con la directora, que frunce el ceño al verla.

—¿Qué haces aquí, Lucía?

—Quería estirar un poco las piernas.

—Lo último que necesitamos es que te cruces con Alejandro Nuero y decida poner otra queja contra ti.

—He esperado a bajar cuando los chicos están en el comedor. Pero tranquila, que ya vuelvo a mi habitación.

Lucía sube por las escaleras ante la mirada recelosa de la directora. En cuanto llega a su cuarto, echa el pestillo y saca el móvil del armario. Marca el teléfono que ha apuntado y, tras varios tonos, contesta la madre de Alejandro Nuero.

—¿Sí, dígame?

—¿Luisa?

—¿Quién llama?

—Soy Lucía, la psicóloga de Alejandro.

Al otro lado de la línea se produce un prolongado silencio.

—Luisa, ¿sigue ahí?

—No sé por qué tiene que molestarnos. Ya le dijimos todo lo que podíamos sobre Alejandro.

—Lo que yo quiero escuchar es lo que me ocultan. ¿Qué es lo que creen que no pueden contarme? —Un nuevo silencio hace que Lucía insista—: Si usted no quiere hablar, lo entiendo perfectamente, pero dígale a su hija Judith que me llame, por favor. Es importante si queremos que Alejandro siga en el centro.

—¿Lo van a soltar? —El tono con que lo pregunta deja traslucir hasta qué punto esa posibilidad le da miedo.

—Si no me ayudan, no voy a tener nada con lo que convencer a mis jefes de que debe seguir aquí encerrado.

—Alejandro... —titubea— no es bueno.

—Eso lo tengo claro, Luisa. Creo que ha provocado el suicidio de un compañero.

—Eso se le da muy bien.

—¿Qué quiere decir?

—Nada... —responde evasiva.

—Durante una sesión me habló de que había convencido a un hombre para que se tirase desde la ventana de un edificio. ¿Sabe algo de eso?

Al otro lado del teléfono se escucha una respiración agitada, como si la señora se estuviese mordiendo la lengua para no decir lo que no debe.

—Ahora no es momento de callar, Luisa. Cuénteme lo que sabe, por favor.

—Lo único que sé es que no quiero que a alguna de mis hijas o a mí nos suceda lo mismo. No puedo seguir hablando.

La mujer corta la comunicación. Lucía vuelve a llamarla, pero salta el buzón de voz. Arroja el teléfono sobre la cama y se levanta frustrada. A través de la ventana de la habitación ve que un coche llega al aparcamiento. De él se baja el mayor de los vigilantes que la ayudó a descolgar el cuerpo de Darío del árbol; al parecer, hoy le ha tocado el turno de noche. Se inclina sobre la ventanilla del coche, intercambia unas palabras con el compañero al que sustituye y entra en la garita.

72

Jotadé está sentado en el sofá de su casa, pensativo. No ha tocado ni la cerveza ni el aperitivo que hay sobre la mesa. Lola se sienta a su lado y él se esfuerza por sonreír, intentando disimular su preocupación.

—¿No tienes hambre?

—No mucha.

—Igual estás revuelto por montar en avión.

—Qué va. Si eso es la leche, Lola. Para este verano buscamos un buen hotel y nos vamos los tres una semana a Mallorca, ¿te parece?

—Ya veremos, porque en verano aquello se pondrá por las nubes. ¿Cómo es estar en una isla?

—Tampoco he visto demasiado. Ha sido llegar por la mañana y volver por la tarde. Eso sí, he estado al ladito de la Academia de Rafa Nadal.

—Haber entrado por si lo veías...

—Cuando vayamos, nos plantamos allí para que nos firme un autógrafo. Hoy no tenía cuerpo.

Lola se da cuenta de que este caso se le está haciendo muy cuesta arriba y se acurruca junto a él.

—Todavía no hay rastro de la niña, ¿no?

—No... Y cada vez dudo más de que la vayamos a encontrar viva. Ya no sé dónde más puedo buscar.

—Tú no eres de los que se rinden, Jotadé.

—Y no lo hago, palabra, pero es que cada día que pasa se nos cierran más puertas —afirma desanimado—. Es como si ese cabrón tuviese información de primera mano de todo lo que hablamos en comisaría.

—¿No puede tener un soplón?

—¿Quién? Si los únicos que estamos al tanto de los avances de la investigación somos Moreno, Vero, yo y... —De pronto, aprieta los dientes con rabia—. Me cago en su calavera...

El joven agente Fernando Garrido llega cansado a casa después de un duro día en la comisaría. Desde que empezó a trabajar bajo las órdenes del inspector Osborne quiere independizarse de sus padres, pero los alquileres en Madrid están imposibles. Y el hecho de que le hayan habilitado un apartamento independiente encima del garaje le complica aún más las cosas, ya que, aparte de salirle gratis, cuenta con todos los cuidados y atenciones de su madre.

Cuando entra en la cocina, se queda de piedra al toparse con Jotadé tomando una cerveza con sus padres.

—Mira quién ha venido a verte, Fernando. —La madre parece encantada.

—Jotadé... —dice el novato, aturdido—. ¿Qué haces aquí? ¿Qué ha pasado?

—¿Qué va a pasar, hombre? —Jotadé fuerza una sonrisa—. En el curro ponemos nuestras vidas en manos de los compañeros y lo suyo es que nos conozcamos todos una miaja. Y era imperdonable no saber nada de tu vida.

Mientras los padres de Garrido se muestran de acuerdo, el chico mira a su compañero desconfiado, sin comprender a qué viene eso. Jotadé le sostiene la mirada, lo que confirma al joven agente que algo está ocurriendo.

—El subinspector Cortés —comenta el padre— nos estaba contando algunas dificultades que se ha encontrado en la policía debido a su etnia.

—Hay mucho bocachancla por la vida —Jotadé le quita importancia—, pero por suerte he ido a dar con un buen equipo.

—Fernando lo admira mucho, subinspector —interviene la madre—. Desde que se puso a las órdenes del inspector Moreno, solo tiene buenas palabras para sus compañeros. Únicamente le pido a usted que me lo cuide.

—Mamá, por favor —dice Garrido—. No me avergüences.

—Vergüenza ninguna, chaval, que cuando conozcas a mi madre te pedirá exactamente lo mismo.

Los padres de Fernando asienten, satisfechos por la respuesta de Jotadé.

—¿Se queda a cenar con nosotros, subinspector?

—Quizá en otra ocasión. Acabo de llegar de Mallorca y solo venía a comentar con su hijo un par de detalles del caso que estamos investigando.

—Los dejamos solos entonces. Ha sido un placer.

—El gusto ha sido mío.

En cuanto los padres de Garrido se marchan, este reprocha a su compañero.

—¿A qué ha venido esto, Jotadé?

—Ya te lo he dicho; solo quería conocer a tu familia para saber en manos de quién estoy.

—No me vengas con gilipolleces, que no soy imbécil. Te exijo que me digas inmediatamente por qué te presentas sin avisar en casa de mis padres.

—¿Me exiges, pimpollo?

Garrido se mantiene firme. Jotadé mira por la ventana y ve que los padres de su compañero ya están en el jardín, así que decide dejarse de rodeos.

—¿Con quién estás hablando, Garrido?

—¿A qué te refieres?

—El hijoputa que estamos buscando se adelanta a cada movimiento que hacemos, y eso solo puede significar que alguien le está pasando información.

—¿Y crees que soy yo? —pregunta alucinado.

—Yo por Moreno y Verónica pongo la mano en el fuego.

Garrido lo mira, irritado.

—Todo el mundo dice que eres el mejor porque tienes una intuición especial, pero ahora me doy cuenta de que es una mierda, Jotadé.

—¿Con quién estás hablando, Garrido? No te lo volveré a preguntar.

—¿Me estás acusando de estar compinchado con el asesino de Carla Lombardo?

—¿Lo estás?

—Vete a tomar por culo.

Los dos policías se enfrentan, a muy pocos centímetros. Aunque teniéndolo delante la intuición a la que ha hecho referencia Garrido le dice que el chico es inocente, no encuentra una hipótesis mejor para explicar los chivatazos que está recibiendo el secuestrador y asesino.

—Si al final no tienes nada que ver, te pediré perdón de rodillas. Pero, como descubra que estás involucrado de alguna manera, te juro por mis muertos que te arranco la yugular de un mordisco.

—Lárgate de mi casa, hostias.

Jotadé le dedica una última mirada amenazante y opta por marcharse. Una vez solo, Garrido golpea la encimera de la cocina con rabia.

73

Ana María ha tenido tiempo de darle muchas vueltas a su situación, y la dolorosa conclusión a la que ha llegado es que nunca saldrá viva de ese sótano. Debajo del catre, rascados en la pared, ha encontrado escritos los nombres de varias chicas. No le suena ninguno de ellos, salvo el último: Carla Lombardo. Unos días antes de que ese hombre la atrajese a su furgoneta para meterla dentro por la fuerza, había oído hablar de ella en la tele. No le prestó demasiada atención a lo que le había pasado, pero sabe que no fue nada bueno por cómo su madre la obligó a volver a casa antes de que hubiera anochecido. Cada vez que en el telediario hablaban sobre alguna chica muerta, su vida se le complicaba, y lo de Carla debió de ser muy grave, porque las restricciones llegaron a su máximo nivel.

Busca algo con lo que documentar su paso por allí y lo único que consigue es el tirador de la cremallera de su chaqueta. Lo arranca, se mete debajo de la cama y escribe su nombre junto al del resto de chicas que corrieron la misma mala suerte que ella. Solo pasan unos segundos cuando escucha los cerrojos de la puerta exterior.

Tras asomarse por el ventanuco y comprobar que Ana María está tranquilamente sentada en el catre, el inspector Osborne entra en la celda con una bandeja con comida. La chica lo mira con odio, ya rendida a su destino, mientras él coloca el almuerzo sobre la mesa. Después, se vuelve hacia ella con frialdad.

—Si ya has terminado de rezar, puedes comer.

Ella no contesta.

—¿Por quién pedías el otro día? ¿Por ti, por tu familia...?

—En realidad, pedía por ti.

—¿No me digas? —se sorprende.

—Así es. —Asiente despacio con la cabeza—. Pedía a Dios que mi muerte y la de todas las demás chicas que han pasado antes por esta pocilga no quedaran impunes. He pedido que ocupes el lugar más recóndito del infierno, en el que todas las mañanas te metan un palo lleno de pinchos por el culo.

Osborne suelta una espontánea carcajada.

—Eres muy creativa, Ana María. Lástima que no puedas darme un hijo, porque estoy seguro de que sería alguien muy especial. Pero, dime..., ¿cómo sabes que por aquí han pasado más chicas?

—Me lo han dicho ellas.

—Vaya... —decide seguirle el juego—. ¿Y qué te han contado?

—Básicamente que eres un cobarde y un fracasado que necesita secuestrar niñas y encerrarlas aquí porque en la calle ninguna mujer te hace caso.

A Osborne se le congela la sonrisa. Escuchar semejante verdad de boca de esa cría le ha ofendido más de lo que esperaba.

—Ten cuidado con lo que dices, Ana María. No te gustaría conocerme enfadado.

—¿Acaso es mentira?

—Tú no tienes ni idea de quién soy yo ni de por qué hago esto.

—Explícamelo, creo que tengo derecho a saberlo.

—Aunque a ti te cause repulsa, y no te culpo por ello, sé que poseo cierto atractivo para algunas mujeres. No me resultaría demasiado complicado seducir a alguna de ellas y conseguir que me diera un hijo.

—Entonces ¿por qué no lo haces y a nosotras nos dejas en paz?

—Porque no quiero que las madres de mis hijos hayan estado zorreando con ningún otro hombre antes de conocerme a mí, Ana María. Yo busco la pureza. Y, en la sociedad en la que vivimos, solo las chicas de tu edad seguís siendo puras. Y no todas.

—Eres un puto enfermo.

—Ya van dos veces que me has faltado al respeto —dice con voz pausada—. A la próxima...

—A la próxima, ¿qué? —Ella no se amilana—. ¿Qué más crees que puedes hacerme?

—¿Quieres comprobarlo?

El tono del secuestrador hace que la chica baje la mirada. Esa sumisión consigue excitarlo y le acaricia un mechón de pelo con suavidad.

—Ahora no tengo tiempo para ti, Ana María, pero pronto volveré. Come un poco y procura descansar.

El inspector da media vuelta y se marcha. Aunque ella trata de mantenerse entera, sabe que su final está cada vez más cerca.

Aparcado a una prudencial distancia, Osborne observa desde su coche la casa de los padres de Carla Lombardo. En el exterior se han congregado algunos familiares de la chica fallecida, unos cuantos vecinos curiosos y media docena de periodistas. Varios policías, entre los que se encuentran el subinspector Cortés y la oficial Arganza, acompañan a los familiares. La situación es ciertamente extraña, pues la tristeza por el asesinato de la adolescente contrasta con la excitación del momento; no desentonaría que se pusieran a llorar ni tampoco a celebrar.

Tras unos largos minutos de espera, aparece por el extremo de la calle un coche con distintivos de la Comunidad de Madrid. Aparca en la puerta y de la parte trasera se bajan una enfermera y una trabajadora de Servicios Sociales con un bebé en brazos. Osborne sonríe al ver de nuevo a su último hijo, al que enseguida conducen hacia el interior de la vivienda. Piensa en acercarse con alguna excusa y asistir personalmente a la entrega del bebé a sus abuelos, pero, con Verónica y Jotadé allí presentes, no puede correr ese riesgo.

74

Iván tiene el ánimo mucho más tocado de lo que esperaba, y por partida doble: primero, por enterarse de que su familia no es feliz en Madrid; segundo, por la ruptura con Lidia cuando ni siquiera habían formalizado ningún tipo de relación. Se cabrea consigo mismo porque no logra quitársela de la cabeza y se intenta convencer de que aquello no era amor, sino simple desesperación por superar la muerte de Indira después de tanto tiempo penando. Pero, sea lo que sea, está afectando a su humor y, lo que es peor, a su profesionalidad.

Esta misma tarde, mientras su equipo asistía a la entrega del hijo de Carla Lombardo a sus abuelos, ha acudido al levantamiento de un cadáver en el barrio de Lavapiés. No había que ser muy perspicaz para imaginarse que se trataba de un ajuste de cuentas por drogas ni qué facción de las que allí operan era la responsable, pero, al llevar al laboratorio las pruebas recogidas en el escenario del crimen, ha cometido un error de principiante y ha roto la cadena de custodia, lo que seguramente provoque que el culpable quede absuelto, por muchos indicios que haya contra él.

—No sé qué coño te pasa, Moreno —le recrimina el comisario cuando acude a su despacho para ponerle al tanto de lo sucedido—, pero esto no es propio de ti.

—Lo sé —asume su responsabilidad—. Y si quiere suspenderme o incluso que renuncie...

—¿Qué coño voy a querer que renuncies? ¡Lo que quiero es que espabiles! Eres el mejor policía que tengo, pero desde que has vuelto... —Se interrumpe.

—Puede decirlo, jefe. Desde que he vuelto, no hago más que estorbar.

—Tampoco es eso, hombre —rebaja el tono, condescendiente—, pero sí que te veo un tanto despistado. Y es normal después de lo de Indira, te lo aseguro. Tampoco yo he superado la muerte de mi hija, y no creo que lo haga nunca, pero tenemos que aprender a vivir con ello.

—De Indira me acuerdo cada día. Lo malo es que ahora también se me han juntado problemas con los niños y otros algo más... personales.

—Entiendo. Si te tomas unos días libres, ¿crees que podrás poner las cosas en orden y volver a ser el mismo de antes?

—Ahora no es buen momento para largarme, jefe.

—Nunca lo es, Iván. Pero yo necesito que estés centrado —insiste—. Reforzaré tu equipo con un par de agentes más que colaboren con Cortés y con Arganza. En cuatro o cinco días no creo que pase nada nuevo.

—No me parece una buena idea.

—Lo es, hazme caso. Olvídate de todo esto, arregla tus asuntos y vuelve con las pilas cargadas.

Al llegar a casa, Iván intenta disimular la congoja que siente; a pesar de que el comisario lo ha revestido con buenas palabras y se ha escudado en un simple descanso, lo suyo ha sido una suspensión en toda regla. En el salón encuentra a la abuela Carmen terminando de coser una camiseta mientras Alba y James —este desnudo de cintura para arriba— aguardan impacientes.

—¡Papá! —La niña corre a recibirlo—. James se va a convertir en el primer atleta *colopañol* del mundo.

—¿Eso qué narices es, hija?

—Que me siento más español que la tortilla de patatas —se enorgullece James—, pero también soy un poco colombiano.

—Espero que no te arrepientas de haberte gastado los cuartos comprando las camisetas en el chino para después romperlas así, hijo —interviene Carmen—. Esto ya está.

Le entrega la camiseta remendada y James se la pone. Carmen ha cosido las dos camisetas de las selecciones de España y Colombia de tal manera que ha formado una sola y en la espalda se puede leer «Colopaña». Iván se ríe, algo que ni mucho menos esperaba hacer hoy.

—¿A quién se le ha ocurrido esto?

—A medias entre los dos —responde Alba—. Es que ahora que sabe que no lo vamos a dejar tirado en Colombia, dice que quiere que nos vayamos allí de viaje.

—¿Eso es cierto, James?

—Sí, porque la abuela Carmen dice que hay que estar orgulloso de..., de... —No se acuerda y pide ayuda con la mirada a la madre de Indira.

—De nuestras raíces, hijo. Tú ahora perteneces con todas las de la ley a esta familia, pero siempre debes recordar de dónde vienes.

—Eso. Y, si Colombia pilla muy lejos y los billetes de avión son muy caros —dice el chico—, a lo mejor podríamos ir a algún restaurante de colombianos en Madrid.

—Me parece una idea estupenda, James —apoya Iván—. En cuanto al viaje a Colombia, ya lo organizaremos cuando la economía esté más boyante. Pero, de momento, si os apetece, podemos ir unos días a Villafranca de los Barros.

—¿Cuándo? —Carmen contiene el aliento.

—¿Qué tal mañana mismo?

Carmen y los niños lo celebran como si les hubiese tocado la lotería. Iván sonríe al verlos saltar y abrazarse felices. De pronto, Alba tiene una idea y mira a su padre.

—¿Por qué no invitamos también a Lidia?

—Qué buena idea, Alba —respalda la idea Carmen—. Llámala, hijo. Allí tenemos habitaciones de sobra y, por lo poco que la conozco, el pueblo le va a encantar.

—Quizá en otra ocasión —disimula su incomodidad.

—No te cortes, Iván —lo anima James—. Lo mismo ella también encuentra allí sus raíces.

—No insistáis más, por favor —responde Iván ligeramente cortante—. Entre Lidia y yo ya no hay nada, así que tendremos que apañarnos sin ella.

Los tres se quedan planchados.

—Me duele un poco la cabeza y quiero meterme en la cama. ¿Te encargas tú de hacerles las maletas para cuatro o cinco días, Carmen?

—Claro... Tú descansa.

Iván se lo agradece y, tras dar las buenas noches, sube por las escaleras.

—Se han mosqueado —sentencia James.

Alba y la abuela Carmen asienten, disgustadas. A ambas les había caído especialmente bien esa chica.

75

El vigilante de seguridad se entretiene viendo fotos de sus nietos en el móvil. Su hija y su yerno son de los muchos jóvenes que han tenido que buscarse la vida en el extranjero y no los ve tanto como le gustaría. Y los echa de menos. Nunca ha confiado demasiado en su suerte, pero ahora se deja buena parte del sueldo jugando al Euromillones y a la Primitiva con la esperanza de coger un pellizco con el que poder traerlos de vuelta. Desde que enviudó, se siente muy solo, tanto que, si se lo insinuasen mínimamente, se iba tras ellos. Vigilantes honrados y con experiencia se necesitan en todas partes.

—Buenas noches...

El hombre se vuelve hacia la puerta de la garita y ve allí a Lucía, que lo mira con inocencia.

—Buenas noches, señorita. ¿Va todo bien?

—Perdón por las horas, es que estoy escuchando unos ruidos muy extraños en el tejadillo que hay junto a la ventana de mi habitación. No sé si es un gato, una rata o el aire, pero no consigo pegar ojo. ¿Podría echar un vistazo?

—Claro, mujer. Seguramente no sea nada.

—Si no le importa, yo le espero aquí, que como vea una rata me da un infarto.

Él sonríe con aire paternal y se levanta.

—Enseguida vuelvo.

En cuanto sale por la puerta, Lucía busca apresurada las llaves del coche, primero en el cajón del escritorio y después en el abrigo que cuelga del perchero. Da con ellas y se vuelve, pero se encuentra al vigilante mirándola con cara de malas pulgas desde la entrada de la garita.

—¿Se puede saber qué está haciendo?

Lucía sabe que le va a resultar imposible salir airosa con alguna excusa y decide sincerarse.

—Le estaba cogiendo prestadas las llaves del coche.

—Eso ya lo veo —dice recuperándolas—. ¿Para qué?

—Porque necesito ir a un lugar sin que nadie lo sepa. Es muy importante. Le prometo que estaré de vuelta antes de que termine su turno.

—Si quiere que se las devuelva, deberá ser un poco más explícita.

—Supongo que, como yo, usted tampoco se ha podido quitar de la cabeza la imagen de ese chico colgando de un árbol.

—Así es...

—En pocos días van a soltar a Alejandro Nuero, y estoy segura de que es el responsable del suicidio de Darío. Su hermana puede darme la clave para evitarlo, pero para convencerla necesito hablar con ella en persona. Si no lo hago esta misma noche, es probable que perdamos la oportunidad y ese canalla siga dejando víctimas inocentes por el camino.

—Ese tal Nuero nunca me ha dado buena espina, la verdad.

—Si usted se fía tanto de su intuición como yo de la mía, debemos impedir que salga de aquí.

El vigilante duda mirándola, pero al fin termina tendiéndole las llaves.

—A todos los efectos, el coche me lo han robado.

—No le comprometeré, le doy mi palabra.

Lucía coge las llaves, le da un beso en la mejilla como agradecimiento y sale.

Fabrik es la mayor macrodiscoteca de la capital. Situada en un polígono industrial de Humanes, tiene en sus diferentes salas los últimos avances en sistemas de iluminación, potentes cañones de humo, hologramas donde antes había gogós e impresionantes equipos de sonido que hacen que las cuatro mil personas que abarrotan la *Main Room* pasen las horas disfrutando de la música electrónica a un volumen atronador. Para contrariedad de Lucía, ha elegido para ir una noche en la que actúa un DJ recién llegado de Ibiza y la entrada le ha costado sesenta euros no negociables.

Ella nunca ha sido mucho de discotecas, ni siquiera cuando era joven, por lo que los decibelios de ese lugar le provocan un inmediato dolor de cabeza. Se abre hueco en una de las barras, donde las camareras parecen más pendientes de lo que se cuece en los alrededores de la cabina del DJ que de atender a los clientes. Lucía llama la atención de una de ellas, que se acerca perdonándole la vida.

—Dime...

—Una botella de agua, por favor. —Le entrega el tíquet que le han dado con la entrada—. Estoy buscando a Judith Nuero, ¿sabes dónde está?

—Ahí la tienes...

Lucía mira hacia donde le señala la camarera con la barbilla y ve a la hermana de Alejandro Nuero en una barra contigua. Judith es aún más atractiva de lo que muestran las fotos de su Instagram, lo que la convierte en el centro de atención de varios chicos y chicas y hace que se complique su acercamiento a ella. Aguarda mientras se bebe su botella de agua de a diez euros el trago hasta que la ve salir de detrás de la barra y dirigirse hacia un portero de un tamaño descomunal que abre la puerta que tapaba con su cuerpo. La deja atravesarla y cierra de inmediato. Lucía espera un par de minutos y se encamina decidida hacia él, pero el gorila la frena en seco.

—¿Dónde vas?

—Empiezo a trabajar hoy en una de las barras exteriores y me han dicho que puedo venir aquí para cambiarme.

—¿Y tu ropa?

—La tengo en la mochila de Judith. Debe de estar dentro esperándome.

El portero se pregunta por qué contratan camareras tan mayores, pero eso no es asunto suyo y le franquea el paso. Lucía le dedica una sonrisa y se adentra en un pasillo con vestuarios a ambos lados y una sala de maquillaje en la que varias camareras y animadoras se retocan delante de un espejo. Una de ellas la mira a través del reflejo y se da la vuelta.

—¿Buscas a alguien?

—¿Sabéis dónde está Judith?

—Yo la acabo de ver en el camerino del fondo.

—Gracias...

Lucía se dirige hasta el último camerino, cuya puerta está entreabierta. Entra y encuentra a la hermana de Alejandro Nuero saliendo de la ducha. Al verla, la chica se tapa con pudor el pecho, seguramente debido a las cicatrices que le han quedado tras un aumento desmesurado.

—¿Puedo ayudarte en algo?

—Hola, Judith. Soy Lucía. Te he escrito varios mensajes por Instagram.

La chica tarda un par de segundos en identificarla. Cuando lo hace, se le endurece el semblante.

—¿Que te haya bloqueado no es suficiente para que entiendas que no quiero hablar contigo? —le dice a la defensiva.

—Solo necesito que me respondas a unas preguntas y me iré.

—¡Que no quiero responderte a ninguna puta pregunta sobre ese tío, joder!

—Me sorprende que te refieras a tu hermano como «ese tío».

—Tú no te enteras de nada.

—Me enteraría si colaborases un poquito, Judith. Solo serán un par de minutos y te juro que te dejaré en paz.

La chica resopla, harta.

—Eres muy pesada, ¿lo sabías?

—Sí —reconoce—, pero es que necesito descubrir el modo de que a Alejandro no pueda haceros daño a tu madre, a tu hermana o a ti. Porque si no me ayudas, Judith, pronto lo van a soltar.

—¿Cómo coño quieres que haga eso?

—Contándome por qué le tenéis tanto miedo, por ejemplo.

—Porque mató a mi padre, ¿te parece suficiente?

Lucía se sorprende con la información, pero no puede preguntar nada más porque llega el portero que custodiaba la entrada a los vestuarios.

—Mi jefe me ha dicho que no han contratado a nadie para las barras de fuera —dice acorralando a Lucía.

—Solo he venido a hablar con Judith. Enseguida me voy.

—Me está acosando, Bruno —dice la chica.

El portero va a agarrarla del cogote para obligarla a salir, pero Lucía se libra de él y, con solo un par de movimientos, lo inmoviliza por el brazo. Mientras el matón hinca la rodilla en el suelo e implora por la integridad de sus articulaciones, Lucía mira a Judith, que se ha quedado impresionada.

—Tú no eres psicóloga, ¿verdad?

—No solo soy psicóloga. Necesito que me hables de la muerte de tu padre, Judith.

—Si te digo algo, él lo sabrá.

La chica se marcha corriendo y se encierra en un vestuario contiguo. Lucía entiende que no puede seguir presionándola, suelta al portero y se marcha.

76

Jotadé mira alucinado a Verónica en la sala de reuniones.

—¿Se ha pirado de vacaciones justo ahora?

—No son vacaciones, Jotadé —responde ella comprensiva—. Solo se ha tomado unos días libres por sugerencia del comisario.

—O sea, que la ha cagado con algo.

—No tengo ni idea. Pero yo creo que lo está pasando mal por algún motivo. Lo que tenemos que hacer es dejarlo tranquilo hasta que vuelva.

—Pues nos vamos a quedar en cuadro.

—Iván me ha dicho que el comisario va a reforzar el equipo con un par de agentes, pero eso no será hasta el lunes mínimo. Lo malo es que Garrido y tú hoy estaréis solos.

—¿Tú dónde vas?

—A la comunión del ahijado de Laia. Y, por cierto, me tengo que ir corriendo o llegaré tarde.

—Pásalo bien, anda. Y no la morrees delante de sus abuelos.

Verónica niega y, tras despedirse de su compañero, se marcha. Cuando se queda solo, Jotadé observa con detenimiento el corcho donde están colocadas todas las pruebas del caso. Su mirada pasa por las fotos de las víctimas —entre las que ya están la de la inspectora Otero y la de Rocío Oriol—, por los dos trozos de papel encontrados en el estómago de Carla Lombardo, por el retrato robot del sospechoso..., y se detiene en la fotografía de la promoción de Victoria Otero, en la que la mayoría de sus compañeros están tachados. Arranca la foto del corcho y sale con ella.

Jotadé siente un pellizco de nostalgia cuando llega al acceso principal de la Escuela Nacional de Policía de Ávila, donde se formó hace ya tanto tiempo. Por aquel entonces, no existían en su vida ni Lola ni Joel, y a su hermano Rafa aún no se lo había llevado una sobredosis de heroína. Lo que sigue igual es el impacto que produce en los demás que alguien como él eligiese ser poli. Durante la primera semana allí internado, todos y cada uno de los formadores le preguntaron en privado si estaba seguro de que ese era el camino que quería tomar, y él siempre daba la misma respuesta incendiaria:

—Podía elegir entre disparar con una pipa lijada o con una legal, y que encima el Gobierno me pagase las balas. No hay color.

Ninguno se atrevía a decir nada más por temor a ser tratados de racistas, pero todos ellos lo mantuvieron vigilado durante su estancia allí y descubrieron con sorpresa que tenía más madera de policía que la mayoría de sus compañeros. Con estos, los roces también estaban a la orden del día, pero pronto lograron ver en él a alguien tan leal con los que lo respetaban como implacable con los que le faltaban de alguna manera.

Bajo el lema «Todos damos algo, algunos dieron todo», Jotadé lee los nombres de compañeros caídos en acto de servicio y recuerda que en su promoción muchos evitaban mirar directamente aquella placa conmemorativa alegando que atraía la mala suerte. Él no lo rehuía; de hecho, los memorizaba pensando en que, si algún día su nombre estaba allí escrito, le gustaría que alguien lo leyese con la misma atención.

—Juan de Dios Cortés... —dice una voz avejentada a su espalda—. No me puedo creer que sigas de una pieza.

Jotadé se vuelve y sonríe.

—Inspector jefe Cabañas... ¿Usted no se va a jubilar nunca?

Durante su formación, el inspector jefe ya era viejo, y, aunque los años han pasado por él como por todos, sigue conservando un porte distinguido.

—La jubilación no entra en mis planes, muchacho. De aquí paso directamente ahí —dice señalando la placa conmemorativa.

Jotadé se acerca y le estrecha la mano con cariño.

—¿Cómo le va, señor?

—Mejor que cuando tú me volvías loco, Cortés. No te lo tomes a mal, pero te fuiste y respiré.

—Usted siempre tan sincero.

—Eso que no falte. ¿Y tú qué? ¿Ya has limpiado las calles de..., cómo los llamabas..., mierdasecas?

—En ello estamos, señor.

—Ya leí acerca de la chaladura esa que hiciste con la banda mafiosa. Los aspirantes aquí te tienen por una leyenda. Pero, dime, ¿en qué andas metido?

—No sé si ha escuchado hablar de un asesino y secuestrador de chicas jóvenes que está actuando en Madrid.

—Algo he oído, sí. ¿Lo estás persiguiendo tú?

—Formo parte del equipo que va tras él, sí. Por eso precisamente he venido a verle. El caso es que una de sus últimas víctimas ha sido una compañera que también seguía su pista. La inspectora Victoria Otero, ¿le suena?

—Claro que sí. Sentí mucho su muerte cuando lo supe el otro día. La mujer llevaba años buscando a su hermana pequeña, si no recuerdo mal.

—Exacto. Y creemos que el hombre al que perseguimos también fue quien la secuestró. Entre sus pertenencias estaba esta fotografía.

Jotadé le enseña la foto de la promoción de la inspectora Otero. El inspector jefe Cabañas se pone las gafas y la observa con detenimiento.

—Sí... Me acuerdo de esta promoción, aunque vagamente. Había buenos policías y otros no tan buenos, como en todas. Otero era de los mejores, eso lo recuerdo bien.

—Estamos seguros de que ella conocía personalmente al secuestrador de su hermana, y quizá alguno de sus compañeros pudiera saber algo.

—¿Por qué están casi todos tachados?

—Parece ser que esos son a los que interrogó en su momento. De los dos que faltan, uno se marchó a Bruselas y el otro falleció, ambos antes del secuestro.

—¿Qué necesitas saber exactamente, Cortés?

—Dígamelo usted, inspector jefe. ¿Tiene algo que contarme sobre alguno de esos aspirantes? Lo que sea que se le pase por la cabeza.

Jotadé aguarda con paciencia mientras el viejo policía los mira uno a uno. Tras más de cinco minutos, se quita las gafas y niega avergonzado.

—Lo siento, hijo. Pero yo ya no tengo cabeza para este tipo de cosas. De la mayoría no me acuerdo, y de los que sí solo puedo decirte detalles sin importancia. Recuerdo a Fonseca, por ejemplo, que día sí y día también se le pegaban las sábanas; o a Limeño, que tuvo una apendicitis y no dijo nada y por poco se nos queda en el sitio; o a Magdaleno, que le sentó mal el desayuno y se nos cagó en plena formación con el príncipe de Asturias presente.

—Yo nunca la lie tan gorda...

—No me tires de la lengua, muchacho, que lo tuyo lo tengo más reciente.

Jotadé esboza una sonrisa y recupera la fotografía.

—En fin, pues tendré que hablar con ellos de uno en uno. Hasta ahora solo lo he hecho con el Bertín, que fue mi inspector el año pasado.

—No recuerdo a ningún Bertín... —responde intentando hacer memoria.

—No, es que no se llama así. Es el inspector Pedro Osborne. Este de aquí.

Jotadé le señala a Osborne en la fotografía. El inspector jefe Cabañas vuelve a ponerse las gafas y, en cuanto se fija, lo recuerda y le cambia la cara.

—Osborne...

—Es buen tío. Un poco flojo pero majo.

—Eso mismo creíamos todos, que era un pusilánime..., hasta la noche que se emborrachó.

—No me imagino al Bertín borracho.

—Ni tú ni nadie. Pero se cogió una cogorza de agárrate y no te menees y se le cruzaron los cables.

—¿Qué hizo?

—Les dio una paliza a tres compañeros que solían burlarse de él.

—¿Osborne? —pregunta alucinado—. Seguro que lo confunde con otro.

—No, no me equivoco. A uno de ellos casi le deja tuerto. Según dijeron, ejerció una violencia extrema, algo muy salvaje.

—¿Y no lo expulsaron?

—Nos lo planteamos seriamente, pero esos tres piezas se merecían un correctivo y Osborne no había tenido ningún otro percance. Ni siquiera se le retiró nunca la tarjeta hasta ese momento, así que decidimos hacer la vista gorda.

Jotadé vuelve a mirar en la fotografía a Pedro Osborne, extrañado por lo que acaba de saber de su anterior jefe.

77

Durante las cuatro horas de viaje desde Madrid hasta Villafranca de los Barros, mientras Iván se martiriza por lo estúpido que ha sido dejando que su historia con Lidia interfiriese así en su trabajo, la abuela Carmen, Alba y James no paran de cantar, de jugar a las adivinanzas o al veoveo y de hablar de diferentes temas, pero los últimos cinco kilómetros hasta llegar al pueblo los hacen en completo silencio, observando cada detalle del lugar donde más felices han sido. Hasta Gremlin se ha incorporado y lloriquea mirando atentamente por la ventana.

—Esta carretera sigue siendo una plantación de baches... —protesta Iván.

—Ponte de alcalde y la arreglas, papá —dice Alba con cara de inocente.

—Creía que te gustaba más que fuese policía...

—Como nunca has sido alcalde, no puedo comparar.

—Ya veo... —Mira a James por el retrovisor—. ¿Tú qué opinas, James?

—A mí me mola más que seas poli.

Alba le da un codazo y James enseguida corrige.

—Aunque lo guay sería que fueses mitad alcalde, mitad policía.

Iván les perdona la vida con la mirada a los niños y se vuelve hacia la abuela Carmen, a la que se le han empañado los ojos.

—¿Te encuentras bien, Carmen?

—Sí, hijo. No me hagas caso. Es que volver otra vez todos juntos a mi pueblo me ha emocionado un poquito. Pero ya estoy bien.

En cuanto entran en la calle de la casa de Carmen, el perro empieza a ladrar y a mover el rabo con excitación.

—Por lo que se ve, Gremlin también —dice Iván mientras detiene el coche frente a la vivienda—. Sacadlo ya, no se vaya a mear sobre las maletas.

En cuanto la abuela abre la puerta, el perro salta por encima de los niños y de ella y corre al exterior.

—¡Qué bruto eres, Gremlin!

Los tres salen detrás de él y celebran el haber vuelto a casa. Iván cabecea divertido al verlos, pero la mueca se le congela cuando empieza a sonar su teléfono y ve en la pantalla que se trata de Lidia. Se plantea contestar, pero en el último momento, en lugar de pulsar el botón verde, pulsa el rojo para rechazar la llamada. Apaga el móvil y lo mete en la guantera. A continuación, sale del coche y abre el maletero.

—¡Niños, cada uno a por lo suyo!

Alba y James corren a por sus maletas mientras la abuela Carmen saca la manguera y riega las macetas que decoran la fachada, cuyas plantas ya están mustias después de tanto tiempo de abandono.

78

Jotadé regresa a la comisaría aún con más dudas de las que tenía antes de ir a la Academia de Policía de Ávila. Al verle entrar en la sala de reuniones, el agente Garrido comienza a recoger sus cosas.

—¿Has visto a Osborne, Garrido?

—Es sábado por la tarde, subinspector Cortés —responde el joven agente con sequedad, aún resentido con él por lo sucedido en casa de sus padres—. Supongo que estará en su casa, donde debería estar yo.

Garrido se levanta y se larga sin decir una palabra más. Jotadé calla, comprendiendo su cabreo, y vuelve a clavar en el corcho la fotografía de la promoción de Victoria Otero. Después se fija en las imágenes de las víctimas, y, por último, en el retrato robot y en las ampliaciones de los dos papeles encontrados en el estómago de Carla Lombardo, cuyo significado aún no han podido descifrar. Coge estos tres documentos y los lleva a una pizarra que hay en un lateral. Los pega con un trozo de celo y los observa con un rotulador rojo en la mano.

—RO y LIC... —lee para sí—. ¿Qué cojones significa esto? Vamos, Jotadé, piensa un poco, joder...

Se apoya en la pizarra y pinta sin querer varios rayajos rojos sobre el retrato robot, justo debajo de la barbilla. Al mirarlo, le viene a la memoria, como un latigazo, el instante en el que, durante la entrevista televisiva a la oficial Arganza, el inspector Osborne llevaba cuello vuelto y sudaba la gota gorda.

—¿Era por eso, Bertín? ¿Estabas ocultando algún arañazo?

Cada vez más convencido, se sienta en el ordenador y consulta la ficha de Pedro Osborne. Como persona de contacto, aparece su madre. Jotadé saca el móvil y marca. Tras cuatro tonos que se le hacen eternos, una mujer bastante mayor contesta.

—¿Sí?, ¿dígame?

—Buenas tardes, le llamamos de la comisaría... ¿Es usted la madre de Pedro Osborne?

—¿Le ha pasado algo a mi hijo? —se asusta la mujer.

—No, señora. Su hijo se encuentra perfectamente. Estamos informatizando las fichas de los agentes y nos quedan unos datos por rellenar. Él ahora mismo está fuera de la comisaría y me preguntaba si podría usted ayudarme.

—Si está en mi mano... Dígame.

Jotadé vuelve a situarse delante de la pizarra, aún con el rotulador en la mano derecha mientras sujeta el teléfono con la izquierda. Toma aire, con un punto de temor por si la respuesta de la madre de Osborne le confirma lo que empieza a temer.

—¿Oiga?

—Sí, discúlpeme, señora. Lo único que necesitamos saber es el hospital en el que dio usted a luz a su hijo.

Al otro lado de la línea se produce un espeso silencio.

—Señora, ¿sigue usted ahí? Dígame solo dónde nació Pedro.

—Yo no tengo la respuesta a esa pregunta... porque mi hijo Pedro fue adoptado cuando tenía siete años.

—¿Y no sabe dónde nació? ¿Mallorca, tal vez?

—Es posible...

Jotadé deja caer la mano en la que sostenía el teléfono. Levanta el rotulador y, por fin, puede escribir las letras que faltan del mensaje que les quería transmitir Carla Lombardo cuando decidió tragarse los dos trozos de papel: «pedRO poLICía».

—Hijo de la gran puta...

La oficial Verónica Arganza disfruta de la comunión del ahijado de su novia. Tal y como le recomendó Jotadé, se ha liado la manta a la cabeza y baila con Laia como si no tuviera los ojos de los miembros más retrógrados de la familia de su chica clavados en la nuca. Laia, envalentonada por el alcohol, la va a besar, pero Verónica la detiene.

—No nos vengamos tan arriba, cariño.

—Si no les gusta, que les den.

—Me encanta esta Laia, pero, si no quieres que tu abuelo caiga fulminado por un infarto, vamos a comportarnos.

Ambas miran al abuelo, que, sentado en una de las mesas junto a algunos familiares, no quita ojo a las chicas.

—No entiendo qué ven tan raro... —dice Laia.

—Son de otra generación —los justifica Verónica.

—Pues yo hoy no pienso dejarte escapar. Vamos a tener que escondernos en el baño para echar un polvo.

—Muy lanzada te veo a ti... —la frena—. Voy a por un vaso de agua. Enseguida vuelvo. Pórtate bien.

Laia va a bailar con sus primos y Verónica se acerca a su mesa a beber agua. Coge su bolso y saca el móvil. Se sorprende al ver que le entran los avisos de varias llamadas perdidas de Jotadé. Se dispone a llamarlo, pero no tiene señal.

—Mierda...

Sale al exterior en busca de alguna raya de cobertura y parece que al fin la encuentra y marca. Los tonos son débiles y entrecortados.

—¡Vero! ¡¿D-de te m-tes?! —A Jotadé se le escucha con mucho ruido e interferencias.

—¡No te oigo nada, Jotadé! ¡Estamos en medio del monte y aquí casi no hay cobertura!

—¡Le tengo! ¡Ya... n es!

—¿Quién es qué? ¡Se te entrecorta la voz! ¡¡Jotadé?!

Pero la llamada se ha cortado definitivamente. Aunque no ha entendido nada de lo que le ha dicho su compañero, por su tono sabe que es importante.

Jotadé cuelga contrariado y enseguida marca el teléfono de Iván, pero salta el contestador automático y maldice su mala suerte.

79

Alejandro Nuero se lava los dientes mientras se mira fijamente en el espejo. Le gusta lo que ve. Los hay más guapos, más altos y más fuertes, pero ninguno tiene su carisma. Cuando él habla, los demás callan. Sabe que a algunos, como a esa zorra de Lucía o a sus propias hermanas, les parece mal que utilice ese don para que todos hagan lo que desea, pero es pura envidia; si ellas lo tuvieran, lo utilizarían de igual manera.

La primera vez que supo que era especial tan solo tenía nueve años. Su madre le había castigado quitándole la consola y, en lugar de desearle la muerte a la cara, en un arrebato del que la mayoría de los niños enseguida se arrepienten, él le dijo que, si no le dejaba tranquilo y le devolvía lo que era suyo, se encargaría personalmente de provocar su desaparición. La forma en que la miró a los ojos y el tono que utilizó debieron de ser bastante convincentes, porque la mujer le devolvió la consola y se marchó sin más de la habitación.

La puerta del baño se abre y Alejandro se sorprende al ver que quien acaba de entrar es Lucía.

—¿Vienes a pegarme o a violarme? Si puedo elegir, prefiero lo segundo —añade incisivo.

—Vengo a hablar de tu padre, Alejandro.

A Nuero le cambia la cara, pero pronto recupera la seguridad en sí mismo y, con ella, la sonrisa.

—Ya ha salido el premio gordo. No me esperaba menos de ti. Sabía que colearías un poquito antes de darte por vencida.

—Si crees que me voy a rendir, vas listo.

—Has perdido, Lucía. Asúmelo.

—En absoluto, Alejandro. Puede que cayese en tu trampa el otro día, pero ya te he desenmascarado. Todos saben el tipo de persona que eres.

—¿Y qué tipo de persona soy?

—Un simple psicópata narcisista al que se le da bien manipular a la gente. No te creas único, porque los hay mucho mejores que tú.

—Seguro que sí, aunque aún me queda mucho por aprender. Soy joven.

Lucía se esfuerza por contenerse, pero le cuesta no reducirlo contra el suelo igual que hizo con el gorila de Fabrik ahora que tiene la oportunidad y nadie la va a detener. Él parece leerle el pensamiento.

—Vamos, Lucía. Te mueres de ganas de darme una hostia, así que no te cortes. Podré soportarlo. Eso sí, no te extrañe que después te quiten tu licencia de comecocos.

—Tranquilo, no te voy a pegar. Y no es porque me quiten la licencia, sino porque no merece la pena ponerse a la altura de un desgraciado como tú.

—Gracias por perdonarme la vida... —dice sarcástico—. ¿Qué decías sobre mi padre?

—¿Qué pasó con él?

—Esa es una pregunta demasiado amplia. ¿Te refieres a algún momento en concreto?

—Sabes perfectamente a cuál me refiero. Hay quien piensa que tú eres el responsable de su muerte.

—Supongo que sabes cómo murió...

—Confieso que he intentado enterarme, pero, por algún motivo, no aparece en ningún informe.

Él la mira confundido y estalla en carcajadas.

—No sé de qué te ríes, Alejandro.

—De que esta historia te va a encantar. Verás, Lucía... Mi padre era un vago y un fracasado que se pasaba las horas metido en la cama. Una psicóloga como tú diría que estaba deprimido, pero en realidad era un mierda, siempre lo fue. Mi madre, ahí donde la ves, tenía muchos más huevos que él. Lo mejor que podía hacer por todos nosotros era desaparecer, y yo se lo facilité.

—Matándolo, ¿no?

—Yo no lo maté, se mató él solito. Otra cosa es que yo le diese el último empujón.

—¿Cómo?

Alejandro levanta la mano por encima de la cabeza y dibuja un arco descendente mientras emite un silbido, simulando que alguien salta al vacío desde una gran altura. Al llegar al supuesto suelo, imita el ruido de algo espachurrándose. Lucía tarda unos instantes en comprender; cuando lo hace, lo mira horrorizada.

—¿Era él? ¿El suicida del que me hablaste era él?

—¡Claro que era él! —responde orgulloso—. Me costó solo unos días convencerlo de que debía quitarse de en medio por el bien de su familia. Lo que yo no podía imaginarme es que iba a ser testigo de su salto al vacío desde un quinto piso. ¿A que es una historia cojonuda? Espero poder contársela a mis nietos algún día.

Lucía no sabe qué decir, sobrecogida ante tanta maldad.

—Mi padre y Darío son mis mayores logros. Aunque, ¿quién sabe?, lo mismo mi próximo objetivo es alguien como tú...

Entran varios chicos al baño para lavarse los dientes y se quedan cortados al ver allí a Lucía, que sigue en shock, incapaz de reaccionar.

—Ya nos veremos, ¿vale?

Alejandro Nuero se despide de ella apretándole el hombro y se marcha esbozando una gran sonrisa. Lucía tarda en reaccionar. Cuando consigue hacerlo, sale del baño ante el desconcierto de los chavales, sintiendo que de veras ese chico la ha vencido.

80

Iván juega con Alba, con James y con Gremlin en el jardín trasero de la casa ante la divertida mirada de la abuela Carmen, que se ha hecho con unas tijeras de podar y una regadera y sigue intentando revivir sus plantas. Se respira felicidad en el ambiente.

—¿Podemos ir a cenar a la plaza, papá? —pregunta Alba.

—Déjame adivinar lo que te vas a pedir de postre, hija...

—¡Perrunillas! —responden a la vez la niña y James.

Todos se parten de la risa. James y Alba persiguen a Gremlin por el jardín mientras Iván se va a sentar con Carmen.

—Se les ve felices...

La abuela se limita a asentir con una sonrisa dibujada en la cara.

—Y a ti también, Carmen.

—Pues estoy cabreada como una mona, que con el frío que está haciendo se me han muerto casi todas las plantas. Con lo lustrosas que las tenía. Eso sí, por todo lo demás estoy encantada. Tú ten en cuenta que yo nací aquí. Este es mi lugar, donde viví con mi marido y donde tuvimos a nuestra hija. Y, aunque la vida me ha tratado regular quitándomelos antes de tiempo, me ha compensado con creces poniéndote a ti y a los niños en mi camino.

Iván sonríe con un punto de tristeza. Carmen deja los aperos de jardinería a un lado, se sienta junto a él y le aprieta la mano.

—¿Estás bien?

—Sí.

—Pues no lo parece. Hacía tiempo que no te veía tan triste.

Moreno se desinfla y la mira, dejando de disimular.

—Supongo que es hora de que te cuente qué ha pasado con Lidia, ¿no?

—Solo si tú quieres, hijo. Eso forma parte de tu intimidad, pero no te niego que me sorprende que hayáis roto con lo bien que os entendíais. Y eso no solo lo veía yo, porque los niños tampoco se la quitaban de la boca.

—Es una mujer estupenda, de eso no hay duda.

—¿Entonces?

—Descubrí algo que no me gustó, Carmen. No voy a entrar en detalles, pero básicamente no era quien decía ser.

—Entiendo. Y eso que has descubierto..., no lo puedes pasar por alto, supongo.

—Me mintió. Y eso para mí es suficiente.

—Todos mentimos de vez en cuando, Iván. Yo misma, sin ir más lejos, lo estoy haciendo ahora. Aunque, más que mentir, lo que hago es ocultarte un poquito de información.

Él la mira, sin comprender.

—Lidia me llamó el otro día para contarme lo que había pasado —confiesa.

—Entonces ya sabes por qué no puedo estar con ella.

—No, hijo. Entiendo que te llevases un chasco, pero las cosas se pueden hablar y solucionar.

—¿De verdad crees que eso tiene solución?

—Ni tú ni yo somos quiénes para juzgar lo que hayan tenido que hacer otras personas en alguna etapa de su vida, Iván. Yo no es por justificarla, pero se ha tenido que sacar las castañas del fuego ella solita y lo ha hecho lo mejor que ha sabido.

—Es prostitución, Carmen. —Baja la voz para que los niños no lo escuchen.

—Qué antiguo eres, demontres. Yo entiendo por prostitución una cosa bien distinta. Según me ha explicado a mí, y yo la creo a pies juntillas, lo que hacía era dar simples masajes.

—Con final feliz —matiza.

—No lo hacía por gusto, sino porque tenía que pagar el alquiler y no le llegaba dejándose los cuernos como camarera.

—Nos dijo que era fisioterapeuta.

—¿Y qué querías que nos dijera? ¿Te hubieras quedado tranquilo si te lo cuenta todo desde el principio? Además, solo le faltan unas poquitas asignaturas para licenciarse. Y me he enterado de que Fisioterapia es de las carreras más difíciles que existen.

—¿Y cómo sabes que eso no es otra de sus mentiras?

—Porque lo sé. Pero es que, aunque no haya pisado la universidad en su vida, a mí me daría exactamente igual, porque no me importa que sea fisioterapeuta, equilibrista o charcutera. Lo que importa es cómo es ella, y a mí esa niña me da muy buena espina. Es buena en esencia, te lo digo yo.

Iván afloja un poco ante el optimismo de Carmen, que insiste.

—Yo para las personas tengo buen ojo, muchacho. Recuerdo cuando Indira me hablaba pestes de ti y yo le decía que me gustabas para ella. Se tiró semanas enfadada conmigo por eso y fíjate si tenía razón.

A Iván le desarma la mención a Indira y mira a Carmen con inseguridad.

—Entonces ¿qué sugieres que haga?

—Ay, hijo, eso tienes que decidirlo tú... Aunque, si yo estuviera en tu lugar, me cogería ahora mismo el coche y me plantaba en Madrid para la hora de cenar.

—Es un poco precipitado, ¿no crees?

—Ve a aclarar las cosas con ella antes de que se enfríen.

Moreno duda mirando a los niños, que juegan incansables con Gremlin. Cuando va a decir algo, Carmen se adelanta.

—Yo me ocupo de ellos, tranquilo. Me los llevaré a cenar a la plaza y después veremos una peli de dibujos animados a la que ya le tengo echado el ojo.

—¿Tú esto lo tenías planeado, Carmen? —pregunta con suspicacia.

—¿Yo? ¿Por quién me tomas? —finge ofenderse.

Iván se ríe, dándola por imposible. Sigue sin tener claro si podrá superar lo que sabe de Lidia, pero lo cierto es que tienen una conversación pendiente... y dispone de cuatro horas de camino hasta Madrid para preparársela.

81

El inspector Pedro Osborne afila el cuchillo con una piedra en el garaje de su casa, de manera casi ritual, como si se estuviera preparando para una batalla, cuando en realidad se dispone a matar a una adolescente solo porque no puede darle su séptimo hijo. Con ello se verían colmadas sus aspiraciones y podría dejar de hacer lo que hace. Pero, por culpa de la esterilidad de Ana María, tendrá que buscar otra madre justo en el peor momento, cuando el equipo del inspector Moreno le pisa los talones.

De momento, Osborne está tranquilo pensando que, con la eliminación de la inspectora Victoria Otero y de su propia madre biológica, y con la destrucción de los archivos del orfanato donde vivió sus primeros años de vida, ha cortado de raíz cualquier pista que pudiera conducirlos hasta él; los arañazos del cuello ya apenas se aprecian tres semanas después, el retrato robot que le hicieron gracias a la descripción de la monja de Valladolid en realidad podría ser cualquiera, y solo él conoce el significado de los papeles que se tragó Carla Lombardo antes de morir. El único contratiempo es el ADN del hijo que tuvo con ella. Le podría complicar la vida si lo comparasen con el suyo, pero para ello tendrían que sospechar de él, y no hay motivos.

Si hubiera contestado a la llamada perdida de su madrastra, sabría que el subinspector Cortés ya está al tanto de su implicación en los crímenes, pero hablar con ella lo agota. Ni siquiera después de cuarenta años ha aprendido a quererla.

Jotadé ha aparcado el Cadillac a varias calles de distancia de la casa de Osborne y se adentra en el pinar que hay en la parte frontal y que ya atravesó hace unos días, cuando, gracias al chivatazo de Anahí, desarticularon una red de tráfico de mujeres en una vivienda al otro lado del valle.

—Qué cerca estuvimos, joder... —masculla para sí.

Comprueba su arma, le quita el seguro y llega hasta las inmediaciones de la finca. En la parte frontal del jardín, junto a la entrada del garaje, un rosal aguarda pacientemente la llegada de la primavera.

Se agacha y apoya la espalda en la pared exterior. Tras comprobar que tiene vía libre, va a saltar el muro de piedra, pero justo empieza a sonar en su teléfono el «Eye of the Tiger» a todo volumen.

—Me cago en mi mala sombra...

Lo busca apresurado en su chaqueta y contesta.

—¡Vero! —dice conteniendo la voz.

—¡Jotadé! Gracias a Dios. He venido hasta el pueblo para encontrar cobertura. ¿De qué narices me estabas hablando?

—Vente cagando leches, prima. Ya lo tengo, ¡ya sé quién es el asesino!

—¿Quién?

Cuando Jotadé va a contestar, un fortísimo golpe en la cabeza con una piedra del muro lo deja sin conocimiento. El inspector Osborne, a su espalda, lo mira con frialdad. El móvil queda tendido a su lado y se escucha la voz amortiguada de la oficial Arganza llamando asustada a su compañero. Osborne vuelve a coger la piedra del suelo y la levanta sobre la cabeza. Parece que va a rematar a Jotadé aplastándole el cráneo, pero en el último momento la desvía y destroza el teléfono.

82

Desde que Melero les dijo a Arsenio y Jonás que la policía les seguía la pista por el supuesto asesinato del Longaniza, los hermanos han aflojado la presión sobre la pareja y les han permitido verse, aunque de día y vigilados de cerca por algún miembro de la familia. Hoy la encargada es Nayara, que desde la distancia observa al policía con suspicacia mientras este charla con Margarita en un banco junto a la entrada de la casa familiar.

—No entiendo nada, Lucas —dice Margarita sin tenerlas todas consigo—. ¿Qué les has prometido para que nos dejen vernos?

—Nada.

—No me mientas, por favor —pide seria—. Mis hermanos no son de cambiar de opinión así como así, y, si entras en su juego, ya no podrás salir de ahí.

—Estamos juntos, eso es lo que importa.

—Yo no quiero estar con alguien como ellos, ¿no te enteras?

—No soy como ellos, Margarita.

—El compadreo que os traéis no me gusta un pelo, solo te digo eso. Si yo me enamoré de ti fue porque eras honrado y buena persona, pero, si eso cambia, me desenamoro igual de rápido.

—Confía en mí, mujer.

—Estoy harta de escuchar eso. O me cuentas ahora mismo lo que te estás barruntando o no vuelves a verme el pelo.

Melero se muerde la lengua. Margarita se pone de pie, molesta.

—Tengo que marcharme.

Se dirige hacia la puerta, decidida.

—Espera, mujer...

Pero ella no hace caso y se pierde en el interior de la casa. Melero se levanta con esfuerzo y renquea con sus muletas hacia su coche. Nada más subirse en él, cuando se dispone a arrancar, la puerta del copiloto se abre y entra Nayara. El policía se sobresalta.

—¿Qué quieres? ¿Te envía Arsenio?

—Si el Arsenio supiera lo que estás haciendo, ya serías hombre muerto —contesta la chica.

—¿Y qué se supone que estoy haciendo?

—Eso es lo que quiero saber, Melero. ¿A qué narices estás jugando?

—Otra igual —dice harto—. No estoy jugando a nada. Simplemente trato de hacer las cosas bien para que Arsenio y Jonás me dejen verme con tu prima.

—¿Y a santo de qué les mentaste el otro día a Eusebio el Longaniza?

A Melero le cambia la cara y la observa en silencio. Margarita le ha hablado mucho de Nayara y asegura que es de fiar, pero, como le advirtió Jotadé, un paso en falso con esta gente podría suponer la muerte.

—¿Lo conocías? —pregunta con cautela.

—Todos en el barrio lo conocíamos. Pero esa no es la cuestión.

—Entonces ¿cuál? ¿Qué es lo que quieres exactamente?

—Salvarte el culo, pero no por ti, sino por Margarita, que se merece ser feliz de una maldita vez, lejos de esos dos animales.

—¿Y cómo sé yo que no estás compinchada con Arsenio?

Nayara se levanta la camiseta y le muestra un nuevo moratón que le atraviesa el estómago de lado a lado.

—¿Te parece prueba suficiente?

Melero decide confiar en ella.

—Sé que Arsenio y Jonás mataron al Longaniza por alguna deuda de drogas. Según he podido averiguar, intentó engañarlos cortando un envío.

—¿Y eso a ti qué te importa?

—Ellos creen que la policía está a punto de dar con el cadáver, y eso supondría encontrar pruebas con las que enchironarlos durante muchos años...

—¿Y? —se impacienta ella.

Melero no contesta, pero su mirada basta para que Nayara comprenda lo que pretende.

—Estás loco. Lo sabes, ¿no?

—Puede, pero tengo que intentarlo.

Ahora la que lo observa en silencio es Nayara, que enseguida toma una decisión.

—Márchate y deja que yo me ocupe.

—Yo estoy dispuesto a arriesgarlo todo por estar con Margarita, pero ¿por qué lo harías tú?

—Porque también me merezco una oportunidad y, si sigo junto a Arsenio, terminaré en el mismo hoyo que el Longaniza.

Melero asiente.

—El otro día lo pusiste muy nervioso —continúa la chica—. No hace más que hablar con Jonás sobre el Longaniza y están esperando el momento adecuado. Desaparece y espera a que yo llame a Jotadé.

—¿Qué tiene que ver Jotadé con esto?

—Si no fueras su amigo, no tendrías nada que hacer. Lárgate y no te expongas más. Ahora ya no solo está en juego tu vida.

Nayara sale del coche tan rápido como entró y se marcha hacia la casa de los Heredia. Melero decide hacer caso a la chica, arranca y se aleja calle abajo.

83

Jotadé pocas veces había sentido un dolor de cabeza tan intenso, tanto que el mero hecho de pensar en abrir los ojos le cuesta un mundo. El único sentido que no solo le funciona a la perfección, sino que hasta parece que se le ha acentuado con el ataque de Osborne, es el olfato. Percibe un penetrante olor a moho, a sudor ajeno y a sangre. Y, por la humedad que le baja por el cuello y le empapa la espalda, teme que esta última sea propia.

—¡Oye! —Jotadé escucha muy lejana una voz femenina—. ¡Despierta, tienes que despertarte! ¡Está a punto de volver!

Un golpe con algo metálico en la enorme brecha que tiene en la cabeza le hace ver las estrellas y por fin consigue abrir los ojos.

—Auch...

Jotadé ve cómo un orinal gira en el suelo sobre su canto hasta que se detiene. Después, levanta la mirada y ve a una chica joven esposada a un catre de hierro, a varios metros de él.

—Lo siento..., pero tienes que despertarte antes de que vuelva —insiste ella.

Solo entonces, el subinspector es consciente de su situación: está esposado de pies y manos a una silla en mitad de un sótano acondicionado como celda. No le hace falta preguntarlo para saber que ese es el lugar donde pasaron años encerradas primero Claudia Otero y cuatro jóvenes más hasta Carla Lombardo y la chica que ahora lo observa tan asustada.

—Me alegra verte de una pieza, Ana María.

—¿Cómo sabes mi nombre?

—Porque soy policía y llevo semanas buscándote. Tú tranqui, porque te voy a sacar de aquí.

La joven lo mira con incredulidad. Jotadé intenta soltarse, pero las esposas están demasiado apretadas.

—Parece complicado, pero ya se me ocurrirá algo, siempre se me ocurre. No tendrás un ibuprofeno por ahí, ¿verdad?

Ella niega con la cabeza.

—Vaya por Dios... ¿Sabes dónde ha ido el Bertín?

—Se llama Pedro, y no tengo ni idea de dónde está, pero no tardará en volver. Vino hace un buen rato, me esposó a la cama y después te metió a ti ya atado a la silla. Por cierto, estás sangrando mucho.

—Solo es un rasguño.

En ese momento se escuchan los cerrojos de la puerta. Ana María se hace pequeña y se sienta en el suelo, acobardada. Por fin entra Osborne.

—¡Eres un mierda, Bertín! —escupe Jotadé con rabia—. ¡Pero te juro por mis muertos que te voy a sacar las tripas y me voy a mear sobre ellas!

Osborne se ríe.

—Vaya. Veo que te has despertado en plena forma, Jotadé. No me esperaba menos de ti.

—Siempre he sabido que eras un cobarde, pero lo que no me imaginaba es que también fueras un puto tarado.

—Te resulta muy fácil juzgarme.

—Ay, perdona, que, como tu madre te tiró a un contenedor —responde sarcástico—, tenemos que entender que te dediques a secuestrar niñas, preñarlas y después matarlas. ¡Eres un enfermo!

Osborne se acerca a él con tranquilidad, saca el cuchillo que estaba afilando y le atraviesa el muslo con él. Jotadé grita de dolor.

—Cada vez que me faltes al respeto —dice extrayendo el cuchillo y limpiando con tranquilidad la sangre en la chaqueta de Jotadé—, te haré un agujerito igual. ¿Te ha quedado claro?

Jotadé se limita a mirarlo con odio, mordiéndose la lengua.

—Así está mejor.

—¿Por qué haces esto?

—Es una buena pregunta, Jotadé. Supongo que está en mi naturaleza. La primera vez me había enamorado de una chica que...

—Una niña, cabrón —lo corta.

—Si me vuelves a interrumpir —dice amenazante, poniéndole el cuchillo en el cuello—, te juro que te rebano el pescuezo.

—¿No es lo que ibas a hacer ya? —Jotadé lo reta.

El inspector Osborne asiente antes de continuar:

—Como te decía, me enamoré de una chica que me traicionó de la peor manera posible, así que decidí hacérselo pagar trayendo aquí a su hermana.

—Claudia Otero...

—Exacto. El que se quedase embarazada, aunque entraba dentro de lo posible, fue inesperado, y su muerte un accidente cuando trataba de escapar. Lo sentí mucho, no te creas, pero ya sabes cómo son estas cosas; desde el día siguiente a que la enterrase en el jardín, empecé a echar de menos lo que Claudia me hacía sentir. Y la única manera de llenar ese vacío era continuando mi obra.

—¿Tu obra?

—Me gusta llamarlo así. Ahora quiero que me cuentes cómo me has descubierto. Y, si estás pensando en rebelarte y no contestar a mis preguntas, el agujerito se lo haré a ella. —Señala con el cuchillo a Ana María, que permanece sentada en el suelo, horrorizada por lo que ha escuchado—. ¿Y bien?

—Por el inspector jefe Cabañas.

—¿El de la Academia de Ávila? —pregunta desconcertado—. ¿Qué tiene que ver ese viejo con todo esto?

—Fui a verlo con la foto de la promoción de Victoria Otero y me habló de ti.

—¿Qué te dijo?

—Básicamente, que, detrás de tu aspecto de parguela y de menguado mental, había un grandísimo hijo de puta.

Osborne hace un gesto de resignación y de nuevo le clava el cuchillo, esta vez en el hombro. Jotadé vuelve a gritar de dolor. El inspector aguarda a que se reponga y continúa con su interrogatorio.

—Y, después de visitar al bueno de Cabañas, ¿qué hiciste?

—Volver a la comisaría para llamar a tu madre. Ella me confirmó que te había adoptado y que habías nacido en Mallorca.

—No había contado con eso, la verdad. —Chasquea la lengua—. Quizá debí matarla a ella también. Pocas veces en la vida se tiene la oportunidad de matar a dos madres a la vez.

Osborne se ríe, divertido por su ocurrencia. Jotadé se fija en su cuello. A pesar de que los arañazos se han curado casi por completo, aún se distinguen levemente.

—Ese es el recuerdo que te dejó Carla Lombardo y por eso le cortaste la mano, supongo.

—Siempre has sido un estupendo policía, Jotadé —responde Osborne con admiración—. Es una lástima que solo hayas llegado hasta aquí.

—Te cogerán. Moreno, Verónica y Garrido ya saben quién eres.

—No lo creo, amigo mío. Me consta que no pudiste hablar con la oficial Arganza. Y Moreno está muy ocupado persiguiendo a la putita de la que se ha enamorado. Ese hombre no tiene suerte con las mujeres.

—Al menos no necesita secuestrarlas...

—Cada cual tenemos nuestras propias circunstancias, Jotadé. Y, en cuanto a Garrido, te voy a contar algo que te va a encantar...

Osborne disfruta con la situación. Jotadé ha perdido mucha sangre y siente que le cuesta mantener la consciencia. La herida del hombro sangra abundantemente y está empezando a formar un charco bajo la silla.

84

Iván aparca exactamente en el mismo lugar en el que dejó el coche cuando visitó a Lidia por última vez. Se acerca titubeante al portal y va a llamar al telefonillo, pero la misma señora de la otra ocasión abre la puerta con la intención de sacar a pasear a su diminuto perro y le deja entrar. Por un instante, siente que tanta casualidad es una mala señal y está a punto de marcharse; sin embargo, desde que salió de Villafranca de los Barros ha pensado en cada palabra que quiere decirle y decide seguir adelante. Mientras sube por las escaleras, se da cuenta de que en lo que no ha pensado es en lo que le gustaría que le dijera ella. El problema es que, sea lo que sea, no eliminará lo que vio y vuelve a dudar, aunque se infunde ánimos y continúa subiendo.

Se detiene frente al apartamento de Lidia y pega la oreja a la puerta, pero en el interior no se escucha nada. Llama al timbre y no hay respuesta. Busca el móvil en su bolsillo y recuerda que sigue dentro de la guantera del coche, donde lo metió al llegar al pueblo. Ya se va a marchar cuando el vecino, un hombre demacrado de alrededor de sesenta años, se asoma la puerta con una bata y una camiseta de panadero blanca con cercos amarillentos.

—¿Busca a alguien?

—Hola. Sí, busco a la chica que vive aquí.

—Vivía.

—¿Cómo?

—Se marchó esta mañana.

—¿Adónde? —pregunta desconcertado.

—¿Quién quiere saberlo? —pregunta el vecino a su vez, desconfiado.

Iván saca su cartera y le enseña la placa.

—Soy inspector de Policía y estoy en una importante investigación. Si le ha comentado dónde ha ido, dígamelo inmediatamente.

—Decirme, no me ha dicho nada, porque esa chica es bastante siesa y se limita a responder al saludo, pero a mí me da que se ha vuelto a su pueblo.

—¿A su pueblo?

—Eso he dicho, sí. Han venido unos transportistas y se lo han llevado todo. Me ha parecido que decían algo de Asturias.

Iván asimila y, sin decir nada más, corre escaleras abajo.

—¡De nada, ¿eh?! Malditos policías... —gruñe antes de cerrar la puerta.

Iván entra en su coche y saca el móvil de la guantera, dispuesto a llamar a Lidia, pero, en cuanto lo enciende, le entra una cascada de avisos de llamadas perdidas. Marca el número que más veces le ha llamado.

—Verónica. He visto tus llamadas. ¿Qué pasa?

—Gracias a Dios que apareces, jefe. Creo que Jotadé está en peligro.

85

Lo que le ha contado Osborne provoca en Jotadé la misma sensación de desconcierto y de horror con la que murió la inspectora Victoria Otero después de ser tiroteada en la habitación de un hotel de segunda. Por una vez en su vida, el subinspector Cortés se queda sin palabras.

—¿Te ha comido la lengua el gato, amigo mío?

—Eres un hijo de perra... —escupe Jotadé con odio.

—Lo sé, pero la perra ya está muerta.

—Tengo sed.

—No me extraña. Has perdido mucha sangre. —Mira el charco bajo la silla—. Me lo estás poniendo todo perdido.

—Si me das una fregona, lo limpio yo, mierdaseca.

—Me encanta tu sentido del humor —sonríe Osborne—, aunque no creo que necesites agua, porque me temo que hasta aquí has llegado.

—Me gustaría estar hidratado. Solo te pido eso.

—¿Para qué?

—Para mearme sobre tus tripas, ya te lo he dicho.

—Eres único, Jotadé. Te has ganado un vaso de agua. ¿Cómo negártelo?

Deja el cuchillo sobre la mesa y va al pequeño lavabo a llenar un vaso. La sangre que le cae por el brazo a Jotadé como consecuencia de la herida en el hombro le ha lubricado la muñeca e intenta liberarse de las esposas, pero le siguen apretando demasiado.

Osborne regresa a su lado y le da de beber. Jotadé aprovecha hasta la última gota.

—Gracias.

—De nada, hombre. —Coge el cuchillo—. ¿Estás preparado?

317

—Antes tienes que prometerme algo, Bertín.

—Empiezas mal —responde molesto—. Me toca mucho las narices que por tu culpa toda la comisaría me llame así, ¿lo sabías?

—Vaya por Dios. No lo volveré a hacer.

—No hace falta que me lo jures. ¿Qué querías pedirme?

—Es algo muy sencillo: prométeme que permanecerás vivo.

—Que permanezca vivo, ¿cuándo? —pregunta aturdido.

—Cuando te abra en canal con ese mismo cuchillo, Bertín de los cojones. Me encantará ver el miedo en tu cara de enfermo cuando te mee encima.

Osborne aprieta los dientes con rabia y se dispone a degollar a Jotadé, pero este consigue sacar la mano de las esposas y lo golpea en la cara. El puñetazo no es tan fuerte como le gustaría a causa de su debilidad, pero basta para que el inspector trastabille y Jotadé pueda arrebatarle el cuchillo y herirle en el brazo.

—¡¡Ahhhgg!!

Cuando corre hacia la puerta, Jotadé le lanza el cuchillo, pero el inspector logra salir de la celda, cierra la puerta a tiempo y el arma rebota contra el metal. Ana María mira a Jotadé esperanzada; empieza a creer que de veras saldrá de allí gracias a él.

—¡No tardará en volver! —dice la chica—. ¡Tienes que soltarte!

—Eso intento —responde el policía mientras trata en vano de liberarse de las esposas de los tobillos.

—¡Dime cómo puedo ayudarte!

Jotadé busca a su alrededor y ve que, sobre la pequeña mesa de madera que está junto a la cama a la que está esposada Ana María, hay un cuaderno con anillas de alambre.

—Ese cuaderno. Alcánzalo y tíramelo, ¡vamos!

Ella salta por encima de la cama, alcanza el cuaderno y se lo lanza. Jotadé le quita el alambre y, tras un par de intentos, logra abrir las esposas de sus tobillos. Va renqueante hasta Ana María y también la libera. Ella lo abraza.

—¡¿Cómo vamos a salir de aquí?!

—Deja que descanse cinco minutos y lo pienso, ¿vale? —contesta muy débil.

Jotadé se tumba boca arriba en el colchón y cierra los ojos pesadamente. Ana María, resolutiva, coge el cuchillo que ha caído junto a la puerta y corta las sábanas en varios trozos para detener la hemorragia en las heridas de la pierna y del hombro.

Osborne, en el baño de su habitación, también se cura la herida que le ha hecho Jotadé en el brazo. Es un corte profundo que no para de sangrar.

—Gitano bastardo —escupe rabioso—. Te voy a prender fuego en esa celda. Eso es lo que voy a hacer. A ti y a esa pequeña zorra.

Llaman al timbre de la calle y el inspector se tensa. Mira disimuladamente por la ventana del baño y ve que en la puerta aguardan la oficial Verónica Arganza y el agente Fernando Garrido. La policía aún va vestida de fiesta.

—Maldita sea...

Osborne baja por las escaleras poniéndose un jersey sobre la venda con la que se ha tapado la herida del brazo y se guarda una pistola en los riñones antes de abrir la puerta. Finge sorprenderse al ver a los policías allí.

—Oficial Arganza, agente Garrido... ¿Qué hacéis aquí?

—Perdona que te molestemos, Osborne —responde Verónica—. Estamos buscando a Jotadé.

—¿A Jotadé? —repite simulando desconcierto.

—Así es. ¿Has tenido contacto con él en las últimas horas?

—No... Bueno..., lo vi esta mañana en la comisaría, pero después no he sabido nada más de él. ¿Por qué lo preguntáis?

—Parece ser —continúa Verónica— que había descubierto al asesino y secuestrador que estamos buscando.

—Me alegro mucho, pero... ¿qué os hace pensar que ha venido a decírmelo a mí?

La oficial Arganza y el agente Garrido se miran comprometidos. El joven agente carraspea, incómodo.

—Verá, jefe. La oficial Arganza me llamó esta tarde para decirme que había hablado con el subinspector Cortés, pero se le había cortado la comunicación antes de que pudiera decirle el nombre del sospechoso.

—¿Y eso qué tiene que ver conmigo?

—Yo decidí volver a la sala de reuniones donde lo vi por última vez, por si había alguna pista que nos dijese a dónde había ido, y...

—¿Y? —pregunta intrigado.

—Los fragmentos de papel encontrados en el estómago de Carla Lombardo, inspector —retoma Verónica, directa—. Los había colocado en una pizarra y había escrito dos palabras que encajaban perfectamente: «policía» y «Pedro».

El inspector finge que tarda en comprender a qué viene aquello y al fin abre los ojos como platos.

—¿Estáis insinuando que esa pobre chiquilla se refería a mí?

—¿No es así?

—Si no fuera una acusación tan grave —Osborne la mira con dureza—, sería hasta divertido, oficial Arganza.

—Lamentamos haberle importunado con esto, jefe —se arrepiente el novato—, seguramente el significado de esos trozos de papel sea otro, pero estamos tan perdidos y tan preocupados por el subinspector Cortés que...

—No os lo tendré en cuenta, muchachos —dice Osborne indulgente—. Ahora, si me disculpáis, estaba a punto de prepararme la cena y...

—¿Qué te ha pasado en la mano? —lo interrumpe Verónica.

Osborne se mira la mano y comprueba que la herida del brazo sigue abierta y le ha manchado de sangre. Una gota resbala por su dedo anular y cae al suelo.

—Estaba serrando unos tablones en el garaje y me he cortado.

La oficial Arganza desenfunda su pistola y le apunta con ella.

—¡Pon las manos en la cabeza!

—¿Qué narices estás haciendo, Verónica? —Garrido mira alucinado a su compañera.

—¡No te lo volveré a repetir, Osborne!

—Estás cometiendo un grave error, Arganza. —El inspector mantiene la calma.

—¡Pon las putas manos en la cabeza!

—Está bien, está bien. Tranquila.

Mientras Verónica le sigue apuntando, coloca lentamente las manos tras la nuca. Cuando la oficial se dispone a entrar en la vivienda, él le lanza una patada al pecho y ella cae de espaldas en el porche. Acto seguido, Osborne cierra la puerta.

—¡Joder! —dice Arganza mientras se incorpora.

—¿Estás bien? —pregunta Garrido, asimilando lo que acaba de pasar.

—¡Tira esa puerta abajo!

Tras un par de patadas, la puerta se abre de par en par. Dentro ya no hay rastro de Osborne.

—¡Allí! —Garrido señala la puerta del jardín, que está abierta. Sobre la cortina blanca destaca una mancha de sangre.

—Pide refuerzos y síguelo, Garrido. Yo buscaré a Jotadé. En cuanto lo tengas localizado, espera a los compañeros, ¿de acuerdo?

—De acuerdo.

—Ten mucho cuidado. Ya has visto de lo que es capaz.

Garrido asiente y corre hacia la parte trasera mientras da el aviso a través de su móvil. Verónica abre la puerta que conduce al sótano, sin dejar de apuntar con su pistola...

86

Lucía está en pie junto a la ventana de su habitación, mirando hacia el patio con sensación de fracaso. Allí aguardan dos hombres junto a un coche sin ningún distintivo. No tarda en salir Alejandro Nuero del centro con una mochila al hombro y cara de satisfacción. Lucía puede ver que en otras ventanas del edificio hay educadores e internos observando lo que sucede, y, por sus expresiones, tiene claro que, como ella, piensan que se está cometiendo un grave error al permitirle volver a casa. Sin embargo, también se percibe en ellos el alivio por poner con él tierra de por medio; mejor tenerlo lejos, aunque así no se solucione el problema.

Uno de los funcionarios coge la mochila del chico y la mete en el maletero. Cuando Alejandro va a entrar en el coche, le echa un último vistazo al edificio y descubre a Lucía en la ventana de su cuarto. Sonríe abiertamente y finge colocarse una soga al cuello y ahorcarse, sacando la lengua hacia un lado.

—Hijo de puta... —murmura Lucía, sin variar su expresión.

Alejandro le guiña un ojo y se sube en el asiento trasero. El coche se dirige a la entrada y, una vez que traspasa la puerta, desaparece por las calles de la urbanización. Cuando Lucía se da la vuelta, ve a Marisa mirándola muy seria desde la puerta.

—Le has cogido el gusto a entrar sin llamar, Marisa.

—He llamado, pero tú no contestabas.

—Estaba muy concentrada viendo cómo dejabais en libertad a Alejandro Nuero.

—El juez así lo ha decidido.

—Sabes que te vas a arrepentir de no haber hecho lo imposible por mantenerlo aquí encerrado, ¿verdad?

—Tú no tienes ni idea de lo que yo he hecho, Lucía.

—No lo suficiente, está claro. Por lo pronto, ni su madre ni sus hermanas volverán a dormir tranquilas.

—En su expediente he anotado que debe seguir en terapia.

—Entonces está todo arreglado —afirma con ironía—. Casi seguro que ya no convencerá a ningún otro chico de que se suicide o de que mate a quien lo moleste.

Marisa no ha venido con la intención de discutir con Lucía, sobre todo porque sabe que tiene razón. Pero lo que no parece comprender es que ella está atada de manos y solo cumple órdenes. Suspira y decide afrontar el asunto que la ha llevado hasta allí.

—Acaban de llamar del Ministerio.

—¿Y?

—Lo siento, pero han decidido que debes cumplir lo que te queda de condena en prisión.

La noticia supone un jarro de agua fría para ella. Lleva días concienciándose de que eso podría suceder, pero, ahora que se ha confirmado, siente que su vida no tiene sentido si debe regresar a Alcalá Meco.

—Tal vez dentro de unos meses decidan que puedas volver —añade la directora, sintiéndose culpable al verla tan hundida.

—No creo que eso suceda, Marisa.

—Yo, por mi parte, haré todo lo posible. Tú solo intenta no meterte en líos allí dentro, ¿de acuerdo?

Lucía fuerza una sonrisa.

—¿Cuándo será el traslado?

—Pasado mañana.

—Está bien. Ahora, si no te importa, me gustaría quedarme sola. Quiero empezar a recoger mis cosas.

—Si necesitas algo, solo tienes que pedírmelo.

Lucía asiente agradecida y Marisa sale de la habitación. Una vez a solas, mira desanimada la habitación que le ha servido de hogar los últimos meses. No puede decir que haya sido feliz allí, pero su paso por el Centro de Internamiento de Menores Princesa Leonor le ha servido para encontrar su vocación, algo que no podrá volver a ejercer dentro de la cárcel, no al menos con menores que aún pueden retomar las riendas de sus vidas. Eso es lo único que le duele.

87

El cuchillo de Osborne está encima de la mesa que hay junto a la cama, sobre la que Jotadé sigue tumbado, debilitado por la pérdida de sangre. Ana María le ha vendado las heridas de la pierna y del hombro, y le acerca un vaso de agua.

—Bebe un poco, te sentará bien.

Jotadé se incorpora con esfuerzo y bebe.

—Gracias. —Le dedica una sonrisa y echa un vistazo a sus vendajes—. Cuando salgas de aquí, podrás hacerte médica.

—Eso si salgo.

—Saldremos los dos, palabra. A mí una gitana vieja me echó las cartas y me dijo que palmaría en una tumbona en la playa después de hincharme a pacharanes. En esta pocilga no va a ser.

Ana María sonríe y Jotadé le guiña el ojo con complicidad. Luego, examina con la mirada cada rincón de la celda.

—Si buscas una salida, no la hay —dice ella vencida—. Llevo desde que llegué aquí mirando cada centímetro y solo se entra y se sale por esa puerta.

En ese momento, se escucha descorrerse los cerrojos. Jotadé se levanta de un salto, coge el cuchillo de la mesa y protege a Ana María con su cuerpo. En cuanto se abre la puerta, respira aliviado al ver que se trata de Verónica.

—¡Prima! En mi puñetera vida me había alegrado tanto de ver a alguien.

Verónica se acerca para abrazarlo, tan contenta como él.

—Menos mal que te encuentro, Jotadé. Ya pensaba que te había perdido. —Se separa y lo mira—. Estás herido.

—Un poquito averiado, pero estoy bien. Atiéndela a ella.

—Ana María —la reconoce con una sonrisa de alivio.

La chica se tira a sus brazos, muy emocionada. Verónica la calma.

—Tranquila, ya estás a salvo. Enseguida te sacamos de aquí y te devolvemos con tu familia.

—¿Cómo nos habéis encontrado? —pregunta Jotadé.

—Por la pizarra del despacho: «Policía» y «Pedro». ¿Cómo ha podido jugárnosla de esa manera?

—Era jodido imaginarse que el desgraciado del Bertín nos iba a salir así de rana... Por cierto, ¿dónde está?

—Ha huido por la dehesa, pero Garrido ha ido tras él.

Jotadé palidece.

—¿Garrido?

—Sí, ¿qué pasa?

—Que Garrido no es precisamente la persona más adecuada para perseguirlo. Ocúpate de la chica.

—Iré yo. Tú estás herido.

—Es mejor que vaya yo, créeme, porque se puede armar la de San *Tintín*. ¿Me dejas tu pipa?

Sin esperar su respuesta, Jotadé le quita el arma y sale todo lo deprisa que le permiten sus heridas. Verónica mira a Ana María, desconcertada.

—¿Tú sabes a qué se refería con eso?

La chica se limita a asentir, con cara de circunstancias.

Garrido sigue a Osborne a través de la dehesa que rodea la urbanización de chalés. Cuando ya cree que lo ha perdido, descubre unas hojas manchadas de sangre. Aún está fresca, lo que indica que acaba de pasar por allí.

—¡Inspector Osborne! ¡Entréguese, no tiene escapatoria!

Varias perdices alzan el vuelo a unas decenas de metros y corre hacia allí. Sorprende a Osborne intentando subir por un terraplén.

—¡Deténgase, inspector! ¡No me obligue a disparar!

Osborne no le hace caso y Garrido dispara al aire. El inspector se ve sin escapatoria y se vuelve hacia el novato, que le apunta con su pistola.

—¡Ponga las manos en la cabeza!

—Tranquilo, hijo. —Levanta las manos—. Estoy desarmado.

Garrido lo mira decepcionado, sin dejar de apuntarle.

—¿Cómo ha podido hacer algo así, inspector? Yo confiaba en usted.

—La vida no siempre discurre como nos gustaría, Fernando. La mayoría de la gente se limita a sobrevivir, a dejarse los cuernos en un trabajo que no les gusta para poder irse de vacaciones a un patético hotel junto a cualquier playa de mala muerte. Pero yo he querido dejar mi huella.

—¿Matando a chicas inocentes?

—No seas tan básico, muchacho. Tú eres más inteligente que eso. Es una pena que tuvieran que morir, pero esas chicas eran necesarias para darme lo que yo buscaba.

—Bebés que después se dedicaba a abandonar por ahí.

—Siempre dejé a mis hijos donde debían estar.

—Donde debían estar es con sus madres —dice con desprecio—. Es usted un monstruo.

—No recuerdo quién dijo que el monstruo no es tan horrible cuando se le conoce. Además, te voy a contar algo que ya va siendo hora de que sepas: todos tenemos secretos. También tu admirado Jotadé, y Arganza, e Iván Moreno, y seguramente tú mismo ocultes algo.

—Mis secretos no son como los suyos, se lo aseguro.

—¿Y los de tus padres? ¿Alguna vez te has preguntado qué te han ocultado la buena de Susana y el pobre diablo de Víctor?

Garrido lo mira confundido.

—¿Cómo sabe sus nombres?

—Yo sé mucho más de ellos de lo que te imaginas, Fernando. Sé que se casaron muy enamorados, pero también que eran unos desgraciados porque no podían tener hijos, lo que más deseaban en este mundo. Tu madre se sometió a todos los tratamientos habidos y por haber, pero ninguno dio resultado. Cuando esas cosas pasan, el amor se suele acabar y es habitual que se produzcan rupturas..., pero ahí estaba yo, para ayudarlos a mantenerse unidos.

—¿De qué habla?

—¿Nunca sospechaste que no eras hijo suyo, Fernando?

Garrido siente cómo se le eriza el vello de la nuca. Aunque no es la primera vez que piensa que no se parece a nadie de su familia, se resiste a creer que le hayan podido ocultar algo así durante tantos años.

—Miente.

—No, hijo, no miento. Cuando ya estaban desesperados, les surgió la oportunidad de adoptar a un recién nacido al que algún desaprensivo había abandonado. ¿Te imaginas quiénes eran sus padres?

Garrido lo mira sobrecogido. Osborne sonríe.

—¡Exacto! Tu madre era Claudia Otero, y tu padre... —Abre los brazos—. ¿De verdad quieres disparar a tu padre, Fernando? Debes saber que me sentí muy orgulloso cuando decidiste hacerte policía, e incluso soñé muchas veces con que trabajaríamos juntos. Otro sueño cumplido.

El joven, totalmente sobrepasado, baja el arma. De pronto, se oye la voz de Jotadé, todavía en la distancia.

—¡Garrido!

El agente vuelve en sí.

—Usted no es mi padre aunque violase a mi madre biológica, Osborne. ¡Échese al suelo o le juro que disparo!

—Como quieras.

Osborne hace amago de ir a tumbarse, pero, en un rápido movimiento, saca la pistola de la cintura y dispara dos veces sobre su hijo.

88

Cuando Jotadé llega hasta el lugar donde segundos antes sonaron los disparos, se encuentra con el peor escenario posible: Garrido está sentado en el suelo, con la espalda apoyada en un árbol, la mirada perdida y la respiración entrecortada.

—Me cago en la leche. —Se arrodilla junto a él y le coge la mano—. ¿Te ha dado, amigo?

—Me ha dado de lleno, Jotadé.

Le abre la chaqueta y comprueba que, en efecto, Osborne lo ha herido de muerte, y de los dos balazos en el pecho le sale sangre a borbotones.

—Aguanta, que enseguida llega una ambulancia —dice mientras trata de taponar los orificios de bala con las manos.

—Ya es tarde para eso —dice con esfuerzo—. Me muero.

—No digas tonterías, no pienso dejarte morir. Voy corriendo a por ayuda y...

Pero Garrido lo sujeta del brazo.

—No me dejes solo, Jotadé. Además —mira sus heridas del hombro, de la cabeza y de la pierna, que también tienen muy mala pinta—, ¿cómo vas a ir corriendo si estás casi peor que yo?

Garrido se ríe y escupe una bocanada de sangre. Jotadé le devuelve una sonrisa forzada y se sienta a su lado.

—Tenías razón... —dice el chico—. Al final sí que era yo quien informaba a Osborne. Lo siento.

—Tú no sabías que podía estar detrás de esto, así que no hay nada que sentir. Yo sí que fui un gilipollas presentándome en casa de tus viejos. Perdóname por haber dudado de ti.

Garrido se ahoga con la sangre. Jotadé trata de reconfortarlo.

—Me encargaré de que todo el mundo sepa que has sido un poli cojonudo, compañero —asegura muy tocado.

—Osborne me ha confesado que... —dice el novato con un hilo de voz.

—Lo sé.

—Júrame que no se lo dirás a nadie, Jotadé. No quiero que nadie sepa que ese monstruo era mi padre.

—Quédate tranquilo, primo. Tienes mi palabra —añade besándose el pulgar.

Garrido asiente con agradecimiento y finalmente deja de respirar. Jotadé le cierra los ojos, muy afectado, y se incorpora con esfuerzo. Enseguida echa a correr hacia la maleza, renqueante.

Osborne sabe que no puede detenerse si quiere escapar de esta, pero está agotado, al límite de su capacidad de resistencia. A su vida sedentaria en los despachos se le suma la pérdida de sangre por el corte en el brazo. Necesita llegar cuanto antes a un coche que tiene aparcado desde hace días al otro lado de la urbanización, donde guarda ropa limpia, una buena suma de dinero y documentación falsa, pero, si no se detiene unos minutos para reponer fuerzas, de nada servirá haberse procurado ese plan de huida. Busca dónde esconderse y ve una casa a doscientos metros. Las persianas están bajadas y los setos sin podar, así que imagina que sus propietarios la cerraron en verano y no aparecerán por allí hasta que regrese el buen tiempo.

Salta el seto, se adentra en el jardín y rompe una de las ventanas del sótano para entrar. Al apoyarse en una estantería llena de trastos viejos, esta se vence y cae al suelo, formando un enorme estruendo.

Jotadé estaba a punto de alcanzar la carretera, cuando escucha un ruido a su espalda y se detiene. Examina los alrededores y dirige sus pasos hacia una casa que ve en la distancia. Al llegar a las inmediaciones, descubre un seto aplastado y un cristal roto en el jardín. Salta la valla con esfuerzo y entra por el sótano, donde ve una estantería tirada en el suelo y rastros de sangre que se pierden escaleras arriba. Sube con sigilo, pero, al abrir la puerta que comunica con el salón, recibe un fuerte golpe en la sien que le hace perder la pistola y caer rodando junto a la chimenea. Cuando va a recuperar su arma, Osborne la aleja de una patada y le apunta a la cabeza, cargado de odio.

—Tú nunca te cansas, ¿no?

—No te creas, Bertín —responde tocándose la cabeza y manchándose la mano de sangre—, ahora mismo estoy para meterme en el sobre hasta después de tu entierro.

—Lo mejor de matarte es que no tendré que aguantar más tus gracietas.

—Dispara si tienes cojones —lo reta Jotadé—. Ahí fuera hay unos cuantos geos buscándote y les ahorrarás bastante trabajo.

Sin dejar de apuntarle, Osborne se asoma a la ventana. Jotadé busca a toda prisa con qué defenderse, pero el otro vuelve a centrar su atención en él.

—Eres muy complicado de matar. ¿Lo sabías?

—Algo me olía cuando muchos mierdas como tú lo han intentado y los he mandado a todos al otro barrio.

—Algún día se te acabará la suerte.

—A ti ya se te ha acabado, Bertín.

—¡Que no me llames...!

Pero, antes de que pueda terminar la frase, Jotadé alcanza el atizador que hay junto a la chimenea y lo desarma con un golpe en la muñeca. Con la segunda embestida, le raja el vientre. Osborne lo mira sorprendido y se levanta el jersey. El tajo es tan profundo que se le empiezan a salir los intestinos y los tiene que sujetar con las manos.

—¿Q-qué has hecho? —pregunta aterrorizado.

—Sacarte las tripas, lo que te dije que haría.

Osborne cae de rodillas a la vez que Jotadé se pone en pie. Lo observa desde arriba, con frialdad, mientras su exjefe es incapaz de contener sus órganos dentro del cuerpo.

—Lo mismo te libras de que te mee encima, porque no tengo muchas ganas.

—Que te jodan, Jotadé.

—Que te jodan a ti, Bertín.

Cortés se da la vuelta y va a recoger su arma.

—Al menos me marcho sabiendo que me he llevado por delante a Garrido —dice Osborne—. Su destino siempre estuvo ligado al mío.

Jotadé lo mira con repulsa y vuelve sobre sus pasos.

—A la mierda, que una promesa es una promesa.

Ante la cara de espanto de Osborne, Jotadé se coloca sobre él y se desabrocha los pantalones.

V

89

Diferentes equipos policiales y varias ambulancias han tomado las inmediaciones de la casa del inspector Osborne. A Jotadé lo atiende una médico del SUMMA mientras presencia junto a Verónica cómo se llevan el cadáver del agente Garrido.

—Vaya mierda... —dice apesadumbrado—. El chaval no había empezado a vivir y mira.

—No debería haberle dejado ir solo detrás de Osborne. —Verónica se siente tremendamente culpable—. Tendría que haberme encargado yo.

—Y a lo mejor eras tú la que estaba en esa bolsa.

—Quizá hubiera sido lo mejor, Jotadé. Tengo un nudo en el pecho que...

Verónica se emociona y, para contrariedad de la médico, a la que deja con la cura del hombro a medias, Jotadé la abraza.

—No ha sido culpa tuya, así que bórratelo de la sesera. Estas cosas pasan.

Cuando meten el cuerpo en un vehículo forense, Jotadé se santigua y ambos se mantienen en silencio hasta que el coche se aleja por la carretera. El inspector Moreno llega hasta ellos con cara de circunstancias.

—¿Me puedes explicar por qué el cadáver de Osborne estaba completamente cubierto de orina, Jotadé? —pregunta muy serio.

—A veces, cuando la gente la palma, se le afloja el muelle.

—Según el forense, esa orina no era suya.

Tanto la médico del SUMMA como Verónica miran a Jotadé.

—¿Le has meado encima? —alucina Verónica.

335

—Yo no he meado a nadie, que conste —responde con cara de inocente—. Lo que pasa es que forcejeé con él y del esfuerzo se me escaparon unas gotitas.

—Eso no se lo cree nadie —asegura Moreno.

—Pues es lo que pasó, jefe. Yo más no puedo decir.

Iván prefiere no preguntar más y se fija en sus heridas a medio vendar.

—¿No deberías ir al hospital?

—Eso mismo le he dicho yo —respalda la médico—, pero no hace caso.

—Ya me han puesto la antitetánica, así que aguantaré. Aquí todavía hay lío.

La médico da por terminada la cura.

—Cuando a usted le parezca bien, vaya a que le vean esto.

La doctora recoge sus cosas y se marcha.

—¿Y Ana María Vera? —pregunta Iván.

—Se la han llevado los de Servicios Sociales —responde Verónica—. Le costará recuperarse psicológicamente, pero con suerte lo hará y podrá llevar una vida normal.

—Seguro —confirma Jotadé—. Esa cría tiene más huevos que el caballo de *Espartano*.

—¿Alguien ha hablado ya con los padres de Garrido? —Verónica no puede quitarse de la cabeza que ha sido ella quien ha enviado al novato detrás de un asesino.

—Ya les hemos comunicado su fallecimiento —afirma Iván—, pero pensaba pasarme ahora a presentar mis respetos.

—Yo me encargo, jefe —se adelanta Jotadé—. Los conocí hace poco y seguro que agradecen ver una cara amiga. ¿Tú no tenías que resolver no sé qué asunto personal?

—Tenía, pero, con la que hay montada, será mejor que lo posponga.

—Ya nos encargamos nosotros de todo, Iván —dice Verónica—. Tú haz lo que tengas que hacer.

Al notar las miradas sobre él, Iván se mosquea.

—¿Qué?

—Somos polis.

336

—¿Qué quieres decir con eso, Verónica?

—Que, si nuestro jefe lleva semanas despistado, había que averiguar el motivo. Márchate. Nosotros nos encargamos.

—No sé si montaros un pollo por meter las narices en mi vida o daros un abrazo...

—Ya lo decidirás después —dice Jotadé—. Ahora lárgate.

Iván les agradece con un gesto y se marcha. Verónica y Jotadé van hacia el interior de la vivienda. Aparte de descubrir un arsenal en una pared falsa dentro de un armario, sus compañeros han encontrado varios álbumes de fotos de diferentes chicos y chicas a lo largo de los años; los hijos de Osborne con las secuestradas. Un joven agente se acerca a Jotadé y a Verónica con uno de los cuadernillos.

—Subinspector Cortés, oficial Arganza. —Les tiende el álbum, desconcertado—. Será mejor que vean esto.

Jotadé abre el álbum y encuentra fotos del agente Fernando Garrido desde que era un niño hasta hace pocos meses, ya ejerciendo como policía.

—¿Tú cómo te llamas, chaval?

—Carlos Salvador, señor.

—Que esto quede entre nosotros, ¿de acuerdo? No le digas a nadie ni media palabra y te deberé un favor.

—Yo eso no lo puedo hacer, señor —replica apurado—. Según el reglamento...

—El reglamento a veces hay que pasárselo por el forro, compañero —lo corta Jotadé—. Esto es por una buena causa, para que la jeta de Garrido no salga hasta en la sopa y sus padres no sigan sufriendo de más. Tú hazme caso.

—Sí, señor.

Jotadé se lo agradece y el agente vuelve a su trabajo. Verónica lo mira con censura.

—No puedes ocultar una prueba como esa, Jotadé.

—¿De qué prueba hablas?

—Conmigo no te hagas el listo.

—Le prometí al chico antes de morir que nadie sabría que el Bertín era su padre. Y ya sabes que yo siempre cumplo mi palabra.

—A lo mejor lo que deberías hacer es dejar de prometer cosas.

—Te prometo que lo intentaré...

A Verónica no le queda otra que sonreír. Una compañera se acerca a ellos con varios documentos en la mano.

—Acabamos de comprobar que el inspector Osborne viajó a Mallorca la noche anterior al asesinato de Rocío Oriol, se alojó en un hotel del puerto y alquiló un coche.

—Pues ya lo tenemos todo bien atado.

—¡Agentes!

Jotadé y Verónica se acercan a un lateral del jardín, donde los miembros de la Policía Científica acaban de encontrar unos huesos humanos debajo de un rosal.

—Claudia Otero —señala Jotadé.

—Victoria se pasó media vida buscando a su hermana y siempre estuvo aquí.

Todos los equipos se detienen para observar cómo desentierran los huesos de la primera víctima del asesino en serie. Junto al cadáver, aparece una mano suelta.

90

Cuando la abuela de Lidia falleció, ya no quedó ninguno de los Quintana en Sames, capital del concejo de Amieva, un pequeño pueblo de menos de cien habitantes rodeado de montañas y paisajes espectaculares a ochenta kilómetros de Oviedo. Al convertirse en la única heredera, la chica llegó a plantearse montar en el viejo caserón familiar una casa rural, pero entonces todavía soñaba con terminar la carrera y convertirse en la fisioterapeuta del Real Sporting de Gijón, el club de fútbol del que su padre la hizo socia nada más nacer. Ahora, después de varios años de abandono, la casa se encuentra en un estado ruinoso, pero si algo tiene ella es tiempo para acondicionarla.

Decide empezar por el camino de entrada, tomado completamente por la naturaleza. Cuando solo lleva un par de metros despojados de rastrojos, se incorpora para estirar la espalda y lo encuentra observándola desde la puerta.

—Me ha costado un triunfo dar contigo.

—¿Qué haces aquí, Iván?

—¿Puedo pasar?

Ante la ausencia de respuesta, Iván abre la oxidada cancela y entra.

—Vaya —dice mirando a su alrededor—, este sitio es enorme. Sería una estupenda casa rural.

—Ni se me había ocurrido pensarlo...

Se produce un silencio en el que ambos se miran avergonzados; ella porque Iván ha descubierto a lo que se dedicaba desde hacía algo más de un año, y él por no haberla dejado explicarse desde entonces.

—Perdona por no haberte contestado a las llamadas, Lidia —dice finalmente—. No estaba preparado para hablar contigo de lo que pasó.

—¿Y qué ha cambiado?

—Muchas cosas, pero sobre todo que me he dado cuenta de que he sido un capullo por tratarte como lo he hecho.

—Te perdono, tranquilo. Y, en cuanto a lo de llamarte como una perturbada, no volverá a pasar. Estaba de bajón y necesitaba hablar. Pero ya estoy mejor.

—Me alegro.

Un nuevo silencio los termina de incomodar.

—Te agradezco que te hayas tomado la molestia de venir hasta aquí, Iván —se arranca Lidia—, pero no era necesario. Entiendo que te sintieras engañado y lo respeto. Yo, en tu lugar, seguramente hubiera hecho lo mismo.

—¿Crees que podríamos volver atrás? —pregunta directo.

—Eso no cambiaría lo que viste. Es algo que nunca podrás quitarte de la cabeza, aunque ahora pienses que sí. Está en nuestra naturaleza hacer daño a las personas que queremos, y cuando alguien conoce un secreto como ese, tarde o temprano, durante una discusión sin importancia, lo utiliza. Y eso me destrozaría.

—Estoy seguro de que eso nunca sucederá, Lidia.

—De acuerdo, te creo. Pero ¿qué pasará cuando vayamos al cine o a cenar a algún restaurante y en la mesa de al lado nos encontremos a alguien que me mire con media sonrisa? ¿Podrías soportarlo?

—No lo sé, pero estaría dispuesto a arriesgarme.

—Quizá la que no lo soportaría sería yo y por eso he decidido venirme a vivir al lugar más recóndito del mundo. Lo único que quiero es empezar de cero, quizá retomar la carrera y olvidarme de toda aquella mierda.

—Este sitio me parece un lugar estupendo para esconderse, pero solo por unos días. Si lo que quieres es empezar de cero, yo conozco uno mejor.

—¿No me digas?

—Villafranca de los Barros —responde mientras asiente—. Aquello no es tan verde ni seguramente tan bonito como esto, pero se vive de maravilla. Lo único es que, aparte de a mí, tendrías que aguantar a una señora metomentodo, en su propia casa, eso sí, y a dos preadolescentes insoportables.

—Tentador, pero se te olvida una cosa.

—¿El qué?

—Que tú eres policía en Madrid y te encanta tu trabajo. Ya intentaste aquello y no salió bien.

—En estas últimas semanas me he dado cuenta de que yo ya no sirvo para policía. Antes tenía instinto, deseaba coger las riendas de un caso y no parar hasta detener al culpable, pero ahora..., ahora cometo errores de principiante.

—Es una mala racha sin más.

—En un trabajo como ese, las malas rachas ponen en riesgo la vida de los compañeros, y eso no me lo puedo permitir. Además, ni yo ni mi familia somos felices en Madrid. El otro día me enteré de que tanto Carmen como los niños donde desean estar es allí, y yo he decidido acompañarlos.

—¿Estás seguro de que quieres dejar la Policía? —se sorprende.

—Solo hay algo de lo que estoy más seguro, y es de que me encantaría que tú me acompañases.

Ella se conmueve, pero mantiene las distancias.

—¿Qué me dices, Lidia? ¿Nos damos una segunda oportunidad?

—Lo siento mucho, Iván —contesta mirándolo a los ojos—. Hace solo unos días hubiera matado por que me propusieras eso, pero, entre otras cosas, ahora no me siento con fuerzas para mirar a Carmen a la cara; se lo conté todo.

—¿Quién te crees que me ha hecho ver que sería un estúpido dejándote escapar?

—Será mejor que te marches, Iván. La carretera hasta Oviedo de noche es muy peligrosa.

Iván asiente, planchado; comprende que no tiene sentido insistir.

—Cuídate mucho, Lidia.

—Lo mismo te digo, Iván.

Él la mira por última vez y se marcha, dejando atrás a la única persona por la que había sentido algo después de la muerte de Indira. Lidia aguanta, en apariencia entera, aunque destrozada por dentro.

91

Lucía mira con condescendencia a Jotadé, que tiene la cabeza y la pierna vendadas, y un brazo en cabestrillo.

—¿Qué? Doy penita, ¿no?

—Nadie puede decir que no te dejes los cuernos en tu trabajo, eso es evidente. ¿Qué te ha dicho Lola cuando te ha visto así?

—Cuando volvimos le prometí que no arriesgaría tanto, así que se ha mosqueado un poquito.

—Con razón, Jotadé. La pobre tiene que estar todo el día con el corazón en un puño pensando en cómo se te ocurrirá volver a casa.

—A ver, que yo tampoco es que disfrute recibiendo hostias y cuchilladas, pero el curro es así. O eso, o monto una frutería en el mercadillo.

—Te liarías a leches con los de los puestos vecinos. Está en tu naturaleza.

Jotadé se encoge de hombros y se deja caer con esfuerzo en el banquito de piedra del bosquecito de pinos. Lucía se sienta a su lado y, por un instante, su mirada se pierde entre los árboles, en el lugar donde apareció ahorcado Darío días atrás. Sacude la cabeza, intentando alejar esos tristes recuerdos, y mira a su compañero.

—Lo que sí hay que reconocerte es que eres el mejor en lo tuyo. ¿Cómo está la chica?

—Viva, que no las tenía yo todas conmigo. Las ha pasado canutas, pero estaba tan segura de que no saldría de ese sótano que haber vuelto a El Molar con su familia ha sido un subidón para ella.

—Me alegro. ¿Y la familia de Garrido?

Jotadé baja la mirada, aún afectado.

—Me he pasado la noche en el tanatorio y aquello ha sido un drama. El chaval tenía una buena familia..., y eso que ni siquiera era la suya.

—¿Ah, no? —pregunta Lucía desconcertada.

—Guárdame el secreto, prima, pero, si el Bertín lo acogió no fue porque le cayese bien ni porque viese en él un buen policía, que prometía, todo hay que decirlo, sino porque era su primer hijo.

—No me lo puedo creer...

—Ya te digo. El pobre se enteró de que su madre biológica había sido la primera secuestrada casi a la vez que supo que era su padre quien lo mandaba al otro barrio. La vida a veces es una mierda.

Lucía asiente, cabizbaja. Jotadé se fija en sus ojeras.

—¿Y a ti qué te pasa?

—No sabría ni por dónde empezar —responde sobrepasada—. Ayer soltaron a Alejandro Nuero.

—¿No me dijiste que ibas a intentar impedirlo haciendo un informe superchungo de ese desgraciado?

—El problema es que mis informes ya no tienen ninguna validez, Jotadé. Cuando vi las imágenes de las cámaras de seguridad, comprobé que Alejandro había tenido mucho que ver con el suicidio de Darío y se me fue la pinza.

—¿Qué entiendes tú por írsete la pinza? —pregunta con cautela.

—Lo insulté y lo zarandeé delante de todo el mundo —confiesa avergonzada—. Desde entonces he estado apartada hasta que ayer mismo me comunicaron la sanción.

—¿Y? —Jotadé se teme lo peor al verle la cara a su amiga.

—Quieren devolverme a Alcalá Meco.

—¡¿Qué pintas tú de vuelta en aquel antro con lo bien que se te da esto, joder?!

—Ha sido culpa mía —se tortura ella—. Debí haberme controlado, aunque ese chico es... Hace un par de días me confesó que había provocado el suicidio de su padre. Y lo hizo con una sonrisa.

—Deja que hable con el comisario. Me debe muchos favores y estoy seguro de que algo podrá hacer.

—No va a servir de nada, Jotadé. En cuanto se haga público quién soy, y te aseguro que después de lo que ha pasado se hará, mis días como educadora están contados.

—Entonces ¿piensas volver allí como si nada?

—No exactamente. —Añade con determinación—: Voy a fugarme.

—¿Qué gilipollez estás diciendo? —pregunta serio.

—Si vuelvo a la cárcel, mi vida no tendrá ningún sentido.

—Es una jodienda, lo sé, pero te recuerdo que tienes una condena por cumplir. Y creía que estabas de acuerdo en hacerlo.

—No pienso retomar mi vida como si nada, si es lo que piensas. Voy a marcharme lejos, a algún lugar donde pueda seguir ayudando a chicos como los que hay aquí.

—Deja de decir chuminadas. Lo que tienes que hacer es quedarte tranquila y cumplir tu condena, porque en un par de años empezarás a salir de permiso.

—Ya lo he decidido, Jotadé. Me voy esta misma noche.

Él la mira con decepción.

—Esta vez no pienso ayudarte.

—No te he pedido ayuda. Ya has hecho suficiente por mí.

—Si te trincan, lo habrás echado todo a perder y ahí sí que no volverás a salir en un huevo de años.

—No tenía que haberte contado nada. —dice Lucía abatida—. Siento haberte involucrado una vez más en mis mierdas, pero me gustaría marcharme sabiendo que cuento con tu aprobación.

—No la tienes. Estás cometiendo el error de tu vida.

—El error de mi vida lo cometí cuando maté a Jimeno.

—¡¿Quieres olvidarte de eso ya y mirar hacia el futuro?!

—Entérate de una vez de que yo ya no tengo futuro, Jotadé. Solo necesito que mi único amigo de verdad me dé un abrazo y me desee suerte. Nada más.

—Como tu único amigo, te digo que lo estás jodiendo todo y que no cuentes conmigo. Esta vez no.

Jotadé se marcha enfadado. Lucía se queda hundida. Lo último que esperaba era que la persona a la que más quiere fuese a reaccionar así.

92

Jotadé se dispone a prestar declaración frente a una comisión de Asuntos Internos. Los cuatro policías —vestidos de traje y sentados en el mismo lado de una mesa menos larga de lo que sería aconsejable para semejante despliegue— leen una serie de informes y lo miran con aire reprobador. Aunque su situación es muy comprometida, por lo que él realmente está fastidiado es por la discusión con Lucía de por la mañana. Los agentes cruzan comentarios en voz baja, pero Jotadé no les presta atención hasta que, tras varios minutos, el que está al mando se dirige a él.

—Subinspector Cortés... Ya hemos leído su informe sobre la muerte del inspector Pedro Osborne y seguimos pensando que debería haber esperado refuerzos y proceder a su detención para que fuera juzgado por sus delitos.

—Está de coña, ¿no?

—¿Cómo dice?

—Que, si llego a esperar a que gente como ustedes tramiten las órdenes de detención, ahora mismo estaríamos entregándole un ataúd con Ana María Vera a sus padres. Hice lo que tenía que hacer.

—¿Incluso orinar sobre su cadáver?

—Eso fue un accidente.

—¡Vamos, hombre! —Se revuelve uno de los agentes—. ¿Cómo pretende que nos creamos eso?

—Es que tengo el muelle flojo y, a veces, cuando estoy sometido a mucha presión, me meo encima.

—¿Se cree muy gracioso?

—Lo justo. De todas formas, no pretendo que un poli de polis que se pasa el día buscando cómo joder a los demás entienda lo que es jugarse la vida en la calle.

—Le ruego que respete nuestro trabajo, subinspector Cortés —responde el jefe—. Todos le felicitamos por haber capturado a Osborne y liberado a esa pobre chica, pero no podemos comportarnos como animales. Si se esfuerza, hasta usted comprenderá que no está bien mearse sobre el cadáver de su compañero.

—Mi compañero era el que estaba fuera con toda la vida por delante y dos agujeros de bala, inspector. El Bertín era un monstruo hijo de puta que se merecía lo que le hice. ¿Necesitan algo más? Es que tengo mazo de lío.

—Puede marcharse.

—Gracias.

Cuando Jotadé llega a la sala de reuniones, se encuentra a Verónica reunida con Iván, ambos con la cara hasta los pies.

—¿Qué pasa?

—Te estábamos esperando, Jotadé —responde Iván—. Le he comunicado a Verónica que acabo de pedir una excedencia.

—¿Eso qué coño significa?

—Que vuelvo a Villafranca de los Barros a criar a mis hijos.

—¿Dejas la poli? —Abre los ojos como platos, eso no se lo esperaba.

—Eso es. Llevo días pensándolo y ya he tomado la decisión.

—Los tres que estamos aquí hemos nacido para esto, jefe. Lo tuyo es perseguir asesinos.

—Eso era antes, Jotadé. Ahora no hago más que cagarla y pensar en jubilarme, y eso os pone en peligro a vosotros. Ni siquiera estaba aquí para detener a Osborne y evitar la muerte de Garrido.

—De eso no tienes la culpa —asegura Verónica.

—Yo no lo veo así. Pero el caso es que llevo semanas sin encontrarme a gusto y está claro por lo que era.

—¿Qué ha dicho el comisario?

—Se ha sorprendido tanto como vosotros y ha intentado hacerme cambiar de opinión, pero, cuando ha visto que no era posible, ha respetado mi decisión.

—Nosotros también la respetamos, Iván —asegura Verónica—. Pero entiende que nos dé pena. Llevamos juntos desde la etapa de Indira.

—Cuando ella murió, yo empecé a dejar de ser poli.

Ambos asienten, comprensivos.

—De momento no lo hagáis público, por favor —continúa el inspector—. Volveré dentro de unos días para liquidar los últimos flecos y haré una despedida como Dios manda. Espero que me visitéis allí de vez en cuando.

—Eso está hecho, jefe. Nos encantará verte gordo como un truño.

—Yo intentaré que no. Me marcho corriendo. Tengo que pasar por casa para preparar la mudanza y quiero estar de camino al pueblo mañana a primera hora.

—Espero que seas feliz, Iván —dice Verónica, emocionada.

Él se lo agradece, se despide de los dos con un abrazo y sale apresuradamente para no emocionarse también.

—Estará de lujo en ese pueblo —asegura Jotadé pasándole el brazo por los hombros a su compañera—. Los que estamos jodidos somos tú y yo con el papeleo que nos espera.

—¿Qué te han dicho los de Asuntos Internos?

—Chuminadas... Vamos a quitarnos la *murocracia* de encima.

Verónica se ríe y Jotadé la mira extrañado.

—¿Qué?

—Nada...

Desde que se prepara las oposiciones para ascender a inspector, a Jotadé le cuesta menos rellenar informes, e incluso es Verónica quien le consulta alguna duda. Él nunca había estado en esa situación, pero, aunque protesta airadamente por las continuas interrupciones, le encanta sentirse como algo más que un policía duro y pendenciero al que todos quieren a su lado en un tiroteo, pero ninguno en una mesa de reuniones.

—Jotadé —lo llama Verónica.

—Me tienes frito, prima —resopla—. ¿Qué pasa ahora?

—No protestes tanto cuando tú te has tirado media vida dando la turra a los demás con los dichosos informes. Además, yo he terminado los míos hace rato.

—¿Entonces?

—Mira hacia allí...

Jotadé sigue su mirada y le cambia la cara.

—¿Qué leches hace aquí?

93

A media mañana, Arsenio y Jonás fueron a buscar a Melero a su casa y le pidieron que los acompañase con la excusa de formalizar su relación con Margarita frente a la comunidad gitana. Al principio no sospechó, pero, en cuanto se aproximó al coche de Jonás y vio que alrededor esperaban los gitanos que siempre acompañan a los Heredia —uno de ellos con una gasa en la nariz tapando el mordisco que le propinó Jotadé—, supo que estaba en un grave aprieto. No le dio tiempo a preguntar, cuando ya le habían quitado las muletas, el móvil, arreado un par de guantazos, tapado la cabeza con una bolsa de tela y metido dentro del maletero. Le dieron unas cuantas vueltas para comprobar que nadie los seguía y, tras recorrer varios kilómetros por un camino sin asfaltar, por fin se detuvieron.

Cuando lo sacan del maletero y le retiran la bolsa de la cabeza, Melero descubre que está en una vieja fábrica abandonada.

—¿Qué hacemos aquí? —pregunta asustado—. ¿Qué está pasando?

—Pasa que a nosotros nadie nos toma por gilipollas, payo —responde Jonás.

—No sé de qué me hablas.

—Ah, ¿no?

Melero niega tratando de poner su mejor cara de inocente y Jonás lo golpea con la muleta en la pierna mala. El policía grita de dolor y cae al suelo, junto a un viejo pozo tapado con una plancha de metal. Arsenio lo agarra del pelo y lo obliga a mirarlo.

—¿Sabes lo que hay ahí dentro?

—No...

—Llevas días esperando que te trajéramos hasta aquí para delatarnos a tus amiguitos de la pestañí, cañuto de los cojones.

Melero mira hacia el pozo y se le eriza el vello al comprender que allí dentro se encuentra el cadáver de Eusebio Díaz, el Longaniza.

—Te juro que no sé de qué me estás hablando, Arsenio.

—¿No lo sabes, cabrón?

Saca su pistola y le apunta a la cabeza.

—¿Qué haces?

—Te lo voy a dejar muy clarito, payo. Muerto ya estás, pero tú decides cómo quieres que sean tus últimos minutos; si confiesas que nos viniste con el cuento del Longaniza para que te trajésemos hasta su cadáver y así entregarnos a la UDYCO, te meto una bala en la nuca y aquí se acaba todo. Pero, si no..., te juro por mis muertos que te rompemos las dos piernas y te tiramos vivo al pozo hasta que te mueras de sed.

—No...

—¡Habla, pedazo de cabrón!

Arsenio le da un culatazo en la cabeza y Melero cae de bruces al suelo. Llora mientras mastica arena, consciente de que ha llegado su final. Ahora es Jonás quien lo agarra del pelo y lo levanta con violencia.

—Estáis cometiendo un error, Jonás...

—El error lo cometes tú, pedazo de diarrea —dice Arsenio mientras amartilla el arma—. Reconócelo o te jodo como en tu vida.

—No... Yo solo intentaba ayudaros para poder verme con vuestra hermana. Lo juro.

Arsenio le golpea con rabia la rodilla mala y Melero grita y solloza.

—Es tu última oportunidad. Desde ahora te trataremos como el perro que eres. ¿Es lo que quieres?

—No...

—¡Pues habla, joder!

—Vale, vale... Os lo contaré todo... Yo solo quería saber dónde estaba el Longaniza para cambiar mi silencio por poder casarme con vuestra hermana.

—Mientes —escupe Jonás—. Querías entregarnos.

—¡No! Os juro que yo solo quería...

—¿Chantajearnos? —lo interrumpe Arsenio.

—Sí... —admite—. Ahora matadme si queréis, pero solo pretendía casarme con Margarita.

—Jamás entregaríamos a nuestra hermana a un payo y pestañí, imbécil.

Jonás les hace una seña a los gitanos que los acompañan y estos retiran la plancha de metal del pozo.

—Dale recuerdos de nuestra parte al Longaniza...

Arsenio le pone la pistola en la nuca y aprieta lentamente el gatillo. Cuando suena una detonación, la cara de Jonás se llena de sesos y de sangre y comprende que lo que ha explotado es la cabeza de su hermano mayor. Al mirar hacia el horizonte, ve que Jotadé, Verónica y media docena de geos corren hacia ellos disparando y gritándoles que se tiren al suelo.

—¡Me cago en San Dios! —maldice Jonás—. ¡Disparad!

Él y los demás gitanos devuelven el fuego, pero están en inferioridad de condiciones y, durante el breve tiroteo, van cayendo uno tras otro. Cuando los policías llegan hasta allí, comprueban que todos están muertos menos Melero, que se cubre la cabeza tirado en el suelo, boca abajo.

—¿Estás bien, Lucas? —le pregunta Verónica.

—Sí... —responde mientras comprueba que sigue de una pieza—. ¡Estoy vivo, joder!

—Por los pelos, atontao —le reprocha Jotadé—. Hay que joderse las que nos lías. ¿No te dije que no te mezclaras con estos pirados?

—Yo solo quería que me dejasen estar con Margarita...

—Si esto no es una prueba de amor, que baje Dios y lo vea.

Verónica ayuda a Melero a ponerse en pie.

—¿Cómo me habéis encontrado? —pregunta Melero, aún sin poder controlar el temblor en todo el cuerpo.

—Por mi prima Nayara. Se ha presentado en la comisaría para decirnos que te iban a volar las pelotas. Por suerte, es más espabilada que tú y ha escuchado al Arsenio decirle a su hermano que te traían aquí.

Uno de los geos se asoma al pozo y enseguida se retira por el fuerte olor que emana de su interior.

—Aquí dentro hay un cadáver.

—Es Eusebio el Longaniza —confirma Melero.

—Hay que joderse —dice Jotadé con lástima—. La de veces que le habré comprado maría al Longa de crío.

Los geos lo miran con cara de circunstancias.

—Esas cosas no deberías decirlas en público, Jotadé —le reprende Verónica.

—Ya ves tú...

Jotadé le entrega sus muletas a Melero y los tres echan a andar hacia los coches mientras los geos aseguran el perímetro, dejando tras de sí un reguero de muertos.

94

Lucía está metida en la cama, tapada hasta el cuello y con la mirada fija en el techo. La única iluminación es la de las farolas del jardín, que se filtra a través de las ranuras de la persiana. Llaman a la puerta.

—¡Adelante!

Entra Marisa.

—¿Ya estás dormida?

—No creo que vaya a pegar ojo en toda la noche.

La directora del centro suspira, lo está pasando realmente mal.

—Siento lo que ha ocurrido, Lucía. Quizá no debería haber dado parte, pero...

—Has hecho lo correcto, Marisa —la corta—. Dada mi situación y trabajando con chicos, debería haberme controlado.

—Redactaré un informe detallado sobre tu magnífica labor aquí durante este tiempo y se lo enviaré a quien corresponda en el Ministerio de Interior. Insisto en que quizá reconsideren su decisión de devolverte a la cárcel.

—Te lo agradezco de corazón, pero ya han decidido por nosotras.

—Lo siento.

—Tranquila, mujer. Ya sabíamos que esto podía suceder. ¿A qué hora vienen mañana a por mí?

—Una vez que los chicos se hayan marchado a clase. Así evitamos cualquier alboroto.

—Mejor, sí. ¿Desayunamos juntas?

—Será un placer, Lucía. Intenta descansar.

La psicóloga asiente y Marisa, tras mirarla con lástima, sale de la habitación. Lucía vuelve a clavar la vista en el techo y así permanece media hora más, hasta que ya no se escucha ningún ruido fuera. Solo entonces se destapa y se levanta de la cama, completamente vestida, coge un pequeño petate del armario y sale al pasillo. Se dirige hacia las escaleras procurando evitar las cámaras de seguridad y baja al piso inferior, hasta la puerta.

En el exterior, dos de los vigilantes más jóvenes fuman y charlan en la senda que conduce hacia el bosque de pinos.

Lucía maldice entre dientes.

Ese contratiempo la obliga a permanecer escondida durante quince minutos, hasta que los vigilantes se marchan y ella puede retomar su camino hacia la parte trasera. Aterida por el frío, salta la valla perimetral, y, cuando se va a marchar corriendo calle abajo, un vehículo aparcado a unos metros le da las luces. Lucía se tensa al ver que es el Cadillac de Jotadé. El subinspector sale del coche y ella se acerca temerosa.

—¿Vienes a detenerme?

—¿Tú qué crees? —le devuelve él la pregunta sin variar su expresión.

—Sé que no hago lo correcto, pero siento que en la cárcel...

—Si te dejase escapar —la corta—, ¿adónde irías?

—No lo sé. Lo más lejos posible, seguramente a África. Hasta mañana cuando den la alarma, tengo margen para pensarlo.

—Vaya mierda de plan de huida. Anda, sube al coche.

Jotadé se sienta al volante, pero Lucía se resiste, dubitativa.

—¿Qué haces? ¿Quieres subir de una puñetera vez?

Por fin se decide y, una vez dentro, lo mira.

—¿Y ahora?

—Que conste que me parece una cagada —responde él tras mirarla en silencio—, que tú lo que deberías hacer es terminar de cumplir tu condena, porque en nada y menos saldrías de permiso y podrías retomar tu vida.

—¿Qué vida, Jotadé? Yo ya no tengo vida ni tampoco quiero tenerla después de lo que hice. Si no me quito de en medio es porque creo que aún puedo ayudar a chicos a encontrar el camino. Y eso no lo podré hacer en Alcalá Meco.

—Por eso mismo he venido.

—No quiero que te involucres.

—Tú ya no eres mi prima, eres mi hermana. Y uno por los hermanos da la vida. Además, si no llevase todo el día pensando en cómo sacarte de España, a ti te trincarían en la M-30, alma de cántaro.

Jotadé arranca el coche.

El Cadillac está aparcado en un descampado, con las luces apagadas. En el interior, Jotadé y Lucía aguardan. La psicóloga mira a su alrededor, muy nerviosa.

—¿A qué esperamos, Jotadé? Estamos perdiendo un tiempo precioso.

—Tú tranquila, que está todo controlado.

En ese momento, ven los faros de otro vehículo, que se detiene a varias decenas de metros.

—Aquí está. Tú quieta.

Antes de que Lucía pueda preguntar, Jotadé sale del coche y se acerca caminando a los recién llegados. Entra en la parte trasera, donde aguarda Anahí, con cara de pocos amigos. Los asientos delanteros los ocupan los dos gitanos que siempre acompañan a la traficante.

—¿A qué viene esto, Jotadé? —pregunta Anahí conteniendo su irritación—. Me has sacado de casa en plena noche.

—Es importante. —Mira a sus guardaespaldas—. Vosotros dos, pinkfloyds, salid a dar un paseo.

Uno de ellos se gira y apunta a la cabeza de Jotadé con su arma.

—Dame la orden y acabo con este desgraciado ahora mismo, jefa.

—Guarda la pistola, Amador —ordena ella—. Esperad fuera.

—Pero...

—¡He dicho que salgáis del coche, joder! —Anahí corta las protestas con dureza.

Los gitanos obedecen a regañadientes. Una vez a solas, la chica fulmina con la mirada al policía.

—Espero que sea importante.

—Tanto como que me debes doscientos mil euros.

—¿De qué coño hablas?

—¿De dónde te crees que sacó Pablo el dinero para pagarte, guapa?

Anahí se tensa.

—Es a ese payo a quien tienes que pedírselos. Quien te los debe es él, no yo.

—Eso es una forma de verlo. Resulta que se los quitó a mi mujer para dártelos a ti por un negocio de mierda en el que le habías metido. Si tú no hubieras conocido ese pequeño detalle, tendrías defensa, pero, como sabías perfectamente quién era Lola, yo puedo pensar que a quien jodías en realidad era a mí. Y supongo que no quieres que te devuelva el favor, ¿no?

—No pienso pagarte un solo euro, gitano —responde ella con determinación.

—Tampoco lo quiero. Pero, para que tú y yo estemos en paz, necesito que me hagas un favor personal.

—Escúpelo de una maldita vez.

Desde dentro del Cadillac, Lucía observa a los dos gitanos armados que aguardan fuera del coche. Por su lenguaje corporal, es evidente que les encantaría ajustar cuentas con Jotadé. Después de diez minutos, este regresa a su Cadillac.

—¿Qué estabas haciendo, Jotadé? —pregunta Lucía alterada.

—Comprarte una nueva vida.

—¿De qué hablas?

—Dentro de ese coche, aparte de las dos moles que has visto, está la traficante de drogas gitana más joven y más cabrona que te puedes echar a la cara. He llegado a un acuerdo con ella para que te ayude.

—Ayudarme, ¿cómo?

—Esta misma noche te llevarán en coche al puerto de Algeciras y de ahí en una planeadora hasta Marruecos. Allí te pondrán en contacto con alguien que te hará una documentación falsa, y ya puedes recorrer el mundo ayudando a monstruitos si es lo que te sale del higo.

Lucía lo mira impactada, sin saber qué decir.

—Esa mujer... ¿es de fiar?

—No demasiado, pero cumplirá. —Jotadé abre la guantera y saca un abultado sobre, que le tiende a su amiga—. Aquí van diez mil euros. No es demasiado, aunque tú eres lista y te servirá para empezar de nuevo.

—Gracias, pero...

—No puedo darte más —ignora sus protestas, poniéndole el sobre en el regazo— porque lo mismo tengo que adoptar un gitano negro, o chino, vete tú a saber, y tampoco voy sobrado.

—¿Cómo voy a pagarte todo esto?

—Siendo feliz. Te lo mereces.

Lucía se emociona y lo abraza, muy sentida.

—Eres el mejor, Jotadé.

—Cuídate mucho, ¿vale? —responde él, también emocionado—. Y házmelo saber cuando hayas encontrado tu lugar.

—Volveremos a vernos, te lo prometo.

El coche de Anahí les da una ráfaga.

—Márchate ya, anda, que a la gitanica le está entrando fatiga.

—Te quiero, Jotadé.

—Yo a ti también, hermana. —Le da la estampita de María Santísima de las Angustias Coronada que siempre lo acompaña—. Espero que te traiga suerte.

Tras un último abrazo de despedida, Lucía sale del coche. Jotadé la mira caminar hasta el de Anahí y se tiene que secar una lágrima con el dorso de la mano.

—Hay que joderse con la alergia...

El vehículo de la gitana arranca y se aleja por el camino. Jotadé se santigua y se marcha en dirección contraria.

95

Los últimos kilómetros hasta llegar a Villafranca de los Barros se le hacen a Iván muy cuesta arriba. Tiene ganas de ver a los niños y a Carmen, y está convencido de la decisión que ha tomado al pedir una excedencia en la Policía, aunque se imaginaba su llegada al pueblo de otra manera, de la mano de la mujer de la que, inesperadamente, se había enamorado. Sin embargo, el que lo rechazara entraba dentro de lo posible. De hecho, cuanto más lo piensa, más razonable le parece; ¿por qué una chica como Lidia querría trasladarse a un pueblo que no es el suyo para convertirse, de la noche a la mañana, en la madrastra de dos adolescentes? Y eso por no hablar de que, por muy bien que pueda llevarse con Carmen, no deja de ser la madre de su ex. Cuando se da cuenta de que ni siquiera había llegado con ella a mayor intimidad que cenar en un par de ocasiones y darse unos pocos besos, se siente como un chaval poco agraciado que se ha precipitado declarándose a la chica guapa de la clase delante de todo el instituto.

Trata de sacudirse los pensamientos negativos de la cabeza y se centra en lo que desea para su vida de ahora en adelante. Lo principal son sus hijos y Carmen, pero tendrá que ganarse el pan de alguna manera. Lo de presentarse a las elecciones municipales no le parece tan mala idea, así que, si no ha perdido ya el tren, podría ser una buena opción. Durante los siguientes días tanteará el sentir del pueblo y decidirá.

Nada más aparcar, Alba, James y Gremlin salen a recibirlo como si llevase fuera cinco años en lugar de solo unos días. Alba lo atosiga contándole atropelladamente todo lo que ha hecho en su ausencia, James le enumera los amigos con los que se ha reencontrado y Gremlin, aunque no habla, es el que más se hace entender pidiéndole a base de saltos y gemidos que retomen cuanto antes aquella costumbre de salir cada mañana a correr por la vereda del arroyo Cagancha.

—No me agobiéis, por favor. —Iván pone orden—. En dos días me he recorrido media España con el coche y ahora lo único que quiero es tranquilidad.

—Pues no te queda nada...

El comentario de James hace que tanto él como Alba ahoguen una risa. Iván los mira mosqueado.

—¿Qué pasa?

—Nada, ¿por qué? —contestan a la vez, disimulando.

—Bienvenido, Iván... —dice la abuela Carmen desde la puerta—. ¿Fuiste a hablar con Lidia?

Iván la mira fastidiado. Le molesta que le haya preguntado por ella delante de los niños, pero quizá sea lo mejor para zanjar ese engorroso asunto de una vez y para siempre.

—Sí, Carmen. Fui a hablar con Lidia y ella ha decidido que lo mejor es que no nos veamos más. Ha tomado esa decisión y nosotros tenemos que respetarla, así que os pido por favor que dejéis de preguntarme por ella.

Alba y James vuelven a contener la risa. Iván los mira molesto.

—¿Se puede saber qué os hace tanta gracia a vosotros dos?

—Ay, papá —responde Alba, divertida—. Que, como dice la yaya, no te enteras de la misa ni cuando va por la mitad.

Iván vuelve a mirar hacia la puerta y se queda de piedra al ver que, junto a Carmen, está Lidia.

—Me has hablado tan bien de Villafranca de los Barros que tenía que venir a conocerlo. —Lo recibe ella con una sonrisa—. Y he de decirte que, de momento, me encanta lo que veo.

—Niños —interviene Carmen dando palmas—, coged a Gremlin y venid adentro, que Iván y Lidia tienen que hablar de sus cosas.

Los niños obedecen y, al pasar junto a Lidia, chocan con ella las manos. Carmen cierra la puerta y ambos se acercan el uno al otro con timidez.

—Confío en que siga en pie lo de invitarme a empezar de nuevo aquí contigo y con tu familia, porque ya he aceptado una oferta por la casa de mi abuela.

—Claro que sigue en pie, Lidia. Pero creo que deberías pensártelo bien. Las responsabilidades que yo tengo son...

—Ya está todo bien pensado —lo corta ella.

Lidia recorre los dos pasos que los separan y lo besa. Desde el interior de la casa les llegan los vítores y celebraciones por parte de Alba, de James y de Carmen. Ambos ríen, aún abrazados.

—Espero no parecerte demasiado directa —le dice ella al oído—, pero he cogido un apartamento junto a la iglesia y me muero de ganas de solucionar un tema que tú y yo tenemos pendiente...

La última vez que Iván hizo el amor fue el mismo día del suicidio de Indira. Desde entonces se ha torturado pensando que debería haberse dado cuenta de que algo iba mal cuando ella no mostró ningún reparo en practicar sexo sin cumplir antes las diferentes pautas que siempre exigía para cualquier acercamiento íntimo. De hecho, se siente imbécil al recordar que, cuando le dijo que llevaba el día entero de un lado a otro y se iba a duchar, ella se lo impidió asegurándole que, ese día más que nunca, quería sentirlo y olerlo.

Lidia e Iván entran besándose en el pequeño apartamento que ella ha alquilado por unos días en el centro del pueblo. Nada más llegar a Villafranca, la abuela Carmen le ofreció una habitación en su casa, pero prefirió tener intimidad, y ahora lo agradece. Lidia le desabrocha con urgencia la camisa, pero a mitad de camino se le hace demasiado trabajoso y se la saca por la cabeza.

—Espera —la detiene él—. Me he pasado todo el día en el coche y me gustaría darme una ducha.

—Llevo demasiado tiempo esperando este momento —dice ella sin dejar de besarlo—, ya te ducharás después. Además, hoy más que nunca quiero sentirte y olerte...

Iván se queda parado al escuchar exactamente las mismas palabras en boca de Lidia y ella se extraña.

—¿Qué pasa?

—Nada, no pasa nada.

La besa y le quita la ropa con la misma urgencia que ella a él. Aunque esa primera vez el ya expolicía acusa la falta de práctica, tiene toda la noche para demostrarle que no se ha equivocado con él.

Apenas ha amanecido cuando Lidia se despierta. Sonríe al ver a Iván durmiendo junto a ella y se levanta procurando no hacer ruido. Se da una ducha y sale con intención de encontrar algo para desayunar, pero, cuando llega a la churrería, le dicen que aún falta media hora para que abran. Decide hacer tiempo dando un paseo por el pueblo y sus pasos la llevan hasta el cementerio. Ve a una señora colocando un puesto de flores junto a la entrada principal y se acerca a ella.

—Buenos días...

—Buenos días, hija. ¿Qué necesitas?

—¿Podría confeccionar yo mi propio ramo?

—Faltaría más.

Cuando Lidia termina de seleccionar las flores, la mujer le alaba el gusto. Paga y entra en el cementerio. Pasea sin prisa entre las tumbas hasta que encuentra la que busca. Está impoluta, y, bajo una fotografía de Indira, hay un hermoso ramo de flores recién puesto. Deja el suyo sobre la lápida y mira la imagen, en la que una joven Indira esboza una sonrisa forzada mirando a cámara.

—Así que tú eres la famosa Indira, ¿eh? Llevo tanto tiempo escuchando hablar de ti que ya siento que te conozco. Solo vengo a decirte que puedes quedarte tranquila, porque yo me encargaré de cuidar a Iván, a tus hijos y, por supuesto, a tu madre. Tienes una familia estupenda.

Le empieza a sonar el móvil y Lidia contesta.

—Buenos días, bello durmiente...

—Me he dado un susto de muerte cuando me he despertado y he visto que no estabas —dice Iván con voz ronca—. Pensaba que te habías vuelto a Asturias.

—De momento sigo aquí. Estoy esperando a que abran la churrería para llevar el desayuno. ¿Quedamos en casa de Carmen dentro de media hora?

—Vale...

Cuando al fin abren, Lidia compra un litro y medio de chocolate, una docena de churros, otra de lacitos y unas perrunillas para Alba.

96

Jotadé y Lola atraviesan un parque desierto a estas horas de la mañana, cogidos de la mano. Ella viste con zapatillas, leggings y sudadera, mucho más conjuntada que él, que lleva un chándal de mercadillo que conoció mejores tiempos y unas bambas cochambrosas. Jotadé camina en silencio, taciturno, todavía renqueante por sus heridas.

—Deberíamos hacer esto todos los días —dice Lola satisfecha, inspirando por la nariz—. Seis o siete kilómetros y a empezar el día con las pilas cargadas. ¿Cómo es que te ha dado por ahí?

—¿Qué?

Lola lo mira paciente.

—¿Que por qué se te ha ocurrido que saliéramos a dar un paseo después de desayunar?

—Por nada, por hacer algo juntos.

—Me dijiste que te olvidarías por un rato del trabajo, Jotadé.

—No estoy pensando en el trabajo.

—Entonces ¿en qué? Porque, para que tú lleves callado veinte minutos, algo gordo tiene que pasar.

Él se detiene y la mira, muy serio.

—Tengo algo que contarte, Lola.

—¿Qué? —se asusta.

—Una cosa mazo de chunga por la que te vas a pillar un cabreo importante. Pero creo que debías saberlo.

—Saber, ¿qué?

Jotadé mira por encima del hombro de Lola, y, cuando ella se gira, palidece al ver a Pablo a unos metros. Aparte de estar muy desmejorado, lleva unos puntos en la frente por la herida que le hizo el policía días atrás.

—¿Qué significa esto? —pregunta ella con cara de pocos amigos.

—El otro día me lo encontré y tuvimos una charla. Me parece que deberías escuchar lo que tiene que decir.

—Yo solo quiero escuchar dónde está mi dinero —replica indignada.

—Ojalá pudiera devolvértelo, Lola —responde Pablo, mientras se acerca hasta ella—, pero ya no lo tengo.

—Vámonos a casa —le pide ella a su marido.

—Escucha su versión, mujer. Y después, si no quieres, no tendrás que volver a verlo en la vida.

—Tú no lo conoces. Si lo escucho, siempre estará rondándonos.

—Ya tengo su tumba cavada. Y él lo sabe mejor que nadie. Déjale hablar y luego hará lo que tú quieras.

Lola duda mirando a Pablo.

—Estoy ahí mismo.

Jotadé la besa en la mejilla y se aleja para dejarlos hablar a solas. Se va a sentar a un banco que hay cerca, pero el nerviosismo le impide quedarse quieto. Un par de magrebíes se acercan caminando.

—¿Tenéis un cigarro, amigos?

—Sí —dice uno de ellos—, pero te costará dos euros.

—No me toquéis los cojones, que vosotros lleváis toda la vida sableándonos tabaco a los españoles. Dale.

El otro le dice algo al oído a su compañero y este mira a Jotadé sorprendido, saca un cigarro y se lo tiende.

—Gracias. ¿Y fuego?

Mientras fuma, Jotadé intenta no mirar hacia donde Lola habla con Pablo, aunque no consigue evitarlo. Tras diez minutos que se le hacen eternos, Lola regresa con él.

—¿Qué ha pasado?

—Me ha contado el motivo por el que me robó el dinero —responde ella—. Y lo peor es que, conociéndolo, me lo creo.

—¿Y qué vamos a hacer?

—¿Qué vamos a hacer de qué? No tiene un duro, o sea que ya podemos olvidarnos de recuperarlo.

—A ver, Lola, que yo te quiero más que a mi vida —dice él muy sentido—, y por eso mismo lo único que quiero es que seas feliz. Entendería perfectamente si tú..., si tú... —No sabe cómo decirlo.

—¿De verdad te parecería bien que yo volviese con él, Jotadé? —pregunta ella en tono neutro.

—Parecerme bien, pues no. Pero lo aceptaría. Y más teniendo en cuenta que no sabemos si yo voy a poder... Ya sabes.

—¿Lo estás diciendo en serio?

—Sí...

—Te lo agradezco en el alma —deja escapar un suspiro de alivio—, porque lo que más me apetece del mundo es volver con Pablo y que me haga otros tres churumbeles, que a una gitana como yo uno solo le sabe a poco.

Jotadé no sabe qué decir, hundido en la miseria. Lola endurece el gesto.

—¿Tú eres gilipollas? Entérate de que yo no estoy contigo porque me dejara Pablo.

—Entonces ¿por qué?

—No me preguntes el motivo porque en momentos como este no tengo ni idea, pero a quien quiero es a ti.

Jotadé respira aliviado.

—Eso sí, como vuelvas a dudar así de mí, te juro por mi vida que te mando a la mierda de una patada en el culo, ¿te queda claro?

—Perdona, palomita...

Jotadé la va a besar, pero ella lo frena.

—¿Has fumado?

—Solo un par de caladas. Es que estaba un poco cagado.

—Normal que tengas los espermatozoides vagos —le regaña Lola—. ¿Tú sabes lo que les hace el tabaco?

—No me comas más la oreja, gitana mía, que no tienes ni idea de lo malamente que lo he pasado estos días pensando que te largarías con el payo.

Lola se enternece, niega para sí con la cabeza y lo besa.

—Vámonos para casa, anda.

A Jotadé le entra un mensaje de móvil. Lo mira y palidece.

—Ay, Dios.

—¿Qué pasa ahora?

—Que ya ha salido la convocatoria para la oposición a inspector. Es justo dentro de tres semanas...

Tres semanas después...

97

Jotadé está en el aparcamiento de IFEMA, sentado dentro del Cadillac. Lleva barba de varias semanas, las que ha pedido de vacaciones para matricularse en la Academia Astrapol y preparar la oposición a inspector. Repasa los apuntes, atacado de los nervios, cuando suena la alarma de su móvil. Lo recoge todo apresurado y sale del coche.

Entra en el recinto ferial sintiéndose Paco Martínez Soria en Nueva York, hasta que, al verlo tan perdido, se le acerca una joven agente de uniforme.

—¿Puedo ayudarle en algo, caballero?

—Hola, sí... Vengo para lo de la oposición para inspector. Soy el subinspector Juan de Dios Cortés.

—Llega tarde, subinspector. El examen ya ha empezado. ¿No ha recibido el aviso?

—Yo no he recibido nada, no me jodas —se asusta.

—Pues se ha adelantado media hora, lo comunicaron ayer por mail. Tiene que ir al pabellón 10, sala A. Por la puerta sur. Dese prisa.

Jotadé corre como en su vida y llega a la sala en cuestión más sudado por el agobio que por la carrera. Cuando entra, todos los aspirantes están inmersos en el examen, en completo silencio.

—Vengo a lo de la oposición. Es que se me ha olvidado la clave del mail y no he recibido el aviso.

Los examinadores lo observan, sopesando si dejarle entrar, pero por su aspecto valoran que lo menos problemático será pasar por alto su retraso.

—Siéntese en aquella silla libre. —Uno de ellos señala un hueco en una de las filas—. Enseguida le llevamos el examen.

Jotadé obedece y va a sentarse. El ruido que hace sacando el material molesta a los demás opositores, que le dedican alguna mirada reprobadora. El examinador se acerca para comprobar sus credenciales, y, cuando ve que está todo en orden, le entrega el examen y le desea suerte. Jotadé coge aire y comienza a escribir.

Después de una hora, cuando por fin levanta la cabeza del papel, le chistan varios compañeros de las filas contiguas.

—Dime la cuatro y la seis —le dice uno de ellos.

—Sí, hombre, para que nos trinquen y a la mierda —responde en voz baja.

—Por favor —ruega el otro.

Jotadé va a negarse, pero él se ha tirado toda su vida copiándoles a los demás y ahora no puede mirar hacia otro lado. Cuando comprueba que los examinadores no lo ven:

—Cuatro a y seis c.

El compañero se lo agradece. Otro de la fila de la izquierda le chista.

—Dime la nueve y la doce.

—Nos van a pillar a todos, payo... —dice preocupado—. Nueve d y doce b.

—¿Y la quince y la veintidós? —pregunta un tercero de la fila de la derecha.

—Lo último que digo. Haber estudiado. —De nuevo se asegura de que no lo miran—. Quince d y veintidós h.

Cuando alguno más le va a preguntar, Jotadé se adelanta y levanta la mano.

—¿Dígame? —pregunta un examinador al verlo.

—Yo ya he terminado, jefe. ¿Puedo entregar el examen?

—¿No prefiere repasarlo, joven?

—Está más que repasado. Quiero quitármelo de encima y a tomar por culo. Que sea lo que Dios quiera.

Se escuchan algunas risas ahogadas en la sala.

—Entonces adelante.

Jotadé recoge sus cosas y va a entregar el examen. Se dispone a dejarlo sobre la mesa sin más, pero una oficial lo detiene.

—¿En qué fila estaba usted?

—En esa de ahí.

La oficial mira y coge el examen.

—Fila D. Póngalo en este lado, por favor.

—¿Qué pasa? —pregunta Jotadé mientras lo coloca donde le han dicho—. ¿Que hay varios exámenes?

—En efecto. Cada fila tiene uno diferente.

Jotadé mira con cara de circunstancias a los compañeros a los que les ha chivado las respuestas, que están en filas diferentes a la suya. Hace una mueca y opta por marcharse sin decir nada.

De regreso en el coche, enciende el móvil para llamar a Lola y ve que le ha entrado un SMS de un número de otro país. Duda sobre si abrir el vídeo que viene adjunto, pero al fin se decide. Se trata de un paisaje que no reconoce, extremadamente árido. La imagen hace zoom hasta unos chicos negros que juegan al fútbol. Aunque no tienen apenas nada e incluso algunos de ellos juegan descalzos, parecen felices. Antes de que el vídeo acabe, una mano entra en plano y muestra una imagen impresa. Al principio se ve borrosa, pero, cuando se hace más nítida y Jotadé reconoce la estampita de la Virgen de los Gitanos que le entregó a Lucía antes de despedirse de ella hace ya casi un mes, sonríe.

—Espero que encuentres lo que has ido a buscar, prima.

Borra el mensaje, deja el teléfono sobre el asiento del copiloto y arranca su Cadillac Eldorado del 89.

98

Verónica termina de ducharse cuando Laia entra en el baño con sigilo, se desnuda y se mete con ella en la cabina.

—¿Necesitas que te frote la espalda o cualquier otra parte?

—Laia... —protesta—. Ahora no tenemos tiempo para esto. Le he prometido a Melero que llegaríamos pronto a la boda.

—La boda es a las doce, así que hay tiempo de sobra para ducharnos, relajarnos, maquillarnos y llegar antes que nadie. Aunque, bueno, si quieres que me marche, yo me voy.

Laia hace un puchero mientras se toca sensualmente, lo que provoca que su novia baje las defensas, resignada.

—Está bien, pero tiene que ser algo rápido. Olvídate de poner en práctica alguna de tus perversiones.

—O sea, en términos heterosexuales, un misionero mondo y lirondo —afirma decepcionada.

—Más o menos...

Se acerca para besarla y hacen el amor bajo la cortina de agua. Una hora más tarde, Verónica entra en el salón ya maquillada y vestida con un sencillo aunque elegante traje de Redondo Brand. Enciende la tele mientras espera a que su novia termine de arreglarse y busca un canal de informativos. Después de varias noticias sobre corrupción y otra más sobre la rotura de una presa que ha arrasado un pueblo entero, la presentadora mira a cámara desolada:

«Y ahora, una de esas noticias que a todos nos ponen los pelos de punta —asegura mientras entran imágenes de una mujer a la que sacan esposada de su portal entre varios policías e introducen en la parte trasera de un coche—. Una madre ha sido detenida, acusada del asesinato de su hijo de dieciséis años. Según las primeras investigaciones facilitadas por fuentes policiales, el menor, Alejandro Nuero, que fue adoptado cuando era un bebé, habría muerto envenenado de forma premeditada. La madre ha justificado el crimen asegurando que el joven, y cito textualmente, "tenía el mal dentro: era él o mis hijas y yo". Según las últimas informaciones a las que hemos tenido acceso, el joven había salido hace escasas semanas de un centro de internamiento de menores. El juez ha decretado el ingreso de la detenida en prisión».

La noticia cierra con una foto del adolescente asesinado. En cuanto la ve, Verónica da un respingo en el sillón.

—No me lo puedo creer... —dice para sí.

Corre hacia la mesa del comedor, donde tiene su portátil, y lo enciende. Busca el expediente de Pedro Osborne y, dentro, una carpeta con fotografías del caso. En su interior están las imágenes de los hijos abandonados que tuvo el inspector Osborne con las diferentes víctimas. Pasa las de varios chicos y chicas a toda prisa hasta que se detiene en las de un joven en concreto y confirma que uno de los que estaban sin identificar ha dejado de ser un enigma y lo acaba de asesinar su madre adoptiva.

99

Jotadé, vestido con un traje azul eléctrico, camisa blanca de satén y corbata verde de seda, aguarda en el salón junto a Joel, que viste un traje color crema con camisa negra y corbata con estampado de flores. Ambos llevan el pelo engominado, zapatos de cuero pulido, calcetines a juego con las camisas y sendos relojes de oro.

—Vamos a llegar tarde —se lamenta Jotadé—. Ve a decirle a tu madre que se dé prisa, Joel.

—Ve tú, que yo ya me he llevado hoy dos collejas y a la mama no le mola que la presionemos cuando se arregla.

—Cuidadito con lo que haces esta noche —lo amenaza—. Ya eres un hombre, así que compórtate, que el sarao va a estar lleno de pasma y no quiero tenerla.

—¿No es un poco chungo que se case la prima Margarita con el Melero, papa?

—¿Chungo por qué?

—Porque la pestañí y los gitanos somos como el agua y el aceite.

—¿Y yo qué soy, atontao? —Acompaña la pregunta de una colleja.

Suena el timbre de la puerta y Jotadé se levanta para abrir. Al cabo de unos segundos, Lola sale del interior perfectamente maquillada, con un escotado traje de lentejuelas en color esmeralda y un recogido muy elaborado coronado por una diadema de brillantes y pendientes a juego. Está preciosa, pero, cuando Jotadé regresa, solo le presta atención a un sobre que trae en la mano.

—¿Cómo estoy?

—Estás que rompes, mama —dice Joel.

Lola mira extrañada a Jotadé, que está demudado.

—¿Y a ti qué te pasa que no dices nada? ¿Qué es ese sobre?

—Un mensaje del comisario. El agente que me lo ha traído dice que ya le han llegado los resultados de la oposición.

Los tres aguantan la respiración.

—Vamos, ¿a qué esperas? —lo apremia Lola—. Ábrelo.

—Mejor a la vuelta, no vaya a ser que no haya aprobado y nos gafe la boda.

—No seas cagao, papa. Si has cateado, lo mejor es pasar el trago cuanto antes. Al menos nadie te tiene que firmar las notas.

Lola le arrebata el sobre de las manos y lo abre a toda prisa. Lee en silencio y lo mira inexpresiva.

—¿Qué dice? —pregunta Jotadé acongojado.

Lola se aclara la voz y lee.

—«Querido Jotadé. Espero que no te moleste mi intromisión, pero estaba casi más impaciente que tú y me he permitido consultar el resultado de la convocatoria. Desde que te tengo a mi cargo, no has hecho más que darme problemas, pero siempre he tenido claro que eres un magnífico policía».

—Pero ¿ha aprobado o no? —pregunta Joel cuando su madre deja de leer.

—Yo juraría que sí —sonríe Lola—, porque el comisario termina diciendo: «Me siento orgulloso de ti».

—¿Eso significa que ya eres inspector, papa?

—Ojalá —responde Jotadé, feliz y orgulloso—. Ahora me queda hacer un curso de la hostia, pero la oposición, de momento, ya está en la buchaca.

La reunión en casa de la familia de la novia previa a la ceremonia religiosa está cargada de ilusión, de tradición y de algo de vergüenza por parte de la familia del novio, que no entiende que haya sido la propia Margarita la que ha querido hacerse la prueba del pañuelo para mostrar su pureza delante de toda la comunidad. Lo que a unos les parece obsoleto y humillante, para otros es el momento más bonito del día. A la futura suegra le horrorizaba tener que formar parte de aquello, pero ya metida en harina, cuando la propia novia le explica que no se trata de una simple prueba machista que vulnera sus derechos, sino un modo de honrar a su familia y las tradiciones de sus antepasados, lo comprende, lo respeta y hasta termina disfrutando de un episodio tan emotivo para la comunidad gitana.

Una vez superado ese rito, la entrada en la iglesia también quedará grabada para siempre en la retina de los Melero; las bodas gitanas son como la paleta de un pintor de paisajes primaverales puesto de LSD: excesivas y llenas de salpicaduras de color. Mientras que en el bando payo todos los hombres llevan traje oscuro del mismo corte tradicional con corbatas en tonos pastel, en el gitano hay combinaciones que provocarían un ataque epiléptico hasta a Agatha Ruiz de la Prada. Entre las mujeres, en cambio, no hay tanta diferencia; las gitanas tienen querencia por los brillos y las lentejuelas, aunque muchas payas tampoco se quedan atrás. El mosaico de colores y estilos es, cuando menos, sorprendente.

La familia de Margarita y la del agente Melero ocupan diferentes zonas de la iglesia, y, aunque unos piensan de los otros que son unos siesos y los otros de los unos que son el paradigma de la horterada, antes de acabar la ceremonia ya están mezclados como si todos perteneciesen a la misma comunidad. Más adelante, habrá conflictos que solo se superarán si el amor es verdadero, siempre sucede igual por la manera tan distinta de ver la vida de unos y otros, pero hoy es un día de celebración y de tolerancia.

Jotadé se acerca a su compañero para entregarle el sobre de dinero con el que Lola, Joel y él mismo colaboran en el arranque de la nueva familia. Sigue pensando que a Melero le costará acostumbrarse a la vida junto a una gitana de carácter como Margarita, pero los últimos acontecimientos le han hecho creer que tal vez lo consigan.

—Estás hecho un pincel —dice Jotadé después de entregarle el sobre, mientras le coloca la pajarita.

—Ya está, Jotadé —dice Melero eufórico—. Ya somos familia.

—Bienvenido, primo.

Ambos se abrazan y Jotadé deja paso a Iván Moreno, al que se le ve tan feliz como al novio.

—Enhorabuena, Melero —dice Iván—. Ya pensé que nunca sentarías la cabeza.

—Yo también lo pensé de ti y mira, jefe —dice por Lidia, que charla animada a unos metros con Verónica y con Laia.

Iván le entrega un sobre y le palmea la espalda. Jotadé busca a Lola con la mirada. Al no verla, se acerca a Joel, que baila con varias payas.

—¿Y tu madre?

—Hace rato la vi irse al baño.

Lola tira de la cisterna y sale de la cabina del baño descompuesta. Lleva rato pensando en mojarse la cara para combatir el malestar, pero no quiere arruinarse el maquillaje y se limita a mojar un pañuelo y refrescarse la nuca.

—Vaya mala cara que tienes, cuñada —le dice Lorena al verla.

—No me encuentro muy bien —responde agobiada—. No sé si me ha sentado malamente algo que he comido o que hace demasiado calor.

—O que estás preñada —interviene una tercera gitana, algo más joven que ellas—. Yo durante mi primer embarazo me pasé tres meses desbaratada.

Lola la mira desconcertada.

—¿Podría ser? —le pregunta Lorena.

—Por poder, podría —se contiene—, pero no creo..., ¿no?

—La manera de saberlo es haciéndote un test. Espérate aquí, que voy a buscar una farmacia.

Cuando, veinte minutos más tarde, Lola regresa del baño, lo hace con la misma cara de descomposición que arrastra durante toda la mañana, pero hay una luz distinta en ella. Se acerca a su marido, que se toma una copa con Iván y Lidia junto a la pista de baile, y le dice algo al oído. Jotadé la interroga con la mirada por si ha escuchado mal y, tras Lola confirmárselo con una amplia sonrisa, la abraza exultante.

100

Jotadé duerme boca arriba en el sofá, con pinta de haberse acostado muy tarde y muy perjudicado. Todavía lleva puesta la ropa de la boda, aunque la camisa está hecha jirones y a la chaqueta le falta una manga. También ha desaparecido uno de los zapatos y queda al descubierto el enorme tomate de su calcetín. El teléfono móvil está tirado en el suelo y suena insistentemente la canción «Eye of the Tiger», pero él no se inmuta. Lola sale del interior. A diferencia de su marido, ella está fresca, como si la noche anterior se hubiese quedado en casa viendo una serie. Sube la persiana y abre la ventana.

—Jotadé, ¿no oyes el teléfono?

Pero él sigue sin reaccionar. Lola se arma de paciencia y lo zarandea.

—Jotadé, despierta...

—¿Qué pasa? —Abre los ojos como si le pesaran toneladas y, al ver a Lola observándolo en silencio, se asusta—. ¿Qué hora es?

—La hora de que te levantes, que esa canción lleva sonando más de lo que duran algunos conciertos.

Jotadé repara en el teléfono, que arranca de nuevo. Mira la pantalla y, tras aclararse la voz, contesta.

—Dime, Vero... ¿Ahora?... Vale, ya voy. Pásame la ubicación por wasap, haz el favor.

Cuelga y Lola le tiende un vaso de agua y un ibuprofeno.

—Tómate esto, anda, que, después de lo que te bebiste ayer, no me gustaría estar en tu pellejo.

Él se lo agradece y se toma la pastilla mientras la mira de arriba abajo.

—Lo que no entiendo es que tú estés como una lechuga.

—Porque no probé una gota de alcohol. Hasta que no dé a luz, vida sana.

Jotadé se levanta y le lleva la mano al vientre, ilusionado.

—¿Ya lo notas?

—¿Qué voy a notar, si no debe de tener ni el tamaño de una lenteja?

—Pero tiene mi empuje, Lola. Espérate que no te empiece a dar patadas antes del mediodía.

Lola se ríe. Jotadé se mira el brazo, intentando recordar.

—¿Dónde me he dejado la manga del traje?

—En la verja del polideportivo, que intentaste saltarla para darte un baño en la piscina municipal.

—Vaya... ¿Y el zapato?

—Se lo tiraste a tu tío Curro cuando te impidió meterte en el agua.

Jotadé hace un gesto comprometido y, tras soltarle a Lola un azote en el culo, desaparece hacia el interior para sacudirse la resaca con una ducha. Ella lo da por imposible y procede a recoger el salón.

El Cadillac Eldorado aparca a un lado de la calle, tomada por vehículos policiales y varias ambulancias. Jotadé sale del coche y se encamina hacia la barrera policial, custodiada por algunos agentes de uniforme. Uno de ellos comprueba la identificación que le muestra y abre la barrera. Atraviesa el cordón policial y se fija en la oficial Verónica Arganza, que habla con el equipo del forense junto a un coche de alta gama empotrado contra una farola. Cuando ella lo ve, va a su encuentro.

—Buenos días, inspector Cortés —saluda con retintín.

—Pues no falta nada para eso... ¿Qué ha pasado aquí?

—Le dieron el alto en un control aproximadamente a un kilómetro de aquí —se gira hacia el coche accidentado—, pero el tipo huyó de los compañeros hasta que perdió el control en esa curva de allí y se estampó contra la farola. Ha muerto en el acto.

—¿Y por qué llaman a Homicidios si ha sido un accidente?

—Por lo que han descubierto en el maletero —responde Verónica enigmática, invitándolo a mirarlo.

Jotadé se acerca a la parte trasera del coche. Al ver la cara de sus compañeros, intuye que lo que le espera no le va a gustar nada. Cuando se asoma al maletero, se queda tan impresionado como el resto.

—La hostia...

—Tienen entre manos un caso interesante, agentes —dice el forense a modo de saludo.

—Lo más lógico es que el asesino sea el conductor, ¿no? Le dan el alto en un control rutinario justo cuando iba a deshacerse del cadáver y se pone tan nervioso que se estampa contra un poste y se queda en el sitio.

—Dudo mucho de que ese pobre desgraciado haya hecho esto. Según la documentación que llevaba encima, el que iba al volante tenía antecedentes por delitos menores relacionados con robos y estafas... Y esto es obra de alguien muy especial.

—¿Cuánto de especial?

—Bastante. El autor es una persona con vastos conocimientos médicos. Un cirujano, seguramente. A la víctima le introdujeron una cánula en la arteria femoral y le sacaron con pulcritud y mucha paciencia hasta la última gota de sangre.

Jotadé vuelve a mirar el interior del maletero. Allí, envuelto en un plástico transparente, yace el cadáver desnudo de un chico de unos veinte años. La total ausencia de sangre le da un aspecto irreal, de escultura de mármol. Aun cuando no hay golpes ni heridas visibles más allá de la punción por la que le exanguinaron, jamás había visto un cuerpo tan desamparado, como si, aparte de la sangre, también le hubieran extraído cualquier vestigio de humanidad. Jotadé pocas veces se estremece ante el horror, pero en esta ocasión siente un latigazo que lo recorre de la cabeza a los pies.

—No me jodas que ahora vamos a tener que perseguir a un puto vampiro...

Agradecimientos

Sin la colaboración de mis amigos, mi familia, mis asesores, mi agente y todos y cada uno de los trabajadores de Penguin Random House que han estado a mi lado durante el proceso de escritura, hubiera sido imposible terminar esta novela. Gracias por ayudarme a llegar hasta aquí.

En esta ocasión, quiero hacer una mención especial a los libreros y a los bibliotecarios que tanto recomendáis mis novelas. Sin vosotros, todo esto no estaría pasando. ¡Gracias!

A vosotros, los lectores, gracias por seguir ahí y por escribirme. Prometo seguir contestando a todos vuestros mensajes. Y, como siempre os digo, el mayor favor que podéis hacerme es hablar en vuestras redes de lo que os ha hecho sentir esta historia, escribir una reseña o simplemente recomendarla en vuestro círculo más cercano.

¡Muchas gracias y hasta pronto!

SANTIAGO DÍAZ

Instagram: @santiagodiazcortes
X: @sdiazcortes

Este libro se terminó
de imprimir en
Casarrubuelos, Madrid,
en el mes de
mayo de 2026

«Para viajar lejos no hay mejor nave que un libro».

EMILY DICKINSON

Gracias por leer este libro.

En **penguinlibros.club** encontrarás las mejores recomendaciones de lectura.

Únete a nuestra comunidad y viaja con nosotros.

penguinlibros.club